Mondstich

Andreas Kolb

Mondstich

Verlag Tasten & Typen

Impressum

Die Deutsche Nationalbibliothek verzeichnet diese Publikation in der Deutschen Nationalbibliografie; detaillierte bibliografische Daten sind im Internet über http://dnb.dnb.de abrufbar.

2. Auflage 2018
© Verlag Tasten & Typen, Bad Tabarz
Alle Rechte vorbehalten
Satz und Gestaltung: Wolfgang Möller, Waltershausen
Cover-Foto: „The Story of Francis Mae Malone Part I Abyss" von Maria Mantis, Gernsbach
www.maria-mantis.com

ISBN 978-3-945605-31-8

Printed in Germany

Kapitel 1

Man hätte noch so schön sitzen können. Zwischen Eiscafé und Trinkbrunnen träumen und Kräfte sammeln für das, was kommen sollte. Die Sonne mühte sich redlich, noch im Spätsommer ihre Strahlen zu servieren. Doch die Kurgäste hatten sich lieber ins Hotel zurückgezogen. Das Halbpension-Arrangement lockte mit Schweinelendchen an Erbsmousse mit Kartoffelspalten vom Ernströder Bauern.

Die Dämmerung griff nach dem Kirchplatz. Dann und wann blitzte ein Dachfenster im Schein der untergehenden Sonne. Auf der Marktstraße bogen zwei Autos in die Parkbuchten vor der Fleischerei Klöckner ein. Die Bremse eines Fahrrads quietschte, das Rad ratterte ein wenig, als es an die Fassade gelehnt wurde.

Schritte tappten in Richtung des Pfarrhauses, dessen Tür bereits offen stand, um mit der Abendkühle eine späte Runde zu empfangen. Aus den Gemeinderäumen im Erdgeschoss hörte man ein Klappern. Frau Lorenz hatte sich bereiterklärt, vor der Kirchenvorstandssitzung den Tee zu bereiten.

Im ersten Stock stand Pastor Jakob van Lent am Fenster des privaten Studierzimmers und steckte seine spitze Nase durch die Vorhänge in Richtung des Kirchplatzes. Maya Thun fuhr noch Inliner, bis sie von ihrer Mutter erwischt wurde.

Er hörte nicht, was Monika Thun schimpfte, aber man konnte sehen, dass das Mädchen jetzt nach Hause musste, sofort, obwohl noch ein paar Tage Ferien waren – bis in die erste Septemberwoche hinein.

Nur ein einzelner Herr mit Strohhut watschelte über den Platz. Das Band der Kamera schnitt tief in seine Speckfalten am Hals.

Van Lent zog die Gardine wieder vor das Gesicht. Bleich wie einer, dem ein Geist aus der Vergangenheit vors Auge tritt. Mit denen spaßt man nicht. Dabei, was sollte er ihm anhaben können? Er da unten, ich da oben?

Der Sommer hatte lange auf die kleine Kurstadt am Fuß des Thüringer Waldes gedrückt. Erst die kürzer werdenden Tage konnten ihn zähmen. Frau Thun wuchtete einen großen Korb vom Fahrrad, offensichtlich kam sie eben noch aus der Drogerie.

Bisher hatte er sich immer ganz unbeobachtet gefühlt, der Pastor van Lent, wie er so durch die Gardine linste.

Machte der Dicke ein Foto vom Pfarrhaus?

Van Lent war sich nicht einmal sicher, ob es der war, von dem er meinte, dass er es wäre.

Hinter dem Pfarrer brannte eine Schreibtischlampe und illuminierte nach Kräften ein Gebirge aus Büchern und Blättern. Ihr Schein strahlte auf Wände, die voller Zeitungsausschnitte klebten. Van Lent knipste das Deckenlicht aus und verließ das Zimmer. Einen Augenblick später stand er unten an der Haustür, die Schultern leicht gebeugt nach Pfarrerart. Er wirkte unentschlossen.

Draußen flitzte Maya. Sie machte zunächst keine Anstalten zu gehen, nachdem ihre Mutter ins Pfarrhaus geschlüpft war. Ein Schlüsselbund baumelte an einem neongelben Band um Mayas Hals. Auf dem Kopf saß eine dunkle Fliegerbrille, passend zu dem Snoopy auf ihrem Shirt. Ganz schön fit, die Kleine: Sie galt mit zehn Jahren schon als das größte Biathlon-Talent der Region. Halb Pippi Langstrumpf, halb Roter Milan. Maya nahm noch einen Schluck aus dem Trinkbrunnen. Sie trollte sich aufreizend langsam. Das Brettern der Inliner hallte durch die leere Gasse. Die Schatten verschwammen. Vom Dicken nichts mehr zu sehen. Es schlug halb neun. Der Pfarrer schloss die Tür.

Es blieb ihm nichts anderes übrig, als dem Duft des Tees in den Sitzungsraum zu folgen. Van Lent seufzte tief. Er wurde erwartet. Dreizehn Tagesordnungspunkte lagen vor ihm. Immerhin, ein Ass trug er im Ärmel.

Im Raum verbreitete sich der Geruch von Hagebuttentee. Frau Lorenz ging mit der Kanne herum. Pastor van Lent ließ sich einschenken, aber die meisten lehnten ab.

Herr Piontek verlangte lächelnd nach einem Bier und wusste natürlich, dass er hier keines bekommen würde. Nicht im Kirchenvorstand. Frau Lorenz, sie arbeitete hauptberuflich im Büro von Isabell, der grünen Landtagsabgeordneten, ergänzte die Tagesordnung um den Bereich Fledermausschutz. Sie war verantwortlich für das Umweltmanagement der Kirchengemeinde und hatte auf jeden Fensterrahmen einen Sticker mit einem Grünen Hahn geklebt, um daran zu erinnern, dass die Fenster nach dem Lüften wieder zu schließen seien.

Niemand bemerkte den massigen Körper, der sich ein letztes Mal am Fenster vorbeischob und innehielt, wie einer, der sich in der Scheibe selbst betrachten will.

Dabei erinnerte ihn sein Spiegelbild höchstens daran, dass hier einer nach Friedrichroda gekommen war, um zu vergessen. Sein Körper zerfloss, wie nur die Körper von ungezügelten Frustessern zerfließen. Breit, weich und sehr weiß wie eine aus der Waffel gefallene Kugel Zitroneneis.

Nach der zu erwartenden Panikmache am Anfang schlug Frau Lorenz Maßnahmen vor.

Herr Piontek grummelte. „Meinen Sie also wirklich, dass wir die Taubengitter im Turm aufbiegen sollten, um Fledermäuse in unsere Kirche zu holen?"

Er forderte ein klares Votum. „Wenn Sie mich fragen, holen wir uns damit vor allem Tauben in den Turm!"

Frau Lorenz antwortete, ohne ihn anzusehen, indem sie einen Absatz aus ihrer Broschüre vorlas. Sie hatte ihn sich vor der Sitzung angestrichen. „In der letzten Zeit haben die Fledermausbestände rund

10

um Friedrichroda wieder zugenommen. Nichtsdestotrotz schwindet ihr Lebensraum durch die Sanierung der Gemäuer."

Van Lent sah, dass Herr Piontek und Frau Multhaupt deutlich aufbegehrten. Sie blies die Backen auf und Piontek rümpfte die Nase. Mehr als alles andere hielt van Lent es für seine Aufgabe, den Frieden zu bewahren. Wen könnte Frau Lorenz auf ihrer Seite wissen? Monika Thun, am Tisch ihm gegenüber, wäre sicher für die Fledermäuse, auch wenn ihre Tierliebe sich weniger aus dem genuin christlichen Schöpfungsgedanken speiste. Nein, die schöne Monika trug vielmehr eine esoterisch-spirituelle Einstellung zum Leben mit sich herum. Monika, das hieß: die Einsame.

Darum spielte er sein Ass aus: „Falls also demnächst noch Schloss Reinhardsbrunn saniert wird – und danach sieht es seit heute wirklich aus – dann müsste tatsächlich überlegt werden, wie man den Fledermäusen helfen könnte."

Damit hatte der Pfarrer ein Stichwort gegeben, endlich weg von diesen Fledermäusen.

„Im Sinne einer tiersensiblen Willkommenskultur …", konnte Frau Lorenz nur noch ansetzen, dann bestürmten die Kirchenältesten den Pfarrer um Informationen, was das Schloss anging. Gegen dessen langsamen Verfall hatten sie in den letzten Jahren gekämpft.

Noch vor den Zeiten des Schlosses, zur Klosterzeit, befand sich an dieser Stelle ein geistliches Zentrum von solcher Bedeutung, dass sich die Kirchgemeinde verpflichtet fühlte, sein Andenken zu hüten.

Elftes Jahrhundert, Ludwig der Springer hatte, ähnlich dem biblischen König David, eine schöne Frau geheiratet, die er zu diesem Behufe eigenhändig zur Witwe gemacht hatte. Weil das ruchbar wurde, schuldete er dem Papst ein Kloster. Da traf es sich, dass der Töpfer Reinhard nachts auf seinem Grundstück merkwürdige Lichter sah, die glommen und wieder erloschen und für die es keine vernünftige Erklärung gab. Was hieß schon Vernunft in diesen Zeiten? Ludwig der Springer war nicht auf den Kopf gefallen. Daher kam er auf den lichten Gedanken, den erleuchteten, aber unheiligen Platz für das geplante Kloster zu verwenden. Praktisch denken, Särge schenken.

Den Geistlichen gab man gerne den verwunschenen Boden.

Seit der neuzeitlichen Wende schien Reinhardsbrunn von seiner Geschichte eingeholt zu werden. Das Grundstück war immer wieder verpachtet, verkauft, verliehen worden. Ein Teufelskreis.

Nach dem Enteignungsverfahren, mit denen der Freistaat Thüringen das Schloss den Klauen gieriger Immobilienschieber entrissen hatte, war der Bürgermeister durch halb Europa gereist, um Investoren ausfindig zu machen. Auf üppige Spesen, wie viele Friedrichrodaer heimlich murrten. Aber dem fleißigen Bürgermeister Matischak ließ man alles durchgehen, sogar dass er sich die Haare links langwachsen ließ, um sie über seine Glatze zu legen. Fast noch schlimmer als die kommunale Zwangsehe mit Bad Tabarz, bei der beide Partner argwöhnten, dass sie die Verlierer wären.

12

Van Lent sagte, er wisse noch nichts Genaueres, könne aber schon berichten, dass es keine Einheimischen seien. Der Bürgermeister habe ihn für morgen zu einem Gespräch eingeladen, um zu klären, wie die neuen, vielversprechenden Investoren in Friedrichroda aufgenommen würden.

„Es braucht ihnen natürlich niemand sein Bett zur Verfügung zu stellen – immerhin sind es Schlossherren", sagte van Lent. Er versuchte ein Lächeln in Richtung von Monika Thun. „Hier ist der Begriff der Willkommenskultur wohl einmal angemessen, wenn wir uns daran erinnern, dass es in unserer Gemeinde durchaus Ressentiments geben könnte."

Frau Thun reagierte nicht, sie war mit ihren Haaren beschäftigt, die lang waren und von solch einem Braun, so warm wie dieser erste September, dass man sich bei dem Gedanken, sie zu streicheln, unwillkürlich fragte, wie lange man es in der eigenen Kälte noch aushalten konnte.

Frau Lorenz nickte heftig. Herr Piontek hatte „Restaurants" verstanden und fragte sich einmal mehr, ob der Pfarrer noch ganz richtig im Oberstübchen war. Er wusste, da wäre er nicht der Einzige, der Zweifel hegte. Er warf einen Blick in Ingeborg Multhaupts Richtung.

„Die wollen dann wohl ein weiteres Gasthaus aufmachen, oder was?", fragte er. „Als hätten wir hier nicht genug."

Frau Lorenz schlug die flache Hand auf den Tisch. „Es geht schon los! Es geht schon wieder los!"

„Als ob die uns hier nicht schon oft genug verarscht hätten", polterte Piontek.

Van Lent beschwichtigte mit den Händen und versprach, alle Bedenken mit dem Bürgermeister zu erörtern. Frau Lorenz und Frau Klöckner gingen eine ungewöhnliche Allianz ein und beschlossen, die Neuankömmlinge mit einem originalen Thüringer Grillfest vor Schloss Reinhardsbrunn zu überraschen.

„Möglicherweise sind sie schon hier", meinte van Lent, aber er würde das gern morgen im Rathaus mit einbringen, wenn er den Bürgermeister sähe, „und bei Problemen gibt es dann auch einen Runden Tisch." Ob noch jemand Fragen hätte.

„Sicher würde bei einer anstehenden Sanierung auch auf die Belange der Fledermäuse ...", setzte Frau Lorenz ein, aber Jakob van Lent gelang es, durch energisches Nicken das Thema zu beenden. Ihre Stimme verstummte mitten im Satz.

Da räusperte sich Frau Multhaupt. „Ihr Engagement gegen Fremdenfeindlichkeit in allen Ehren, Herr Pfarrer ..."

Van Lent klickte auf seinem Kugelschreiber herum. Er wusste, was kommt.

Frau Multhaupt ließ eine Suada los, weshalb Kirche sich nicht immer darauf beschränken dürfe, die Probleme der Dritten Welt zu erörtern. Überhaupt rücke ihr der ganze Verein zu weit nach links und ob denn keiner wahrnehme, dass die einfachsten Grundwahrheiten des Evangeliums bei den Menschen in Friedrichroda vollkommen unbekannt seien, wo doch Luther, der ja im Übrigen mehrfach in Friedrichroda, also genau genommen in Reinhardsbrunn,

Station gemacht hätte, in seinem Kleinen Katechismus davon schrieb, dass sich niemand Christ nennen solle, der nicht zumindest dieses kleine Einmaleins beherrsche.

Wie üblich holte sie keine Luft, während sie redete. Van Lents Blick schweifte hinüber zu Monika Thun, der Jüngsten im Gemeinderat, alleinerziehend. Wie eine Rose, die eben zu verblühen beginnt, so dass man sie retten möchte und die Nase in ihr versenken, weil man weiß, dass kein Tag schöner werden kann als der heutige, und man, wenn man nur einen Wunsch ans Universum frei hätte, darum beten würde, dass die Nacht nie endete. Zarte Falten regten sich, wenn sie lächelte. Viel zu selten. Ihr Töchterchen Maya sollte dieses Jahr zum ersten Mal die Maria spielen an Heiligabend, mit roten Wangen und einer glockenhellen Stimme. Sie ging jetzt in die vierte Klasse. Und wenn sie sänge, dann würde Jakob heimlich weinen. Maya und Maria, das haut hin. Man müsste die Proben so legen, dass es mit den Trainingszeiten passt. Der Biathlon! Dann würde Monika auch zu den Proben kommen und sie wären sicher rasch beim Du. Heute Abend sah sie irgendwie dünn aus, fast durchsichtig.

Frau Multhaupt bemerkte nicht, wie sich die Köpfe der Gemeinderatsmitglieder dem Pfarrer zuwandten und ihm flehentliche Blicke zuwarfen, er möge endlich einhaken, ihren Monolog beenden, doch van Lent starrte auf Frau Thun. Sie war die Dritte im Raum, die nichts bemerkte, denn Frau Thun war gerade eingenickt. Herr Piontek stieß sie sanft gegen den Ellenbogen. Sie schrak hoch.

„Der Pfarrer hat dich schon erwischt!", flüsterte er so laut, dass es alle hören konnten, aber nicht sie lief rot an, sondern der Pfarrer; und der Pfarrer, der sich ertappt fühlte, dankte Frau Multhaupt für ihre Ausführungen und begründete kurz, warum die Kirchgemeinde unter seiner Leitung auch im nächsten Jahr keine Zeltmissionswoche mit geifernden Evangelisten aus dem Erzgebirge durchführen würde und schon gar nicht auf dem Kirchplatz.

„Willkommenskultur für jeden", stieß Frau Multhaupt aus, „Fledermäuse, Immobilienspekulanten aus dem Ausland – nur nicht für diejenigen, die sich noch für den Glauben interessieren."

Pfarrer van Lent dankte allen für die rege Beteiligung, versprach, in einigen Punkten am Ball zu bleiben, und stimmte laut das Vaterunser an, mit dem die Sitzung endete.

„Ich habe doch gemerkt, dass es Ihnen nicht so gut geht heute", entschuldigte er sich später und half Monika Thun in den Blouson. Sie blickte ihn dankbar an. Ihre Augen lagen in tiefen Höhlen und ihre Haut schien, von Nahem betrachtet, bleich und etwas unrein. Er erkannte, dass ihr Haar spröde war.

„Es war schon schlimmer", sagte sie, als hätte sie seine Gedanken gelesen, und reichte van Lent die Hand.

Er erschrak, wie kühl sie war. „Ich bringe Sie nach Hause", entschied er und lächelte sie an.

Sie schob ihr Fahrrad und er trug den Korb, im Vorbeigehen nahm er, wie jedes Mal, einen Schluck aus der guten Ludowingerquelle gleich gegenüber vom

Pfarrhaus. An dieser Gewohnheit hatte er immer festgehalten. Trotz allem, was hier geschehen war.

Der Korb war voll, aber nicht sonderlich schwer. Frau Lorenz darf das nicht sehen, dachte er, die ganze Alufolie, sicher ein Sonderangebot, gar nicht öko. Van Lent und Monika, sie sahen wie verloren aus, als sie durch die Gassen zogen; sie ein bisschen wacklig, er unsicher mit dem Korb spielend. Es ging auf elf, als sie das Haus erreichten und er sich endlich traute zu fragen, wofür denn diese ganze Alufolie benötigt werde.

Der Bewegungsmelder ließ ein kaltes Licht erstrahlen. Ein Flügelschlag wie von Tauben entfernte sich vom Haus mit den Schatten, die das Licht bannte und deren Reich erst weiter drüben wieder begann. Bei der großen Kastanie. Das Relais warnte surrend vor dem Ende der künstlichen Helligkeit. Bald würden die Schatten das Haus wieder in Besitz nehmen.

Frau Thun blickte nach oben, als ob sie etwas sähe, der Pfarrer tat es ihr nach. Sie zuckte zusammen, als sie die fliegenden Vorhänge bemerkte, die aus dem Zimmer ihrer Tochter wehten. „Es ist eine lange Geschichte", meinte sie und hielt die Tür offen. Beide gingen hinein. „Ich habe ihr verboten, das Fenster aufzumachen", sagte sie.

Das Rad stellte sie in den Hausflur.

Der Pastor trug den Korb hinauf. Frau Thun eilte in das Zimmer der Tochter, raffte die Gardinen und schlug das Fenster zu. Maya lag auf ihrem Bett und schlief. Nur Kinder oder Einbrecher können ein

Zimmer derart verwüsten. Auf ihrem Brustkorb hob und senkte sich das Nachthemd im Rhythmus ihres Atems. Monika deckte sie zu. Dann mühte sie sich in den Flur und landete in den Armen von Pastor van Lent, der nicht wusste, wohin mit dem Korb.

Er hatte sich das alles ganz anders vorgestellt. Monika Thun schluchzte, er überlegte, ob er ihr Haar streicheln dürfte, entschied sich dafür. Seine Linke verkrampfte sich um den Weidengriff des Korbes, als er ihren Hals belegt fand mit einem, wie er meinte, krankhaften Ausschlag. Frau Thun merkte das sofort, ging auf Abstand und wies dem Pastor einen Platz an ihrem Küchentisch zu. Warum hatte er den Korb nicht längst abgestellt?

„Ich weiß auch nicht, was das ist. Die letzte Woche wurde es schon besser, seit mir das mit der Alufolie eingefallen ist. Maya weigert sich, sie reißt sie immer wieder runter, aber mein Zimmer und die Stube, die sind abgedichtet."

„Wogegen abgedichtet?"

„Da", machte Frau Thun, „da!", und sie zeigte mit ihrem viel zu dünnen Finger auf ein ganz zartes Blinken. „Auf dem Hotel!" Van Lent verstand nicht gleich. „Die Antennen", flüsterte sie.

Die Phonefunk AG erprobte auf dem Hoteldach ihre modernste Technologie. Die Funkmasten gehörten seit einigen Wochen zum neuen Stolz des Städtchens. Das Flachdach des ehemaligen August-Bebel-Heimes bot sich dafür an. Bürgermeister Matischak und ein Team vom MDR hatten von dort herunter gewinkt für die Regionalnachrichten. Ma-

18

tischak erklärte Friedrichroda bei jeder Gelegenheit in bestem Funktionärsdeutsch zur „Stadt des schnellen weltweiten Datenverkehrs". 500 Mbit Gratis-W-LAN für die ganze Kernstadt (ohne Finsterbergen und Bad Tabarz).

Erst sei auch sie froh gewesen, sagte Frau Thun, aber dann, sie wisse, sie sei nicht die Einzige, dann hätte es angefangen, dass sie sich so schlapp gefühlt hatte.

„Ich spinne doch nicht", weinte sie leise und bot nun dem Pfarrer den mit rötlichen Flecken versehenen Hals und die Innenseiten ihrer Unterarme offen dar.

„Die Alufolie schirmt das also ab, diese Strahlung?"

Monika Thun nickte. Sie erzählte noch länger, von ihrer Mutter, die nach Spanien gezogen sei, nachdem der zweite Mann sich eine Jüngere gesucht hatte. Sie selbst hätte es genauso machen sollen in der Situation, als ihr Freund die wahren Qualitäten seiner Sekretärin entdeckt hatte, aber da gäbe es noch Maya, die ginge ja zur Schule. Genau, in die vierte. Und sie mache Wintersport. Er wüsste doch: Biathlon. Anders kriege man dieses Mädchen gar nicht müde. Mit dem Lesen liefe es noch nicht so, da habe sie ihre Schwierigkeiten. Aber schießen könne sie wie eine Große.

Ja, sie selbst beschäftige sich viel mit Übersinnlichem, was sonst keiner wahrhaben wolle, nicht nur Horoskop oder anerkannte Sachen, wie jetzt Kneipp. Und nein, sie glaube auch nicht an den 11. September oder Zahnpasta mit Fluorid. Maya hingegen, die glaube alles, was in der Schule erzählt würde, dass man sich keine Sorgen machen sollte …

„Sie ist so beeinflussbar. Vermutlich bräuchte sie doch einen Vater an ihrer Seite." Sie dürfe auch nicht mehr ins Freibad, weil sie mit ihren Hochdruck-Wasserpistolen die kindliche Version eines Massakers geprobt habe. Das war peinlich. Die Schwimmmeisterin am Telefon. Aber die Saison sei eh rum. Nur noch Finsterbergen habe ein paar Tage geöffnet, da liefe Maya einfach durch den Wald. Aber dort gebe es keinen Zehner. Dass sie sich das überhaupt schon traue!

Van Lent räusperte sich. „Sie denken, man hat es auf Sie abgesehen? Oder warum werden Sie krank?"

„Es fühlt sich bald so an", sagte Frau Thun. „Darf ich Sie um etwas bitten … als Pfarrer?"

Van Lent nickte.

„Sie sind hier nicht irgendwer, Sie sind der Pfarrer. Für mich gilt das noch was, ich bin schon so erzogen. Sie genießen wirklich mein vollstes Vertrauen." Sie fasste seine Hand über den Tisch. Er schaute ihr in die Augen.

„Was kann ich denn für Sie tun?"

„Würden Sie sich um Maya kümmern, wenn mir etwas zustoßen sollte? Dass sie im Pfarrhaus leben kann? Bis meine Mutter aus Spanien zurück ist. Bei Ihnen ist sie sicher."

Es bildete sich ein dicker Kloß in seinem Hals, aber er sagte zu. Unter der Berührung war ihre Hand wärmer geworden.

20

„Tun Sie mir auch einen Gefallen", sagte er, „im Gegenzug: Lassen Sie das Fenster auf. Diese Nacht."
Er bestand darauf, dass das mit der Alufolie Unfug sei, trotz der leichten Besserung, die seit der Abschirmung der Wohnung eingetreten wäre. „Die Strahlung, die von einem angeschalteten Gerät innerhalb der Wohnung ausgeht, dürfte weit höher liegen als die Antennenstrahlung. Schalten Sie Ihre Telefone ab, das hilft viel besser."
Nun strahlte Frau Thun ihm entgegen, trotz der schmutzigen Tränenbahnen in ihrem Gesicht, die Augen zwei Brünnlein, die beständig liefen. Monika dankte ihm für sein unermüdliches Zuhören. Sie richtete sich auf und schob das Haar hinter die Schulter.
„Ich bin eine alte Frau geworden ..."
„Viel jünger als ich", gab van Lent zurück, obwohl es höchstens vier, fünf Jahre waren. Ein schönes verblühtes Pärchen gäben wir ab, dachte er. Monika Thun versprach ihm, noch heute die Folie vom Schlafzimmerfenster zu entfernen. Die laue Septemberbrise dürfe hinein. Der Pfarrer stand auf und ging.
Dort unten in der Sommerluft hielt Pastor van Lent kurz inne und blickte nach oben. Licht blitzte auf, als im zweiten Stock Folie vom Fenster gerissen wurde. Monika winkte ins Dunkle. Der Pfarrer winkte nach oben, obwohl ihm klar war, dass sie es im Hellen nicht sehen konnte. Seine Schritte verklangen. Das Türlicht erlosch. Das Dunkel schwang seinen Mantel über das Haus.

Kapitel 2

„Aus Rumänien also?", fragte van Lent.

„Soweit ich weiß, weilen sie schon unter uns." Der Bürgermeister zwinkerte. Wer ihn nicht kannte, dachte, Matischak würde damit zweideutige Botschaften aussenden. Van Lent wusste, dass Matischak den Berg der Verantwortung nicht so leicht schulterte, wie er vorgab. Der Pfarrer streckte seine Beine unter den Konferenztisch. Es roch nach Kaffee.

„Ist wieder viel zurzeit …?"

Der Bürgermeister nickte. Und zwinkerte. „Aber Sie können sich sicher auch nicht beklagen."

Van Lent lächelte. „Man müsste sich mehr Zeit nehmen. Für Freunde. Und ein paar Kontakte außerhalb des Jobs."

Normalerweise liefen die Treffen von Bürgermeister und Pfarrer eher geschäftlich ab. Von Zeit zu Zeit war es nötig sich abzustimmen, schließlich bildete die Kirche immer noch den größten „Verein" am Ort. Ihre Feste prägten das Leben des Städtchens. Obwohl Volkmar Matischak persönlich damit nicht viel anfangen konnte, fand er doch, dass der Pfarrer einer war, mit dem man reden konnte.

„Sie haben ja auch so eine Geschichte zu verarbeiten", sagte er.

Geschichte, dachte van Lent, so eine Geschichte. Nenne es, wie du willst, aber es ist keine „Geschichte".

Volkmar sah, dass er zu viel gesagt hatte. In seinem Gegenüber arbeitete es. Christina, van Lents Frau, ist damals recht bald fort gewesen; Alkohol, Landeskrankenhaus Hildburghausen, völlig durch den Wind. War ja auch zum Verrücktwerden. Wer weiß, was für ein Wahnsinn da brodeln muss in unserem Pfarrer. In Herrn van Lent.

„Es tut mir leid, ich wollte nicht …"

Jetzt sah van Lent hoch, die Blicke der beiden Männer trafen sich. Sie lächelten mit zusammengepressten Lippen, wie nur Männer lächeln können.

„Sehr schick jedenfalls, die Geschäftsführerin!"

Jetzt ein absichtliches Zwinkern.

„Sie hatten also bereits Kontakt?", fragte van Lent.

„Exotischer Name: Anna Chrysostoma …"

„Klingt nicht so rumänisch."

„Ich habe nicht gesagt, dass es Rumänen sind. Bloß, … dass sie aus Rumänien kommen. Sie sprechen da lediglich ein etwas altertümliches Deutsch."

Pfarrer van Lent fielen gleich einige Kollegen ein, die sich mit den Verhältnissen in Siebenbürgen auskannten. Rumänien galt nach der Wende als das liebste Trainingsobjekt für die Übung in christlicher Barmherzigkeit.

„Frau Chrysostoma ist Montagabend zu mir in die Bürgersprechstunde geflattert."

„Und?"

„Eine ganz patente Frau. Es fiel mir nicht schwer, sie unseres Vertrauens als Stadt Friedrichroda zu versichern."

Van Lent stockte. „Vertrauen? Wozu ist das erforderlich?"

Matischak erklärte, dass das Schloss künftig als Geschäftssitz dienen sollte, keineswegs – wie einige der Gastronomen befürchteten – als zusätzliches Hotel oder Restaurant. „Aber Sie wissen, dass osteuropäische, so sage ich mal, Geschäftsleute gegen Vorurteile kämpfen müssen."

„Welche Branche denn?"

„Holz."

„Und genau?"

„Möbel."

„Ah." Der Pfarrer atmete auf. Holz war der wichtigste nachwachsende Rohstoff und der Kirchenwald ein wichtiger Produzent.

„Aber was Spezielles."

Der Bürgermeister nahm die Visitenkarte hervor und hielt sie gegen das Licht. Ein Wasserzeichen schimmerte hindurch, die Schrift wirkte handgeschrieben. „Genauer gesagt: Sie bezeichnen sich als der weltgrößte Hersteller gehobener Sepulkralmöblierung."

Matischak grinste wieder. „Was auch immer. Ein Hidden Champion, wie man in der Wirtschaft sagt, hier bei uns in Friedrichroda!"

Särge, dachte van Lent, die machen Särge. Aber er klärte den Bürgermeister nicht auf. Der schwärmte weiter von Frau Chrysostoma und den fantastischen Geschäftsaussichten, die sich nun ergäben. „Da ist richtig Geld dahinter! Mit den Banken haben sie sich verglichen. Sie können ganz unbelastet an die Sanierung gehen."

„Ich hoffe, bei der unteren Denkmalbehörde sind sie genauso anfällig für Frau Chrysostomas Charme."

„Malen Sie nicht den Teufel an die Wand! Alle werden sich freuen, sogar die Finsterberger werden das Meckern einstellen müssen, wenn bei ihren Tischlern die Aufträge reinrollen."

„Ah ja, unser geliebter Ortsteil hinter dem Berg …" Van Lent grinste.

Matischak lachte. Es klang, als ob einer versuchte, mit schwacher Batterie sein Auto zu starten. Doch die goldenen Aussichten sorgten dafür, dass sich die beiden immer besser verstanden. Van Lent lachte mit.

„Nun, Herr van Lent, ich bitte Sie im Namen der Stadt und übrigens auch im Namen des Ortsvereines meiner Partei: Helfen Sie uns, die neuen Investoren in Friedrichroda willkommen zu heißen."

Es sei ihm eine Ehrensache, antwortete jener, und da fiel ihm ein, was er schon wieder verdrängt hatte: dass die Kirchgemeinde tatsächlich eine Initiative plane, Frau Lorenz und Frau Klöckner wären bereit, ein originales Thüringer Grillbuffet vor dem Schloss zu gestalten. Die wären ja keine Moslems, die Rumänen. Die würden schon mal kräftig in die Wurst beißen. Auch wenn sie schwarze Haare hätten.

„Als Überraschung?", fragte Matischak.

„Ob überraschend oder nicht, es wäre zu diskutieren."

„Nein, Überraschung finde ich prima", entschied der Bürgermeister. „Ich danke Ihnen, Herr Pfarrer.

Alles andere würde so gekünstelt wirken – und alle Handwerker, die am Schloss beschäftigt sind, sollen ihren Teil haben." Der Bürgermeister legte den Termin der Überraschung auf Freitagmittag fest. „Zum Feierabend, wie sie auf dem Amt sagen würden."

Als van Lent abends nach Hause kam, blinkte der Anrufbeantworter. Etwas blechern klang die Stimme von Monika Thun. Es gehe ihr heute wieder ein bisschen schlechter. Ob er die Tage einmal vorbeikommen könne, sie würde sich freuen. Gleich morgen, dachte van Lent, gleich morgen. Und ging zu Bett.

Es schlug halb eins, als er erwachte. Ihn fröstelte. Zuerst fand das Rasseln und Klappern nur in seinem Traum statt, dann hatte es sich so angehört, als poche jemand sanft gegen die Fensterscheibe. Van Lent erhob sich. Das Fenster stand auf Kipp. Er hörte den Wind auf dem Platz umherziehen. Zwei Katzen stritten sich um Beute aus einem zerfetzten Gelben Sack. Joghurtbecher tanzten im Sog des heranrückenden Gewitters. Van Lent schloss das Fenster, legte sich wieder ins Bett und zog die Decke bis zum Kinn. Er wusste nicht, wie lange er sich gewälzt hatte, als er hörte, wie es tippelte und schlurfte.
Das Geräusch kam aus dem Flur.
Van Lent hielt die Luft an. Die Türklinke bewegte sich langsam nach unten. Doch sie öffnete sich nicht ganz, sie knarzte und schnellte wieder nach oben. Er ahnte, wer davor stand, ein kleiner Mensch, auf die

Zehenspitzen gereckt, damit er an die Klinke kam. Bei den ersten Versuchen war die Türklinke von den zarten Fingerkuppen abgeglitten und wieder nach oben geschnellt.

Er versuchte es wieder!

Jetzt hakte der Riegel aus, die Tür knarrte und öffnete sich langsam. Von draußen zuckten Blitze und erhellten die kleine Person, die sich auf das Bett des Pfarrers zubewegte. „Benedikt, mein Sohn", van Lent setzte sich auf. Donner brach über den Ort herein.

„Papi", sagte Benedikt, „Papi, ich habe mir wehgetan", und er streckte die Arme aus. Der rechte Unterarm hing schlaff nach unten, ein Knochen stach heraus. „Papi", flüsterte er und tapste vorwärts, die Augen blickten auf den Vater, schielten unter dem hängenden Köpfchen hervor. Die blonden Löckchen verklebt von Blut. Seine Fußstapfen: Blut. Sein Lächeln zwischen Hoffnung und Spott.

Erneut schreckte van Lent hoch, tastete nach der Lampe, warf sie fast vom Nachttisch herunter, fand dann doch noch den Schalter. „Halt!", schrie er. Benedikt war fort. Jakobs Herz raste. Er fragte sich nur kurz, weshalb er im Sitzen geschlafen hatte.

Dann ging er in die Küche, nahm eine angebrochene Flasche Wein aus dem Kühlschrank und leerte sie in einem Zug, schluckte und schluckte, bis er meinte, der Wein müsste ihn wärmen, obwohl er doch aus dem Kühlschrank kam.

Dr. Haase kam ihm in den Sinn, das Gespenst, das er vor der Kirchenvorstandssitzung gesehen hatte. Meinte gesehen zu haben. Sie hatten ihm damals natürlich helfen wollen. Das Beste war gerade gut genug: Dr. Haases Kurse im Pastoral-Agapädischen Institut. Machte Dr. Haase Urlaub in Friedrichroda? Konnte das Zufall sein? Wohl eher nicht. Van Lent suchte eine weitere Flasche.

Gratisfortbildungen hatten sie es genannt, Therapie hätte es heißen sollen. Im Kreis sitzen und über die Vergangenheit reden. Pseudopsychologisch: Wenn ich heute ein Fisch wäre, was für einer möchte ich sein – einer, der eins wird mit dem Schwarm, oder ein Hecht, beobachtend auf der Lauer, bis er zupackt. Da konnte Haase sich dann schön dran aufhängen und die ganze Person deuten.

Die anderen im Stuhlkreis lachten, weil sich aus dem Maul des Dicken alles so leicht anhörte. Und sie dachten fröhlich, jetzt müsse doch bald der Knoten für van Lent auseinandergehen. Dabei zog er sich umso fester zusammen.

Der Korken ploppte.

Gelegentlich kam die schöne Solveig hereingeweht, zart wie eine Feder im Wind, aber hart zu sich selbst und zu jedem anderen. Die Institutsleiterin. Sie ernährte sich von nichts anderem als den Tränen ihrer Klienten. Das unterschied sie von dem Fettsack Haase. Die „Schöne" nannte sie Dr. Haase, wenn sie ihm auf die Schulter getätschelt, ihn ihren besten Mann genannt und wieder nach draußen verschwunden war. Scheinbar ironisch nannte er sie so. Der ganze Stuhlkreis kicherte. Aber dass es scheinbar war, hatte van Lent als Einziger gehört. Ihr Knecht war er, weiter nichts. Und er ließ sich nicht helfen.

28

Die Frau hatte einen bösen Blick. Ihre Zunge war lang und spitz, wenn sie sich über die Lippen fuhr.

* * *

Die Willkommensbrigade arbeitete leise und konspirativ unter den Linden an der alten Allee, die vom Klosterpark auf das Schloss zulief. Unter den Ästen glaubten sie sich unentdeckt und hofften daher auf die größere Überraschung. Außerdem hatte man hier kein Tor zu überwinden, sondern nur einen einfachen Bauzaun. Einen besonderen Baum gab es in dieser Ecke des Parks, van Lent legte seine Hand auf den Stamm, bevor er weiterschritt. Dieser Baum schlug seine Wurzeln in den eigenen Stamm. Eine schwere Verletzung hätte sein Tod sein müssen. Aber die Krone schickte durch den Stamm neue Wurzeln nach unten. Ein Wunschbaum, der hoffentlich etwas mit van Lents stummen Lippenbewegungen anfangen konnte. Wo der Stamm ein Loch hatte, sah man es deutlich: ein Wurzelgewusel, als öffnete man einen Strang von Telefonkabeln. Wobei, die brauchte in Friedrichroda ja keiner mehr. Gratis W-LAN sei Dank.
Wenigstens einen Herren der Schöpfung habe es hierher verschlagen, begrüßten die Frauen den Pfarrer. Ein kleiner Schritt für den Pfarrer, aber ein großer Sprung für den Gendergedanken in Deutschlands grünem Herzen. Die Isabell wäre schrecklich gerne gekommen, sagte Frau Lorenz. Van Lent lächelte gequält. Die Landtagsabgeordnete hätte ihm gerade

noch gefehlt. Es gebe schließlich auch Frauen, die arbeiten, fuhr Frau Lorenz fort. Klar, dachte van Lent, der mal wieder für seine Schäfchen auf Arbeit war, ohne dass jemand bemerkte, dass das eben seine Arbeit war: einfach da zu sein und mitzumachen und wenn es sein musste, zu reden, was zu reden war. Aber nein, wenn es um die große Gerechtigkeit ging, dann durfte er nicht widersprechen. Er ließ es als Herr der Schöpfung einfach geschehen.

Frau Lorenz zwinkerte Frau Klöckner und dem Pfarrer zu. „Hoffentlich bemerken sie uns nicht zu rasch." Sie blickten verstohlen zu den Fenstern des Schlosses. Die grüne Seele bangte. Van Lent blinzelte zurück, hielt es sowieso im Freien nicht aus, ohne zu blinzeln, denn er litt unter einem Kater. Ob nicht der kupferne Wasserspeier ihnen zugezwinkert hatte?

An ihnen also war es hängengeblieben, das Buffet aufzubauen, die Herren vom Geschichtsverein konnten frühestens um zwölf. Im Schloss hörte man dumpfes Hämmern und Sägen, ansonsten lag es ruhig da, Fenster und Türen geschlossen. Frau Klöckner war mit dem alten Vito aus der Fleischerei ihres Neffen Boris an den alten Linden vorbei zum alten Portal unter dem Ahnensaal gefahren. Sonst parkten keine Handwerker. Weder hier noch auf dem Innenhof, was die Geräuschkulisse seltsam erscheinen ließ. Sie sprachen lauter als sonst, wie um das Unnatürliche zu übertönen.

Fröhlich hupend bog Hajo, der Gemeindearbeiter, ein. Er parkte den Multicar direkt vor dem Hohen Haus. Alle schrien: „Psst! Das wird eine Überra-

30

schung!" Überhaupt, er käme von der falschen Seite. Das Haupttor am Kavalierhaus, es sei offen gestanden, verteidigte er sich.

Was so lange gedauert habe, wollten sie wissen. Frau Multhaupt habe die Bierzeltgarnituren der Kirchgemeinde noch extra markieren wollen, damit sie nicht mit denen von der Feuerwehr vertauscht würden. Wo die wäre? Die käme zu Fuß. Wer? Die Feuerwehr? Nein, Ingeborg Multhaupt, hahaha.

Rasch wurden mehrere Bierzeltgarnituren aufgestellt, Feuer züngelte im Rost. Die Bänke von der Kirche standen rechts, die von der Feuerwehr standen links. Die waren neuer. Kurz vor eins kam der Bürgermeister und bestaunte mehrere Schüsseln mit buntem Nudelsalat, einen grünen Blattsalat, achtzig Würstchen und vierzig Rostbrätel, Senf, Ketchup, Brötchen und Brot. Es wusste ja keiner, wie viele sie würden! Frau Lorenz hielt Matischak eine Platte mit Tofubratlingen vor die Nase.

„Die müssen Sie unbedingt kosten."

„Versprochen", sagte Matischak und verdrehte leicht die Augen in Richtung des Pfarrers, als wünschte er Cordula Lorenz zu ihren Gesinnungsgenossinnen nach Berlin-Kreuzberg. Soll sie doch auch dort ihre grünen Hähne hinkleben, dachte van Lent.

„Heute grillt der Chef", meinte Matischak. Er übernahm die Aufsicht über das Feuer. Gehorsam verzog sich der Gemeindearbeiter. Volkmar fächelte unbeholfen mit einer Pappe. Daheim nutzte er ein Heißluftgebläse aus dem Heimwerkerparadies.

Van Lent reichte dem Bürgermeister eine Flasche

Apoldaer Glockenhell. „Ich würde sagen, wir wechseln uns ab."

„Hätten wir nicht gedacht, dass sich Pfarrer und Bürgermeister mal im Park des Interhotels zuprosten, was?"

Van Lent lächelte. Die einfachen Arbeiter und Bauern wohnten früher im August-Bebel-Heim, und hier im Schloss residierte der umgarnte Westbesuch. „Ich weiß noch", sagte Matischak, „mit welchen Schauergeschichten wir damals die schwedische Monteurbrigade bei Laune gehalten haben. Dabei waren die einzigen Geister, die du fürchten musstest, die grauen Herren mit den Kopfhörern, die selbst auf dem Klo alles mitgeschnitten haben."

Wenig später komplettierte sich die Delegation mit Mitgliedern des Geschichtsvereins und den Abgesandten des Stadtrates. Vornehmlich von der Partei des Bürgermeisters. Ob das etwa alles mit Schweinefleisch wäre, fragte Stadtrat Jagielski – man wisse doch …

„Typisch CDU", giftete Frau Lorenz zurück. „Bloß weil sie schwarze Haare haben?"

Der Pfarrer prostete dem Bürgermeister zu.

„Haben sie denn überhaupt schwarzes Haare?", fragte Frau Klöckner. Zur Not könne sie auch den Boris, ihren Neffen, noch mal anrufen.

„Außerdem gibt es ja Tofu", sagte van Lent. Cordula Lorenz warf ihm einen dankbaren Blick zu.

Matischak grinste. „Sie werden uns schon nicht auffressen, weil wir ihnen die falsche Wurst kredenzen. Hoffe ich."

Van Lent grinste in sich hinein. Matischak konnte das sagen. Der war einfach auf jedem Parkett zu Hause. Der gab auch Widerworte, wenn wieder irgendwelche Weltretter auftauchten, die eine goldene Zukunft versprachen. Der würde nicht zulassen, dass jemand der Stadt die Butter vom Brot nähme. Diesmal nicht.

Zögernd standen sie vor dem großen Schloss, dessen dunkle Fenster sie fragend anstarrten. Von den neuen Besitzern hatte sich wirklich noch keiner blicken lassen? Warum? Man wollte Freude machen. Ein Willkommen bereiten. Und, ja, ein Danke entgegennehmen. Oder war das unerwünscht? Störten sie etwa?

Sie blickten sich um. Sie blickten sich an. Eine solche Versammlung konnte man selten bestaunen: diese leicht betretene Mischung aus Heimatliebe und Respekt, Schüchternheit und dem Wunsch, die Neulinge zu umarmen. Obwohl sie vielleicht schwarze Haare hatten. Gastfreundschaft und der Impuls wegzulaufen, alles zugleich.

Frau Multhaupt erreichte als Letzte das Fest, wackelte herbei, gestützt auf ihren Stock.

Gedämpft plätscherten die Geräusche der unangemeldeten Gäste durch die Hallen und Flure. Als ob unsichtbare Diener Meldung trügen zu ihren Herren, dass sich draußen eine Gesellschaft eingefunden hatte. Die Sonne strich über die Zinnen des Hohen Hauses.

Manchmal hörte man das Sausen des Windes durch die riesigen, entkernten Dachgeschosse. Van Lent verfügte über eine Intuition, die in seinem Beruf sozusagen lebensnotwendig ist: Ungesagtes zu hören. Nun vernahm er das Wispern des Gemäuers. Es versuchte ihn zu überreden: Nimm die Beine in die Hand, lauf um dein Leben!

Van Lent hasste diese Übertreibungen. Lauf um dein Leben. Lächerlich. Er käme zu spät. Er wusste es.

Er spazierte umher, gab sich entspannt, aber immer zehn, zwölf Meter Abstand zu Frau Multhaupt und Herrn Steinmann haltend. Winfried Steinmann, der Ortshistoriker, der Ortshysteriker, grüßte jovial, wie man alte Freunde grüßt. Die Runde grüßte zurück, wie man einen alten Freund grüßt, dessen Geschichten man trotz allem Stolz, den man damit verbindet, doch zur Genüge kennt. Van Lent prostete in die Runde, obwohl seine Füße am liebsten gerannt wären. Lächerlich, beruhigte er sich, einfach lächerlich.

Winfried Steinmann sah krank aus, der Körper gezeichnet vom vielen Studieren. Wer sah noch den irrsinnig dürstenden Blick in seinen Augen? Nie wird satt, wer seine Kraft nur aus dem Vergangenen saugen will.

Van Lent kannte den Schlosspark von gelegentlichen Führungen, die er mit der Partnergemeinde aus Württemberg durchgeführt hatte. Im Schloss selbst war er noch nie, dagegen hatten sich schon die alten Eigentümer verwahrt. Lediglich durch den Park führen durfte man Gäste zu besonderen Gelegenheiten. Die meisten zeigten sich beeindruckt nicht nur von dem Schloss. Dessen helles Mauerwerk und die aus historischen Gründen ganz unregelmäßige Anlage erweckten einen besonders romantischen Eindruck. Die Gäste bedauerten seinen Verfall, sie schwärmten von der ganzen Anlage zwischen den Teichen und fantasierten, wie hier einstmals Prinz Albert von Sachsen-Coburg und Gotha beim Lustwandeln die Königin Victoria erblickt hatte.

Van Lent hatte immer nur dazu genickt und seine Beklemmung heruntergeschluckt. Allein die Lage des Schlosses in diesem Tal, so unentschlossen: Will es sich verstecken? Will es überraschen? Oder auf Abstand halten? Aus irgendeiner Richtung fiel ständig Schatten darauf. Lustwandeln, das hatte für ihn eher was zu tun mit einem Höhenweg, dem Blick über das Land, aber nicht mit diesem kalten Gemäuer, so schön sein Turm und die Steinmetzarbeiten sein mochten. Es war ihm eben im Wortsinn zu viktorianisch. Als der hochgelobte Park um das Schloss angelegt wurde, waren Prinz Albert und Victoria bereits zehn Jahre verheiratet; vorwiegend glücklich, wie man sagt.

* * *

„Ob man mal klingeln sollte?" Dem Begrüßungskomitee wurde langweilig.

Herr Jagielski von der CDU schritt zum Hauptportal, das sich unter einem von beeindruckenden Steinmetzarbeiten verzierten Vorsprung befindet. Von dort grüßt bis heute der Thüringer Löwe aus dem Mauerwerk. Schüchtern, mit respektablem Abstand folgte die Festgesellschaft um die Ecke. Das Läuten der Türglocke war bis zum Buffet zu hören. Dunkel und mahnend. Und doch bewegte sich nichts, blitzten die Augen des Schlosses nicht auf, auch wenn Jagielski später sagte, bereits bei seinem Klingeln habe ihn ein kalter Windzug getroffen. Das gedämpfte Hämmern und Bohren hörte auf, aber die Türen blieben verschlossen. Ein Rauschen im großen Saal und die Ahnung von Schatten, die sich hinter den Fenstern bewegten. Rund um das Buffet sprach keiner ein Wort. Aber jeder dachte: Wann öffnet sich das Portal? Wer tritt heraus?

Eine Amsel setzte sich auf den Balkon über dem Hauptportal und stieß sich sogleich wieder ab, schlug mit den Flügeln, als ginge es um ihr Leben. Die Tür blieb verschlossen. Wie weiter?

Herr Steinmann vom Geschichtsverein riss die Gesellschaft aus dem Schweigen, indem er mehrere DIN-A4-Blätter aus der Innentasche seines Sakkos zog. So geräuschvoll wie möglich entfaltete er sie. Während er sich noch aufplusterte, gackerten Frau Lorenz und Frau Klöckner los, wild entschlossen, erst nach dem gellenden „Silentium" des Geschichtsvereinsvorsitzenden ihre Aufmerksamkeit auf ihn zu richten.

„Sehr geehrter Herr Bürgermeister, verehrte Stadträte, Herr Pfarrer, liebe Gäste, aber vor allem und – trotz Ihrer Zurückhaltung – liebe Zugezogene! Ich freue mich, dass ich heute als Vorsitzender des Kultur- und Geschichtsvereins Reinhardsbrunn die Gelegenheit wahrnehmen kann, Sie herzlich willkommen zu heißen an der historisch bedeutsamsten Stätte Friedrichrodas, über deren architektonische und historische Besonderheiten ich Sie hier und heute ein wenig aufklären will, damit Sie als neue Mitbürger die Verantwortung kennenlernen, die wir in Friedrichroda seit Jahrhunderten mit uns tragen. Seit 1827/28 erstand das vor uns liegende Schloss mit seiner charakteristischen Form. Falls Sie Gelegenheit hätten, darüber hinwegzufliegen, dann sähen Sie, ähnelte es einem Fragezeichen – bloß ohne den Punkt darunter."

Hier ließ er Pause für ein Gelächter, das aber nicht eintraf.

„Der Hof ist also nicht ganz umschlossen, das Fragezeichen läuft im Kirchlein aus, während das Hohe Haus, vor dem wir stehen, die das Zeichen vollendet. Die ungewöhnliche Anlage liegt darin begründet, dass aus Achtung vor dem genius loci die alten Fundamente und die Reste der Vorgängerbauten einbezogen wurden. 1832 konnte der Hauptkomplex vollendet werden."

Während Steinmann sprach, schlich sich van Lent in Richtung des Grills. Im Bürgermeister fand er einen Komplizen für ein zweites Bier. Besser als die abgestandene Plörre, die Winfried Steinmann seinen Zuhörern servierte. Diejenigen, die nicht so schnell reagiert hatten, lauschten wie paralysiert den allseits bekannten Ausführungen von Herrn Steinmann zur Schlossgeschichte, die für die Neuankömmlinge als Verpflichtung auf die heimische Tradition gedacht waren, nun aber der versammelten Festgemeinde kredenzt wurden, weil sie nun einmal vorbereitet waren, genau wie die Salate, die Brätel und der Tofu. Den verdienstvollen Herrn Steinmann zu unterbrechen wagte keiner, zumal bei solch einem Anlass irgendetwas geredet werden muss. Ob es in Herrn Steinmanns Worten lag oder in der Atmosphäre des düsteren Baues – ein unsichtbares Band zog sich um die Gemeinschaft.

„Doch hinter, besser: unter den Mauern des neugotischen Baues, dessen Erhaltung wir uns von Ihnen, werte Neuzugezogene, versprechen, harrt eine bald tausendjährige Geschichte ihrer Entdeckung und ihrer Verkündigung, die unseren Ort einreiht in unter die bedeutenden Quellen, denen der Strom thüringischer und deutscher, ja – europäischer Geschichte entspringt."

Steinmann wäre mit Sicherheit noch auf die Grabsteine der Ludowinger zu sprechen gekommen, jenes Thüringer Grafengeschlechts, das in diesem Gau seinen Ursprung nahm und noch heute in den Landeswappen des Freistaates Thüringen und des Bundeslandes Hessen mit seinem bunten Löwen verewigt ist. Die ursprüngliche Grabstätte habe sich, wie viele meinen würden, wohl hier in einer der Vorgängerbauten des Schlosses, im Benediktiner-Kloster, in der Kapelle befunden. Natürlich war man im Kultur- und Geschichtsverein anderer Ansicht.

Van Lent ärgerte sich über seine eigene Vertrautheit mit den Forschungen Winfried Steinmanns, der jeden Stein aufheben musste und weil er die Last nicht allein tragen konnte, sie noch den anderen aufbürdete. Als ob die nicht genug an ihrer eigenen Vergangenheit hätten.

Von dort wären die Grabsteine, so hätte Steinmann weiter ausgeführt – kein Ruhmesblatt für Friedrichroda – in die Georgenkirche nach Eisenach verbracht worden (jedenfalls pflegte man im Kultur- und Geschichtsverein Reinhardsbrunn diese Version) oder zunächst nach Gotha, Schloss Grimmenstein. Doch bevor der Forschungsstand so weit referiert war, fasste sich der Bürgermeister ein Herz und platzte in eine von Steinmanns rhetorischen Pausen.

„Was wäre eine Begrüßungsfeier ohne unsere heimliche Hymne?"

Er begann etwas schief, aber kräftig, der Pfarrer half mit und so stimmten alle ein.

„Diesen Weg auf den Höhn bin ich oft gegangen,
Vöglein sangen Lieder.
Bin ich weit in der Welt, habe ich Verlangen
Thüringer Wald nur nach dir."

Die Vögel schwiegen. Ein einzelner Reiher schwang sich auf, zog Kreise über den Fischteichen, die sich an der Straße bis Schnepfenthal hinzogen. Dumpf durchdrang der Gesang der Bürger das Gemäuer. Van Lent bekam eine Gänsehaut.

„Und damit wollen wir das Glas erheben!", rief Matischak, der Pfarrer rief: „Zum Wohle!", und alle anderen starrten erlöst auf die Männer hinter dem

Grill, wollten sich zuprosten. Endlich sollte das Fest beginnen, als sich nacheinander die Fenster des Haupthauses öffneten. Als hätten sich unsichtbare Finger entschlossen, jetzt Licht ins Dunkle zu bringen, schwangen bald hier, bald dort Fenster aus den Angeln, ploppten Bleiglasfenster auf und - als Höhepunkt schwang das große Portal auf. Es klirrte und klackte unrhythmisch, man meinte hämisches Lachen zu hören oder spitze Schreie, fern und hallend. Der Himmel verfinsterte sich. Ein eisiger Wind setzte ein. Er blies aus dem Schloss heraus auf die versammelten Bürger, durch die unentwegt klappenden und kreischenden Fenster. Die Kohle auf dem Rost glühte gefährlich auf und erlosch augenblicklich. Die Männer vom Grill glotzten verblüfft. Eine Glocke läutete dumpf und schwer.

„Jetzt ist da drin irgendwas", stammelte van Lent, verunsichert und verärgert über dieses irrationale Geschehen. Die Stadträte und die Herren vom Geschichtsverein, Frau Lorenz und Frau Klöckner schlugen sofort die Arme um die Schultern, als Kälte und Wind ihnen entgegenwehten. Jagielski quietschte wie ein Countertenor im Moment des Todes. Sie rückten zusammen wie die Schafherde, die von Wölfen umkreist wird.

Dann sekundenlange Stille – und zwischen die ratlose Festgemeinde drückte sich Geruch von Erde und Ewigkeit, vom Staub der Jahrhunderte und etwas auch von: Verwesung.

Ein gequältes Schreien, ein nicht enden wollendes Quietschen – so hörten es Matischak und Jagielski und alle anderen. Aber es war nur das eiserne Tor an der Straße, das sich nach außen bog. So, als versuche etwas Großes und Starkes vergeblich zu fliehen. Dazu grollte der Donner. Das letzte Gefühl von Sommer blies der Wind davon.

Dass das Empfangskomitee es auf einmal schrecklich eilig hatte, das war klar. Zum ersten Mal gruselten sich alle vor dem alten Schloss, das sein Gesicht verzog und sie anflehte zu verschwinden. Frau Lorenz und Frau Klöckner fuhren mit dem Vito davon, stießen das verbeulte Tor nach vergeblichen Versuchen, die verkanteten Flügel auseinanderzuziehen, einfach mit dem Auto auf; der Bürgermeister ließ den Grill zurück, der müsse sowieso erst richtig kalt werden, bis er ihn abbauen könne. Frau Multhaupt drehte sich um und rief zum Pfarrer irgendetwas über die Bierzeltgarnituren der Kirchgemeinde. Aber er musste nicht antworten. Das Essen blieb auf den Tischen stehen.

„Wir holen es morgen ab. Sicher bekommen sie nachher noch Lust, irgendwo reinzubeißen, die neuen Schlossbewohner."

So zerstreute sich die Gruppe und rannte auseinander, ohne Lebewohl zu sagen.

Van Lent fand sich auf der Straße wieder, eingehakt von Volkmar Matischak, der ihn mit ins Rathaus schleifte. Dort holte er zwei Gläser hervor und goss dem Pfarrer aus seinem geheimen Vorrat Cognac ein, einen und dann noch einen. Es ging um vieles an jenem Nachmittag, um Friedrichrodas Zukunft, die Geschichte der Stadt und Reinhardsbrunns und was im kommenden Jahr alles für die Senioren unternommen werden könnte. Vom verunglückten Fest war keine Rede. Gut so. Besser Pläne schmieden und sich in die Zukunft flüchten, als darüber zu reden, was schief gelaufen war. Heute oder früher. Die Wolken schließlich zogen vorbei und entleerten sich erst weiter hinten im Wald über Oberhof, wo ein kurzes Sommergewitter gerade noch als gutes Wetter durchgeht. Friedrichroda blieb trocken. Volkmar erzählte von seinen Töchtern im Studium und vom Jüngsten, dem Nachzügler, der gerade irgendwie orientierungslos sei mit bald achtzehn Jahren. Irgendwann verlagerten sie das Männergespräch zu Matischak nach Hause; DDR-Eigenheim vom VEB Bau Meiningen, Richtung Engelsbach. Matischaks Frau hatte einen behaglichen Rückzugsort daraus gemacht. Sie musste Stunden damit zubringen, den Nippes zu entstauben.

„Und?", fragte Margit, die Gattin. „Sind sie schwarz?"

Der Bürgermeister zuckte die Schultern.

„Du wirst doch nicht sagen, du hättest keinen gesehen?"

„Nicht so schwarz wie dein Herr Sohn herumläuft, möchte ich meinen."

„Er ist auch dein Sohn", sagte Margit und ging demonstrativ ins Bett. Den Bürgermeister störte das nicht. Sebastian mache gerade so eine Mode mit. Aber solange das mit der Feuerwehr noch liefe, da mache er sich noch keine übertriebenen Sorgen. Matischak öffnete eine Flasche Dornfelder.

„Und Margit?", fragte der Pfarrer. „Sie macht sich wohl Sorgen, dass er ihr entgleitet, wenn er den schwarzen Rächer der Nacht spielt?"

„Weiber!", sagte der Bürgermeister. „Und wo die Jugend ihr geheimes Hauptquartier aufgeschlagen hat, finden wir auch noch raus. Bisher wissen wir nur eines: In unseren städtischen Jugendclub gehen sie nicht."

Wie wahr, dachte van Lent. Bloß bisher ging er davon aus, dass der Kirchplatz das Hauptquartier war. Der Cognac und der Wein wärmten die Herzen der Männer, entzündeten ihren Geist und so fanden sie sich lachend und spinnend, Pläne schmiedend, während nun tatsächlich die Sonne unterging. Finsternis legte sich über das Städtchen mit seinem Trinkbrunnen, seiner fünfhundert Jahre alten Kirche, dem Schloss Reinhardsbrunn und dem davor aufgebauten Buffet.

Kapitel 3

Ganz wie sich das Barometer erholte, so erholte sich die Stimmung der beiden Männer. Durch die Wohnzimmerfenster konnte man sehen, wie der Bürgermeister eine leere Weinflasche auf den Kopf stellte, um die letzten Tropfen zu zwingen. Matischak war immer wieder aufs Neue in seinen Vorratskeller hinabgestiegen.

„Volkmar", sagte der Pfarrer.

„Jakob", sagte der Bürgermeister.

Van Lent suchte nach Worten für sein Unbehagen. „Das mit diesen rumänischen Tischlern, das ist doch wieder genauso ein Betrug wie damals mit den ukrainischen Finanzfachleuten oder davor mit der französischen Stiftung. Das geht denen doch allen nur um unser historisches Erbe, das sie verscherbeln wollen."

„Keine Achtung vor der Geschichte! Aussaugen und weiterziehen: Heuschrecken", bekräftigte Volkmar.

„Heuschrecken saugen nicht."

„Dann eben Mücken!"

„Verhökern und verscherbeln. Nur ums Geld. Und wir müssen sehen, was übrig bleibt."

„Komm, Jakob, ich weiß, wo noch was zu holen ist." Es folgte einer dieser Momente, wo zwei Männer das Gleiche denken und sagen. „Brot für die Welt, aber die Wurst bleibt hier!"

„Genau!"

Volkmar und Jakob verließen die Stube des Ersten Mannes im Ort und tauchten auf der Straße auf. Weil sie niemanden sahen, der sie beobachtete, fanden sie auch nichts dabei sich einzuhaken, als sie in Richtung Pfarrhaus liefen. „Nachher kehren wir bei mir ein", sagte van Lent. „Jetzt erst mal zwischendurch einen Schluck vom guten Quellwasser."

Er hielt den Kopf unter den Trinkbrunnen. Es lief ihm nicht nur in den Mund, sondern auch daran vorbei in den Hemdkragen. „Los, Volkmar", sagte er durchnässt, „nimm auch einen Schluck. Das hilft!"

Volkmar schaute sich um. Ihm war, als lauerte irgendetwas. „Wasser ist zum Waschen da."

Van Lent schüttelte den Kopf und wies mit kreisendem Zeigefinger auf die Messingbeschriftung am Trinkbrunnen. „Kurort, wir sind ja immer noch ein gottverdammter Kurort." Das Kur- in Kurort zog er dabei so lang wie die A4 zwischen Eisenach und Bad Hersfeld. Er pochte auf die Inschrift. „Hilft bei Diabetes Mellitus und Adipositas und allerlei Beschwerden mit urologischer Indikation! Hier steht's doch geschrieben – in Messing graviert! Dient sogar zur Kariesprophylaxe, unsere Ludowingerquelle."

„Ich hab das Schild da selbst anbringen lassen, ich weiß, wogegen das Wasser hilft", sagte der Bürgermeister.

„Und?" „Gegen nichts. Es hilft gegen gar nichts."
Volkmar Matischak setzte den Finger in seinen
rechten Tränensack, um ihn nach unten zu ziehen,
er bekam die gewünschte Geste aber nicht hin. „Wir
haben uns lediglich überlegt, welche die Beschwerden sind, die die meisten unserer Kurgäste beklagen.
Na, was sagst du, sind wir klug in der Verwaltung,
oder was?"

„Sehr klug", lallte van Lent, „das nenne ich moder-
nes Stadtmarketing. Trotzdem: Es steht nun einmal
auf dem Schild."

Volkmar blickte erneut über die Schulter. Der Schatten war näher gekommen, meinte er. Aber es wäre
albern, Jakob zu warnen, oder? Volkmar reichte Jakob erneut den Arm und zog ihn weiter. Der Pfarrer
entleerte sich gegen die eigene Gartenmauer. Hinter
ihnen kicherte es. Schritte klapperten.

Die beiden erreichten den Wiemerweg, benannt
nach Friedrichrodas größtem Autor, auf den alle genau so lange stolz sind, bis sie bemerken, wie de-
primierend seine Sujets waren. Sie torkelten über
den Perthesweg und durch den finsteren Puschkinpark, stolperten über die Gleise der Waldbahn und
nahmen nichts wahr außer ihrer neugewonnenen
Freundschaft und ihren knurrenden Mägen.

Die Wesen der Nacht huschten aus ihrem Blickfeld
und hätten sich doch die Mühe schenken können
in diesem Augenblick vollkommenen männlichen
Glücks.

„So darf uns keiner sehen", kicherte Volkmar, „den Bürgermeister und den Pfarrer."

Jakob lachte mit. „So jung habe ich mich schon lange nicht gefühlt."

„Ich erst!"

Freunde bis in den Tod. Blutsbrüder.

Da riss sich Volkmar los und stiefelte auf die Buche zu. Aus ihrem Schatten lösten sich drei Gestalten. Die rannten davon.

„Bleibt stehen!", schrie Volkmar. Verlegenes Lachen schallte zurück. Volkmar lehnte sich an die Buche und japste. Van Lent kam heran.

„Da oben sitzt noch einer", sagte er.

Volkmar blickte auf. Zu groß für einen Raben, aber eingehüllt in tiefes Schwarz blickte etwas herunter.

„Sebastian?", fragte Volkmar. „Mach, dass du nach Hause kommst."

„Ich habe alles auf Video", sagte Sebastian.

„Du bist es", sagte Volkmar.

„Gut aufgepasst, Herr Bürgermeister. Beinahe hätten sie uns einen Mordsschrecken eingejagt!", lachte van Lent.

„Mal sehen, wer hier zuletzt lacht", giftete Sebastian. „Die anderen werden sich freuen, wenn sie das Filmchen sehen." Er kletterte bis auf zwei Meter hinab, dann sprang er. Sein weiter Mantel breitete sich aus wie ein Fallschirm.

„Rück den Film lieber raus", sagte Volkmar, „ich finde ihn sowieso."

„Du findest gar nichts!", sagte Sebastian. Volkmar grapschte an ihm vorbei. Sebastian schlug sich in die Büsche. Volkmar fluchte ihm hinterher. Van Lent legte ihm seinen Arm um die Schulter.

„Cool down. Was soll da schon groß drauf sein?", fragte Jakob. „Zwei gut gelaunte Kameraden?"

Er klopfte dem Bürgermeister auf die Schulter. Nun war er es, der das ernüchterte Stadtoberhaupt am Arm zog. „Lass es uns wenigstens zu Ende bringen", beschwor er den Freund.

* * *

Als sie die Schlossmauer entlangstapften, kam der Mut zurück. Die Einfahrt am Kavaliershaus fanden sie offen. Das alte, gegossene Eisentor, welches sich am Vormittag so plötzlich und kreischend verzogen hatte, fehlte.

„Lasst mich rein, ich bin der Bürgermeister!", rief Volkmar. „Ich habe mit euch zu reden."

Als keine Antwort kam, mutmaßte Volkmar, das Tor wäre wohl schon an den Schrottsammler verhökert worden.

„So eine Frechheit!", sagte van Lent, hob ein Bauzaunelement aus der Verankerung und schlüpfte durch die Spalte.

„Na, was ist jetzt? Ist der Appetit vergangen? Hoffentlich haben die uns noch was übrig gelassen, sonst lesen wir denen richtig die Leviten."

Nur von ganz weit drinnen glomm etwas, das den Anschein gab, als läge das Schloss nicht völlig verlassen. Das Glimmen schien etwas zu warm zu sein, als dass sie es so einfach hätten abtun können als Reflexionen des Mondlichts.

48

„Du bist ein verrückter Kerl, Jakob. Aber jetzt ist es so weit. Die kriegen was zu hören! Die halbe Gemeinde rückt an zur Begrüßung, aber die Herrschaften geruhen woanders zu speisen."

Die Eulen und wer sonst noch des Nachts die Augen offenhielt, oben in den Kronen der Eichen, konnten die Gestalten wanken sehen. Der Kies knirschte. Die beiden gingen langsamer als zuvor, aber hörten nicht auf zu kichern und sich gegenseitig auf die Schulter zu klopfen. Aus dem hohlen Schloss klangen noch immer oder schon wieder dumpfe Geräusche wie von Hämmern und Sägen, als ob eine nimmermüde Handwerkerbrigade zimmerte. Ein Summen und Schleifen, ganz nah, aber zugleich von ganz weit weg. Wer wollte, der konnte es trotz der nächtlichen Stille der alten Parkanlage überhören. Nur, wer war das, der die Scheiben aller Fenster wieder verschlossen hatte? Und wann?

„Heute Nachmittag, vermute ich. Die Arbeiten wie die Bienen. Ssst, ssst – hin und her. Dabei sind es vermutlich nur irgendwelche Ketten oder Windgeräusche im Schloss." Der Bürgermeister überlegte. Ob es eine optische Täuschung gewesen sein könnte?

„Die Tür ist vielleicht noch offen", sagte van Lent.

„Sollen wir etwa rein?"

Die dunklen Fensterhöhlen wirkten, als sperrte das Schloss ein Dutzend Mäuler auf. Wind heulte durch den Schlosshof.

„Erst mal ans Buffet. Bevor es der Wind wegbläst. Kalt ist es ja schon."

In den Salatschüsseln schwamm Wasser, welches das zerkleinerte Gemüse abgesondert haben dürfte. Aber für den Salat interessierten sich die Männer weniger. Ebenso wenig für die Tofuplatte. Sie griffen nach den kalten Würsten, überzogen sie mit Senf und Ketchup und stopften sie sich in die Mäuler, ohne auf ihre Kleidung zu achten.

Kälte kroch über den Boden und die Idee eines ersten Nachtfrostes deutete sich an, aber noch war ihnen das Lachen nicht vergangen. Der Uhu verließ seinen Beobachterposten. Einfach zu viel Betrieb diese Nacht. Van Lent erhob sein Haupt und sah eine dunkle Gestalt vorbeifliegen. Volkmar zog ihn am Ärmel.

„Bloß eine große Eule!"

„Es liegt alles noch da. Wie wir es verlassen haben!", sagte van Lent.

„Sie haben es nicht angerührt", wunderte sich der Bürgermeister mit vollem Mund und wies mit großer Geste über das Buffet. „Sie verdienen weder das Buffet noch unser Schloss."

Der Uhu rief.

„Es ist doch immer das Gleiche. Aus dem Nichts kommen, sich hinter Mauern verstecken und über uns herfallen."

„Blutsauger! Blutsauger!" Es überkam Jakob. Er war wütend über den vertanen Tag, die verdorbene Feier, das Hin und Her, das Geschwafel, und überhaupt. Das Schloss nervte.

Van Lent hob einen Tofubratling auf und warf ihn hoch an die Scheibe des großen Saals in der Beletage. Der Tofubratling flog wie eine Frisbeescheibe.

„Herr Pfarrer! Zügeln Sie sich! Jakob, mein ich, Jakob." Der Bürgermeister kaute immer noch.

50

Weitere Tofubratlinge ploppten gegen die Bleiglasfenster. Van Lent schaute Volkmar herausfordernd an. Challenge! Mit vollen Backen hob Volkmar ebenfalls einen Bratling auf und feuerte ihn Richtung Schloss.

„Gut so!", lobte van Lent. „Das sollen sie ruhig mitkriegen! Unser Leben hier geht denen doch am Arsch vorbei. Die kommen hier eingeflogen und saugen uns aus und dann sind sie wieder davon. Reißen wir es lieber selbst ein! Es ist unser Schloss!"

„Das ist geschmacklos, Jakob. Es sind doch keine Vampire." Der Bürgermeister versuchte sich unterzuhaken und war bemüht, van Lent davonzuziehen.

„Doch, doch, genau das sind sie! Blutsauger, Vampire, Schweinebande!"

„Oh Gott, mach, dass das keiner hört!", betete der Bürgermeister, ohne dass ihm selbst klar wurde, was er tat.

Ein großer Schatten zog über sie hinweg. Van Lent und Matischak erschraken. Hinter ihnen knackste es im Gebüsch.

„Sebastian …?", sagte Volkmar. „Bist du das schon wieder?"

Er hielt den Pfarrer am Arm fest. Nichts rührte sich.

„Sebastian?", rief Jakob. „Schluss mit dem Geflatter."

„Wir sollten gehen", sagte Volkmar, „es ist reichlich spät." Er zog energischer an Jakobs Ärmel, dieser ließ sich bewegen mitzukommen. Seine Augen starrten noch auf die großen Fenster des Ballsaals, als der Bürgermeister ihn fortzog. Er war sicher, dass sich dahinter etwas bewegt hatte, Schatten auf halber Höhe. Das Glimmen nahm gleichmäßig zu, obwohl der Wind einige Wolken am Mond vorbeitrieb. Wie leuchtende, feurige Augen starrten die vorher toten Fenster sie an. Ein wenig zu viel für eine Sinnestäuschung. Der Alkohol, konstatierte van Lent, schafft idiotische Bilder. Volkmar begann zu laufen. Jakob hinterher.

Dann traf ihn ein Schlag, den er nicht hatte kommen sehen. Pfarrer van Lent ging zu Boden.

* * *

Der Wind trieb eine leere Plastikflasche durch die Fußgängerzone; sie torkelte, als wäre sie besoffen. Van Lent stand am Fenster und kühlte seinen Hinterkopf. Den Ast, an dem er sich gestoßen hatte, als er in kindlicher Panik durch den Park gerannt war, bedachte er mit unchristlichen Flüchen. Oder waren es am Ende wirklich Sebastian und seine Freunde, die ihm eine verpasst hatten?

„Oh Gott, Herr Pfarrer", war das erste, was er gehört hatte. Er nahm den Geruch von Fisch wahr und dass er sich durch die Gummihandschuhe seiner Retterin anfühlen musste wie ein nasser und kalter Fisch.
„Hochwürden!"
Die Fischfrau. Er merkte, dass sie es war, die auf ihn einredete und die ihn aus dem Graben zog. Wie er dahin gekommen war, wusste er nicht mehr. Nur dass Volkmar verschwunden war, fiel ihm sofort

auf. Spuren im Kies und im Laub deuteten darauf hin, dass man Volkmar irgendwohin gezerrt hatte.

Und ihn hatten sie liegen lassen!

Sie schleppte ihn in ihr Geschäft an den Reinhardsbrunner Teichen. Täglich wechselndes Fischgericht für 5,95 – und teilweise tatsächlich aus den hiesigen Gewässern.

Nun kniete sie vor ihm und bearbeitete seine Hose mit einer Bürste.

„Lassen Sie das ruhig", knurrte er undankbar.

„Was ist denn passiert?", wollte die Fischfrau wissen. Sie sah zu ihm auf, ohne dass das Zerren und Bürsten endete. Natürlich hatte er der Fischfrau nicht erzählt, mit wem er dort gewesen war. Peinlich genug, dass der Pfarrer im Graben lag, bekleckert mit Senf und ausgestattet mit einem ausgewachsenen Kater. Ach was, Kater, Gehirnerschütterung. Zwar konnte er sich an einen Schlag erinnern, doch ohne zuerst mit Volkmar zu sprechen, wäre es nicht klug, irgendetwas zu tun. Erschien es nur ihm so oder hatte auch Volkmar ein helles Gelächter gehört? Bevor es dunkel wurde? Endgültig.

„Keine Sorge", schwatzte sie munter weiter, „ich plaudere nicht.

Er wusste, dass das nicht stimmte.

„Sie haben sicher auch schon mal über die Stränge geschlagen", spekulierte er. „Könnten wir da nicht so etwas wie Komplizen sein?"

Die Fischfrau verstand, dass es mit einer exklusiven Geschichte für sie trotz aller Hilfsbereitschaft nichts werden würde. Sie raffte sich auf und fuhr mit dem

Zeigefinger durch die Luft, als hätte sie eine brillante Idee.

„Als Ihre Retterin würde ich erst einmal sagen: Sie sind ein dringender Fall für ein Heringsbrötchen."

„Nicht Forelle?"

„Ich habe noch viel Hering übrig", sagte sie und zwinkerte. „Unter uns …"

„Ich nehme zwei", sagte van Lent.

„Fünfzig Euro."

Van Lent akzeptierte. Dann schlich er heim. Den Hering entsorgte er unterwegs. Ihm war übel.

Die Gesundheitslehren von Pfarrer Sebastian Kneipp sorgten für einen stetigen Zustrom übergewichtiger Rentner, die nur zu gern die populäre Meinung teilten, es genüge, durch eisiges Wasser zu stampfen, ansonsten müsse man sein Leben nicht ändern, wenn man sich auf ewig jung fühlen wolle. Ach, die Zauberkraft des Wassers!

An diesem Morgen aber hatte van Lent den Eindruck, als hätte er Dr. Haase gesehen, wie er mit blanken Füßen durch die Wiese schritt. Im Puschkinpark, mitten in der Gruppe berenteter Kneippzombies vom Hotel, die mit blau geäderten Füßen den Tau im Gras zertraten. Eine fröhliche Physiotherapeutin tanzte vor ihnen her, den Pferdearsch in rosa Leggins.

Doch genug der Gespenster!

Jakob war einfach nur dankbar, als er sich mit seinem Kühlakku aufs Sofa legen konnte. Es dauerte ein paar Stunden, bis sich seiner Pflichten als

Seelsorger besann. Helfen kann so was von lästig sein. Mit Kopfweh.

Er ging zu Frau Thun, wie er versprochen hatte. Dreimal klingelte er. Fast wäre er wieder umgekehrt, als der Türsummer ertönte. Van Lent ging zur Treppe. Der Kopfschmerz hieb bei jeder Stufe auf die Pauke. Trotzdem spürte er die lange vergessenen Freuden der Pflicht. Van Lent fand die Wohnungstür offen.

„Hinten", rief eine schwache Stimme.

Van Lent schritt über den Flur, die Dielen knarzten, durch die angelehnte Küchentür beobachtete er Maya. Blechern spielte das Küchenradio die Hits der 70er. I believe in miracles. Van Lent konnte nicht anders, sein Gang wurde wippend. Es wurde also wieder besser. Nudelwasser köchelte bereits und das Mädchen saß am Tisch und versuchte, eine Zwiebel zu schneiden. Maya weinte. Trotzig zeigte sie auf die Zwiebel und winkte ihn fort. Van Lent schlich weiter bis zur Schlafzimmertür. Das Fenster stand offen. So roch es nicht wie bei einer Kranken, immerhin, doch van Lent fröstelte. Frau Thun deutete auf einen Stuhl.

„Danke, dass Sie kommen." Sie versuchte ein Lächeln, aber es gefror.

Van Lent nickte. Maya war sonst immer bis um zwei in der Schule. Wer kümmert sich wohl um sie, wenn die Mutter so krank ist? Er setzte sich.

„Und wie gefalle ich Ihnen?"

Van Lent sah spröde Lippen und glasige Augen. Das Nachthemd stand offen. Von seinem Stuhl aus konnte er hineinschauen. Van Lent folgte der Einladung und betrachtete ihre rechte Brust. Er prägte sie sich genau ein, die zarte Hügellandschaft des Vorhofes und in ihrer Mitte eine Zitadelle, deren Ende er nicht ganz erkennen konnte, weil sie vom Nachthemd umspielt wurde. Sie erregte ihn noch, obwohl er sie sich schöner vorgestellt hatte. Praller. Ohne Zweifel, sie war eine Frau in voller Blüte und schien doch wie im Zeitraffer zu altern. Sie sah ihn an und zog das Nachthemd zu.

„Mir gehen die Haare aus." Monika Thun fing an zu weinen. Van Lent nahm ihre Hand.

„Wie geht es Maya?"

Frau Thun lächelte, als sie von ihrer Tochter sprach, flüsterte von Erfolgen in der Schule – und auch beim Sport, dem Biathlon, ihre Laufzeiten könnten noch besser werden, aber das hole sie alles am Schießstand wieder auf. Oh, was wäre das für eine Sorge weniger, wenn sie es eines Tages bis aufs Sportgymnasium brächte!

Maya könne gerne weiterhin nach der Schule zu ihm kommen, wenn sie Hilfe bei den Hausaufgaben bräuchte oder so. Sie hätten sich schon ganz gut aneinander gewöhnt. Er dächte noch an sein Versprechen, gab er an und biss sich dabei auf die Zunge, weil er schon manchmal durch unbedachte Selbstverpflichtungen unter Druck geraten war. Ob er für sie beten dürfe, fragte van Lent zum Abschluss. Sie nickte und er tat sein Bestes, eine Hand auf ihrer Schulter. Als er gehen wollte, hielt sie seine Hand fest. Er beugte sich vor und küsste sie auf die Stirn.

Da lächelte sie zum ersten Mal richtig und zeigte ihre schneeweißen Zähne.

Inzwischen hatte Frau Klöckner im Pfarrbüro angerufen. Als van Lent das offizielle Amtszimmer im Erdgeschoss betrat, blinkte der Anrufbeantworter und gab auf Knopfdruck eine Lobeshymne auf die Zugezogenen wieder: Sie, Frau Klöckner, habe mittags die Reste des Buffets abbauen wollen, doch alles habe schon vor dem Schlosseingang gestanden, sauber abgewaschen und gestapelt. „Immerhin ein Zeichen der Anerkennung!" Die Leute seien anders, aber sie seien ordentlich; eine andere Kultur eben, sie habe auch schon Matischak auf den Anrufbeantworter gesprochen, ob man sich nicht einmal zurückmelden könne. Natürlich auch wegen der Rechnung, wer die denn trage: Rathaus oder Kirche. Ihrem Boris wären Kosten entstanden.
Der Volkmar macht es richtig, dachte Jakob, schläft gründlich den Rausch aus. Schließlich ist es Sonnabend. Muss man immerzu erreichbar sein? Statt sich bei Frau Klöckner zu melden, wählte er die Nummer von Cordula Lorenz und erkundigte sich eingehend nach den eventuellen Auswirkungen dieser Funkmasten auf dem Hoteldach.
„Den Auftrag nehme ich gerne an, Herr Pfarrer, da mache ich mich schlau."
Ohne große Lust und mit schmerzendem Kopf nahm van Lent die Bibel hervor und blätterte nach dem Predigttext für morgen. Widerwillig schlug er das erste Buch Mose auf, Kapitel zweiundzwanzig,

und stieg mit Abraham und Isaak auf den Berg Moria. Van Lent würde darüber berichten, ob es jemanden interessierte oder nicht. Ein besonderer Auftrag von Gott an Abraham. Chefsache. „Kommt mir heil zurück, ihr beiden", hatte Sara gesagt. Sie winkte ihrem Sohn hinterher. So schade, dass er sich nicht mehr umgedreht hatte. Das war vor drei Tagen, das war weit weg. Viel weiter als unten im Tal die Knechte. Die Knechte durften beim Esel warten und brauchten nicht mitzuerleben, was oben auf dem Berg geschehen sollte. Van Lent durfte nicht dort im Tal warten, er war der Prediger, er sollte morgen davon erzählen, was oben geschah. Sie zwangen ihn mit nach oben und sie nahmen keine Rücksicht auf Atemnot und Schwindel. Ein ganz kleiner Isaak kletterte tapfer an der Seite des starken Mannes auf den Berg. Van Lent keuchte, aber Vater Abraham schritt unerbittlich voran. Kein Schweiß in seinem Nacken. Sollte van Lent wirklich nur berichten? Müsste er nicht etwas tun? Aber wie etwas tun, wenn man kaum hinterherkam?

„Papi?", fragte Isaak und drehte den Kopf nach oben.

„Ja, mein Sohn?" Er nahm die Fackel in die rechte Hand und tätschelte mit der linken die Locken seines Kindes.

„Ich trage das Holz und du trägst das Feuer. Wo aber ist das Opfer?"

Van Lent schrie. „Lauf, Isaak, lauf!" Aber niemand konnte ihn hören oder sehen. Er versuchte Abraham zu schubsen und trommelte auf seinen Rücken.

Aber der spürte es nicht. Immer weiter setzte der Alte den Fuß bergan.

„Gott selbst wird sich ein Opfer aussuchen", sagte Abraham, während sie weiter durch die Felsen kletterten. Und mit einem Mal waren sie oben, van Lent nahm einen riesigen Berg Reisig von Isaaks Schultern, stapelte es auf den Altar und legte sein Söhnchen obenauf. Isaak war blond. Und ehe er noch einmal Papa rufen konnte, hob einer das Messer in die Luft, um zuzustechen. Und das war er selbst. Van Lent.

Hätte jetzt nicht ein Engel Einhalt gebieten müssen? Wo blieb der beschissene Engel?

Das Messer fiel herab. Alles war schwarz. Dann war ihm, als rinne Blut über sein Gesicht. Doch van Lent schreckte auf und fand, dass es Speichel war. Seine Stirn klebte an dem dünnen Bibelpapier, auf dem er geschlafen hatte. Vor ihm stand das Foto seiner Frau und seines Sohnes. Sie lächelten ihn aus fernen Zeiten an. Van Lent zog eine Schublade auf und ließ es dort verschwinden. Kein Engel hatte „Halt!" gerufen.

Kapitel 4

Pastor van Lent erschrak, als es läutete, er hatte niemanden die Stufen zum Pfarrhaus hinaufsteigen hören. Er sah auch keine Reflexionen in den Fensterscheiben seines Amtszimmers, wie er es sonst kannte, wenn einer im Eingangsbereich stand.
Er schob es auf die einsetzende Dunkelheit.
Van Lent schlurfte zur Tür und sah sich einer jungen Frau gegenüber, die die Lippen zu einem Gruß verzog und sich leicht vor ihm verbeugte.
„Ihr seid der Herr Pastor! Erlaubt Ihr mir einzutreten zur vorgerückten Stunde?"
„Was kann ich für Sie …?"
Sie schritt an seiner ausgestreckten Hand vorbei ins Innere.
„Eine arme, unerlöste Seele sehnt sich nach Eurem Amte." Ihre Stimme klang warm und schien um ein Vielfaches älter zu sein als die junge Frau, die vor ihm stand. Anmutig und zugleich glühend. Scheu und begehrenswert.
Van Lent schluckte. Mit einer Armbewegung leitete er sie in sein Besprechungszimmer. Dort wies er ihr das dunkelrote Sofa zu.

„Darf ich Ihnen etwas anbieten, Tee oder noch einen Kaffee?"

Derweil überlegte er, ob er die Frau schon einmal gesehen haben könnte. Wie es möglich gewesen wäre, eine solche Frau zu vergessen? Denn, so dachte er, sie war eine Erscheinung, mit der man es nur alle paar Hundert Jahre einmal zu tun bekommt. Sie schlug ihren dünnen Mantel zurück und setzte sich. Ihr Kleid sprach von einer gewissen Nostalgie, die Ärmel lang geschlossen bis zu den Handgelenken und rüschenbesetzt. Es kämpfte aber vergeblich um eine Verhüllung der Reize seiner Trägerin; der Schneider musste mit dem Teufel im Bunde gestanden haben, wenn er nichts weiter zu sehen erlaubte als den Ansatz ihres Busens. Van Lent wusste, dass er es in diesem Gespräch schwer haben würde, auf Mund und Augen seiner Klientin zu achten. Allzu oft dürfte sie sich nicht vorbeugen. Van Lent nahm ihr gegenüber Platz. Kupferrote Locken umspielten ihren weiß schimmernden Hals.

„Nein danke", sagte sie.

„Nein danke, was?"

„Tee oder Kaffee."

„Ach ja."

Sie starrten sich einen Moment an und van Lent hätte gern gewusst, ob auch ihr Herz schneller schlug als gewöhnlich.

„Ich habe gesündigt", begann sie.

„Das tun wir alle. Mehr oder minder." Er hätte einen Schluck Wasser gebraucht. Obwohl das ganze Thema Schuld und Vergebung nicht das war, was van Lent einmal motiviert hatte, Pfarrer zu werden: Diese Frau, dieses Wesen wäre eine Sünde wert. So viel wusste er doch.

„Weiter", sagte er. Van Lent fürchtete, dass seine Stimme belegt klang.

„Viel und oft. Ich tue es noch."

Van Lent stieg Blut in den Kopf. „Wie ist Ihr Name?"

Die Frau zuckte zusammen. „Anna", sagte sie. „Anna".

„Anna – Gnade", murmelte der Pfarrer. „Ich bin der Pastor van Lent. Aber lassen Sie den Pastor ruhig weg."

„Man kennt Euch", sagte sie knapp.

Van Lent vergaß manchmal, dass ihn bedeutend mehr Menschen kannten, als er selbst bewusst zuordnen konnte. Das war normal bei einem Kleinstadtpastor. Hatte er sie eventuell bei einer Beerdigung gesehen? Nein. Und sah er wirklich schon so alt und verbraucht aus, dass sie gleich mit ihrer Beichte zur Sache kommen wollte, ohne ihm das persönliche Geplänkel zu gönnen?

Er wagte noch einen Versuch. „Sie kommen vom Schloss?"

Sie lächelte mit merkwürdig geschlossenen Lippen. Die Fältchen an den Augen verrieten van Lent, dass sie sich heimlich amüsierte. Ein zartes Rot trat auf ihre Wangen.

„Haben Sie sich gut eingelebt dort?" Den missglückten Grillempfang wollte van Lent vorerst nicht ansprechen – und den abendlichen Besuch besser auch nicht.

62

„Ich täusche mich doch nicht in der Annahme, Ihr gelobtet dereinst vor dem Altare Gottes allergestrengste Verschwiegenheit in Dingen der Seelsorge?"

„Es ist selbstverständlich, dass …"

„Ihr würdet dafür sterben? Selbst angesichts einer peinlichen Befragung den Mund verschlossen halten?"

„Ich sehe, dass Sie etwas Ernstes mit sich herumtragen. Sie haben Angst, dass …"

„Es wäre Ihr Tod!"

„Wie bitte?" Van Lent verunsicherte es, wie ruhig und klar sie eine solche Drohung aussprach.

„Ich meine es, wie ich es gesagt habe. Ich würde mich nicht an Euch wenden, wenn nicht, was ich mitzuteilen gedenke, derart delikat wäre, dass nur Ihr mir zu helfen vermöget. Hülfet ihr mir dagegen nicht und sprächet darüber und käme nur eines der entscheidenden Worte unserer Unterhaltung in der nächsten Zeit über Eure Lippen, so erwüchsen Euch in jeder Hinsicht üble Konsequenzen. Ihr wisst, Reinhardsbrunn hat eine traurige Geschichte."

„Euer Deutsch … Ich meine, Sie sprechen es berührend gut, ich meine: … sehr gut, höchstens ein wenig altertümlich, wenn ich das sagen darf. Aus der deutschen Minderheit Rumäniens, nehme ich an, da haben Sie Ihre Wurzeln?"

„Habt Ihr verstanden?"

Van Lent ließ sich nach hinten in den Sessel fallen. Was war das? Unverschämt? Raffiniert? Provokant? Einfach lächerlich? Jedenfalls kein Alltagsgeschäft.

„Ja", sagte er schließlich.

„Und schwört Ihr bei allem, was Euch heilig ist?"

„Also, meinetwegen. Ja. Ich halte mein Gelübde."

„Das ist gut."

Sie saßen sich gegenüber, während der Sekundenzeiger auf der Wanduhr leise vorwärts tickte. Ja, Reinhardsbrunn war eine traurige Geschichte, aber dieser ganze Ort war gekettet an diese Geschichte, die er viel zu gut kannte.

Ihr Brustkorb hob und senkte sich, während sie atmete. In ihrem Ausschnitt begann eine sanfte Hügellandschaft, die zu ausgedehnten Wanderungen so geschickt lockte, dass wohl kein Mann sagen könnte, ob ihr Kleid aus zu viel oder zu wenig Stoff bestand. Sie quälte ihn. Hatte sie ihn nun gesehen gestern Abend oder nicht? Derangiert, wie er war. War sie deshalb gekommen? Dann war dies keine Beichte, sondern eine Falle.

„Was gibt es also, das Sie mir zu beichten hätten?"

„Ich bin ein Vampir."

Van Lent zuckte kaum. Das war hübsch. „Sie meinen: eine Vampirin."

„Was tut das zur Sache?"

„Es ist wohl eine Frage der Gerechtigkeit, denke ich. Heutzutage."

„Sagt, habt Ihr nicht damit gerechnet, dass ich hier erscheine? Einer von uns?"

Oder eine, dachte van Lent. Natürlich, ich habe es befürchtet. Aber er verneinte freundlich und erinnerte sie an eine gewisse Verschlossenheit der Ankömmlinge. Sie überging diesen Satz. „Es ist also wahr. Das alte Geheimnis wurde nicht weitergegeben von Pfarrersmunde zu Pfarrersohr. Die Menschen hier haben vergessen, wofür dieser Ort einst stand? Und doch haben Sie, Pfarrer van Lent, gerufen … An jenem Tag. Es wart doch Ihr, der Klage erhob, warnte …"

Van Lent spielte mit einem Stift und legte ihn aus der Hand. Dezent rieb sie ihm den gestrigen Auftritt unter die Nase. Genau genommen, wusste er kaum noch, was er da gerufen hatte. Peinliches Zeug, vermutlich. Wollte sie eine Entschuldigung? Oder ihm Angst machen? Er kramte in seinem Gedächtnis nach einer psychologisch geschickten Gesprächsführung und fand schließlich, es sei gar nicht dumm, als Therapeut zu fragen: „Was wäre denn für Sie ein gutes Ergebnis am Ende unseres Gesprächs? Was erwarten Sie, was ich für Sie tun kann?"

So hätte Dr. Haase bestimmt gefragt.

„Ihr müsst mich heilen."

Van Lent hob die eine Wange zu einem halben Lächeln. „Ich bin kein Psychotherapeut. Ich bin bloß Seelsorger."

„Ein Geistlicher."

„Ja."

„Ihr müsst mir das Abendmahl reichen. Leib und Blut Christi. Das würde mich heilen."

„Wie stellen Sie sich das vor?"

„Ihr seid der Geistliche, Ihr müsst wissen, wie der Ritus zu vollziehen ist. Notfalls – ich weiß es natürlich auch, obwohl ich Laie bin. Oder Laiin – sagt man das heute? Aber Ihr tragt das Priesterzeichen eingebrannt auf Eurer Seele, welches Euch beigelegt wurde bei der Heiligen Ordination in der apostolischen Sukzession."

Van Lent erinnerte sich dunkel. Seine feierliche Ordination, ein Gottesdienst von dreieinhalb Stunden Dauer in einem viel zu kalten Dom, die Ordinanden reichlich verkatert vom am Abend zuvor gefeierten Abschluss ihrer Ordinanden-Rüstzeit. Der eigene Bischof und dazu der Bischof aus Schweden mit den buschigen Augenbrauen. In Nordeuropa stehen bis heute die Bischöfe in dieser Tradition. Hierzulande fiel sie einer turbulenteren Reformationszeit schnell zum Opfer. Sie hatten noch Witze darüber gemacht, die jungen Vikare, ob sie auch so buschige Augenbrauen bekommen würden, als Zeichen der apostolischen Sukzession. Überaus bescheuert, aber für die Berufsanfänger durchaus eine Messe wert. Die Kirche praktizierte diese Form der Ordination schon seit ein paar Jahren nicht mehr, weil sich irgendwann die Mehrheit das Grinsen nicht verkneifen konnte, wenn es hieß, es müsse wieder der alte Schwede eingeflogen werden.

Aber lange Zeit war es Brauch, ein Mann musste kommen, natürlich keine Frau; ein Mann, dessen Bischofsweihe sich zurückführen ließ auf die allerersten Weihen und – so die alte Kirche nicht zu sehr gemogelt hatte – auf die Apostel des Herrn höchstpersönlich. Van Lent dachte natürlich selten über so etwas nach, nicht einmal darüber, ob es die Apostel oder den Herrn überhaupt gegeben hatte.

„Woher wissen Sie, dass ich – also, dass ich noch zu denen gehöre, die …"

66

„Ich kann es sehen", sagte sie.

Van Lent strich sich über die Augenbrauen. Die waren normal. Er bemerkte, dass seine Hände schwitzten. „Sehen?"

„Ja", sagte sie. „Ihr habt eine schöne Seele."

Sein Traum kam ihm wieder in Erinnerung und all das andere auch, das nicht bloß Traum war, sondern Erinnerung. Seine Geschichte, wie Volkmar zu sagen pflegte. Gleich würde er aufwachen und der Spuk wäre zu Ende und Pfarrer van Lent würde wieder zum Kühlschrank gehen oder gleich einfach unten in den Schreibtisch greifen. Da stand immer eine Flasche Rotwein. Wenn er darüber nachdachte – er hatte in jedem Zimmer eine. Van Lent erhob sich, seine Seelsorge-Aspirantin schaute zu ihm hoch. Das hieße, wenn es ein Traum war, ein luzider gar, dann musste es auch Möglichkeiten geben … Eine Möglichkeit zu Dingen, die nur im Traum möglich sein sollten.

Seine Augen verengten sich zu Schlitzen und er begann vorsichtig zu grinsen. Er wusste, dass es – wie man so sagt – vom Teufel war, als er fragte: „Und was wäre mein Lohn?"

Ihre Stimme kam von ganz tief unten aus dem Bauch und doch sprach sie leise, sie befeuchtete ihre Lippen und sagte: „Ihr könnt haben, was ihr wollt. Ich stehe in Eurer Schuld …"

„Das hieße?"

„Ich gehöre Euch! Sobald Ihr mich erhört!"

„Wir könnten …", überlegte er, fixierte sie mit den Augen, damit sie nicht verschwände, und tastete sich langsam nach hinten zu seinem Schreibtisch. Im rechten unteren Fach musste die Flasche stehen, guter Roter, zu lange verachtet, er angelte mit dem Arm ins Innere des Fachs. Ohne sie aus den Augen zu lassen, griff er den Blauburgunder, nestelte am Verschluss und las mehr und mehr Spott in ihrem Gesicht. Wieder verzog sie die Lippen, die immer röter und verlockender wirkten.

„Doch nicht hier", sagte sie fast mitleidig und fragte, ob er denn wirklich überhaupt nichts wüsste. Es müsse in jener Kapelle geschehen, in Reinhardsbrunn, exakt an dem Orte, wo sie vor vielen Jahren erstanden sei.

„Erstanden?"

„Zum Vampir geworden."

„Ein Mensch wird zum Vampir oder zur Vampirin, indem er oder sie von einem Vampir gebissen und ausgesaugt wird. So viel weiß ich auch."

„Oder von einer Vampirin", lachte sie und schlug die Hand vor den Mund.

Die alte Klosterkirche würde nicht mehr stehen, sagte er, nichts zu sehen von dem alten Altar, aber sie widersprach und meinte, dass die Schlosskapelle ihren Zweck erfülle, weil sie im Kreuzgang des alten Klosters errichtet sei.

„Tatsache ist, dass Ihr alles vergessen habt! Obwohl Ihr so ein schlauer Mann seid. Aber Ihr seid nicht schuld, wenn es Euch niemand gelehrt hat. Erstünde ein jeder als Vampir, den wir bissen, gäbe es bald niemanden mehr zu beißen. Ein Vampir kann nur werden, wer in der Zeremonie die Weihe empfängt.

Dafür, mein werter Herr Pastor, ist es nicht einmal wichtig, ob Ihr vorher von einem gebissen wurdet. Ein jeder tote Mensch könnte wohl, nähmen wir ihn mit zur Weihe, zu einem Leben als Untoter erwachen. Ein Raub, entrissen dem Schoße Abrahams."

„Wessen Schoß?", stotterte van Lent und fing sich sofort wieder. Er stellte den Wein ab und nahm ihn gleich wieder hoch. „Sie wollen mir tatsächlich sagen, Sie beißen Menschen und trinken ihr Blut?"

Für einen Moment sah sie ihn keck an, mit einem Gesichtsausdruck wie seine Frau Lorenz aus dem Gemeindekirchenrat. Es hätte ihn nicht gewundert, wenn sie nach Lorenz-Art zurückgegeben hätte: „Sie beißen in Würste und essen durchgedrehtes, rohes Fleisch." Aber Anna fing sich. Sie holte Luft und begann zu berichten.

„In Reinhardsbrunn sind wir seit wenigen Wochen – und schon leidet Euer halber Ort an seltsamer Schwäche. Lest doch die Zeichen der Zeit, wenn Ihr mir nicht glaubt. Nein, Ihr müsst mit mir kommen in die Kapelle. Nur dort wirkt es, Leib und Blut Christi, Pharmakon Athanasia, die Medizin der Unsterblichkeit. Ich beschwöre Euch. Ihr habt es mit keiner Undankbaren zu tun."

Ich werde meinen Lohn nicht bekommen, fuhr es van Lent in den Sinn, ich weiß, was sie vorhaben, sie wollen mir eine Lehre erteilen für gestern Abend. Aber ich werde nicht darauf hereinfallen. Am Ende ist Volkmar da. Alle sehen, wie ich mich habe locken lassen von diesem Vamp. Sie werden mich auslachen.

„Gehen Sie jetzt", sagte er. „Es reicht."

Sie stand auf und trat näher zu ihm. Er roch eine würzige Mischung aus Nelken und Zimt. Moschus? Sie duftete nach Öl und Zitrone und Amber. Sie rückte noch näher, schürzte die Lippen eine Winzigkeit. Van Lent stellte die Flasche endgültig ab. Er hob seitlich die Arme, hätte sie beinahe umfasst, sobald ihre schwere Brust an seiner gelegen hätte, doch sie wandte sich ab.

„Gehabt Euch wohl", flüsterte sie. Jedes Haar seines Körpers richtete sich auf.

„Kommen Sie gerne noch einmal wieder", stammelte van Lent, ungeachtet der Tatsache, dass er zum ersten Mal jemanden seines Sprechzimmers verwiesen hatte. Er stellte die Flasche wieder in den Schrank, warf einen Blick auf den Schreibtisch und wunderte sich, dass das Foto wieder auf dem Tisch stand. „Du bist ein verrückter Trottel, van Lent", schalt er sich und ging zu Bett. Er trank nichts an diesem Abend. Am Morgen erwachte er vom Läuten der Glocken.

Wenn der unreine Geist von einem Menschen ausgefahren sei, so ließ Christus durch den Mund seines Dieners Jakob van Lent verlesen, durchstreife er dürre Stätten, suche Ruhe, doch finde sie nicht. Van Lents Stimme hallte durch den Raum, doch auch sie fand nirgends Einlass. Der ausgetriebene Geist, lehrte Christus, der würde es dann so halten: Er spräche zu sich selbst, er wolle doch wieder zurückkehren in sein Haus, aus dem er fortgegangen sei. „Und wenn er kommt, so findet er's leer, gekehrt und geschmückt. Dann geht er hin und nimmt mit sich sieben andre Geister, die böser sind als er selbst; und wenn sie hineinkommen, wohnen sie darin; und es wird mit diesem Menschen hernach ärger, als es vorher war. So wird's auch diesem bösen Geschlecht ergehen."

Ingeborg Multhaupt nickte begeistert von ihrem Stammplatz in der vierten Reihe. Die hatte sie für sich allein.

Van Lent schlug die Altarbibel zu, dass es staubte. Am Ende des Gottesdienstes kündigte er den Beginn der Krippenspielproben an und lud aufs Herzlichste dazu ein. Allein, es waren keine Kinder anwesend, die es hätten hören können.

„Wir dachten schon, Sie wären auch krank", verabschiedete ihn Frau Multhaupt, die an diesem Sonntag den Küsterdienst versah. Tatsächlich hingen die wenigen Besucher des Gottesdienstes schlapp in den Bänken. Was immerhin dazu führte, dass sich keiner von ihnen über den derangierten Zustand des Pfarrers beklagte, abgesehen von Frau Multhaupt, die deswegen sogar am folgenden Montag um neun im Landeskirchenamt anrief. Dort machte man sich bezüglich van Lents und seiner ‚Geschichte' bereits seit Längerem Sorgen.

Das deutlichste Signal für van Lent lief weiter in Gestalt von Dr. Haase durch Friedrichroda. Er war es, ganz zweifellos. Wie hundert andere Touristen ließ er die Kamera vor dem Bauch baumeln und schoss seine Bilder. Die unterste Rangordnung in der evangelischen Inquisition, wie die Kollegen zu vorgerückter Stunde munkelten. Das war die erste Stufe, wenn etwas nicht stimmte. In der zweiten Stufe würde Dr. Solveig Müller-Spätfrost erscheinen. Wenn es eine dritte Stufe gab, wollte van Lent sie nicht kennenlernen. Er hatte noch die Briefe von der schönen Solveig daheim. Vom letzten Mal. Das Pastoral-Agapädische Institut, mit dem Wahlspruch vom heiligen Augustinus im Briefkopf:

Corrigi eos volumus, non necari, nec disciplinam circa eos negligi volumus, nec suppliciis quibus digni sunt exerceri

„Wir möchten sie verbessert haben, nicht getötet; wir wünschen uns den Triumph der Kirchenzucht, nicht den Tod, den sie verdienen." Diese Inquisitoren hier waren evangelisch. Sie tranken Tee und meditierten. Sie wollten nur helfen. Auf Heilung setzten sie, nicht auf Bestrafung, auf Einsicht statt auf Satisfaktion. Und ihre Bestrafung dauerte an, bis einer heil wurde.

Kapitel 5

Nach und nach hörte van Lent von einigen, die in der letzten Zeit nicht mehr recht hochkamen. Zunächst schob er es auf die Jahreszeit. Der Kollege aus Bad Tabarz riet zur Kneipp-Kur. Noch so ein Überfürsorglicher. Nach den Herbstferien lag der Luftkurort verlassen da, denn Kurkliniken, welche den Namen verdienen und im ganzen Jahr Gäste brächten, gab es gar nicht. Die gibt es nur drüben im ungeliebten Bad Tabarz.

Zum ersten Mal berichtete ihm Frau Multhaupt von schwarzen Gestalten, die abends noch durch die Straßen zögen. Man wüsste weder, wo sie herkämen, noch, wohin sie so schnell verschwänden. Das Ganze wäre ihr ziemlich unheimlich. Jakob dachte an Volkmars Sohn, den mit dem Video, das er gerne mal sehen würde. Von diesem glücklichen Abend im September. Bevor Volkmar eine Weile weg gewesen war und sich nicht mehr gemeldet hatte. Trotz Blutsbrüderschaft. Er jedenfalls würde nicht den ersten Schritt machen und fragen, wo er abgeblieben war.

Inzwischen hatte sich der Bürgermeister wieder angefunden. Er erzählte in seiner Fraktion wirre Geschichten von rumänischen Autoschiebern, einer Entführung und einer Donaufahrt in einer Holzkiste. Aber niemand glaubte ihm. Er tat auch ganz recht damit, die Polizei aus der Sache rauszuhalten.

Im Stadtrat lachten sie. Sicher hatten sie ihn länger nicht gesehen, aber das lag wohl daran, dass er den Haushalt in Bad Tabarz ordnen musste, den Friedrichroda seit Beginn des Jahres an der Backe hatte. Nach Tabarz fahren, dazu sagten sie bald „die Donau-runter-machen". Matischaks nervöser Tick allerdings, der prägte sich immer stärker aus.

Einmal hätte es so ausgesehen, als sprängen sie von Dach zu Dach über die Gassen, sagte Frau Multhaupt. Ja, das gebe es heute, sagte der Pfarrer und kam sich hip vor, weil er vor Ingeborg Multhaupt davon Kenntnis genommen hatte.

Mit Frau Lorenz, fügte sie hinzu, könne man gar nicht über so etwas reden. Dann wäre man gleich xenophob. Es klang, als habe Frau Multhaupt im Fremdwörterbuch nachgeschlagen, um nicht ‚rassistisch' zu sagen.

Oder intolerant gegen die Jugendkultur, fügte sie an. Die Hiesigen würden am liebsten auch diese Mode mitmachen und die Fenster mit Alu bekleben. Esoterik-Hexe! Sie, Frau Multhaupt, sei schon seit fünfunddreißig Jahren im Kirchenvorstand. Sogar damals habe man freier sprechen können. „Damals in der DDR! Stellen Sie sich das mal vor!"

Allerdings – Frau Lorenz würde mit den Jugend-

74

lichen ins Gespräch kommen können. Das müsse aber doch nicht sein, stimmte van Lent mit Frau Multhaupt überein. Er dachte daran, dass einige bestimmte Videobilder aus dem September zur Sprache gebracht werden könnten. Ein besoffener Pfarrer mit einem krakeelenden Bürgermeister. Kein Beleg für Unbescholtenheit.

Die Freiheit, von ihren Gesprächen mit dem Kirchenamt zu berichten, besaß Frau Multhaupt gegenüber dem Pfarrer hingegen nicht. Später dachte van Lent, vielleicht war es gar nicht Freiheit, die ihr fehlte, sondern Anstand. Wie auch immer. Warum das Kirchenamt mehrfach Rückrufbitten auf seinem Anrufbeantworter hinterließ, erschloss sich van Lent daher nicht. Er hatte, weiß Gott, anderes zu tun.

Am Nachmittag, bald jeden Nachmittag, fand er wieder zu Monika Thun, die ihn als Frau immer weniger anzog. Wie oft enttäuscht nach langer Wanderung das Ziel!

Die Wangen fielen ein und die Haare aus. Eine gewisse Ironie lag in der Tatsache, dass er als Mann immer interessanter zu werden schien. Es war in diesen Tagen, da er sich zum ersten Mal bei dem Gedanken erwischte, dass die Zeit kommen würde, um sie zu trauern.

„Sagen Sie, gibt es nichts Neues von Ihrer Mutter aus Spanien? Dass sie mal kommen könnte und sich ein wenig um Sie kümmern? Oder um Maya?"

Aber da gab es tausend Gründe. In Spanien wimmelt es von Kavalieren. Schwer zu erreichen, die lustige Witwe. Bei Sangria in der Abendsonne klangen die Nachrichten aus Thüringen nicht gar so bedrückend.

Immer früher verließ die Sonne ihren Posten, wurde faul und dick und rot und überließ die Thüringer Kleinstadt der Finsternis. Matischaks Stern als Bürgermeister stieg höher dank seiner Räuberpistole, die ihn endgültig zu einem Thüringer Original machte. Volkmar spürte das und schwieg nur noch wissend, wenn er darauf angesprochen wurde.

Der Pfarrer und er, sie hatten ein Geheimnis, über das sie aber nicht sprachen, das nur sanft mitschwang beim Prost zwischen zwei gelegentlichen Bieren bei offiziellen Anlässen. Die Magie schwand aus ihren Treffen, es wurde nicht mehr gelacht und es wurden keine Pläne mehr geschmiedet.

Was Sebastian so treibe, fragte Jakob an einem Abend.

„Wenn ich das wüsste", sagte Volkmar.

„Immer noch keine geheime Räuberhöhle ausgehoben, was?"

„Und du? Eine Krypta entdeckt? Der Steinmann würde vor Freude einen Herzschlag kriegen."

„Wenn man sich da mal sicher sein könnte ..."

Ein Lächeln. Dann starrten sie wieder in ihre Gläser.

Manchmal gibt es unter Männern die stille Übereinkunft, dass da zwar etwas wäre, über das man sprechen müsste, das aber nicht besprochen werden sollte. Selbst wenn beide fühlen, dass das Schwei-

gen auf Dauer über ihre Kraft gehen und alles unter-
höhlen werde, was mal Freundschaft hätte genannt
werden können. Friedrichroda siechte.

Cordula Lorenz berichtete von wachsender Skep-
sis wegen der roten, zuckenden Lichter von den
Funkmasten. Die Anwohner würden sich über das
Brummen der großen Trafos beklagen, auf denen
die Phonefunk AG bestanden hatte. Wer bezahlt die
eigentlich, die Extra-Stromversorgung? Sicher nicht
das Hotel …

Auf der Einwohnerversammlung forderte sie, die
Antenne wenigstens mit Ökostrom zu betreiben,
sonst gäbe es keinen Grünen Hahn.

„Wenn ihr das W-LAN nicht wollt, holen wir es
uns", schimpften die Finsterberger.

„Kommt doch und versucht es!", sagten selbst diejenigen Friedrichrodaer, die vor wenigen Minuten
noch mit Fackeln und Mistgabeln gegen die brum-
menden Transformatoren losgezogen wären.

Nach dem Schulhort kam Maya vorbei, immer öfter, schließlich Tag für Tag. Van Lent streichelte ihr
manchmal über den Kopf, wenn sie ihre Hausaufgaben besonders gut erledigte, was bei einer Viert-
klässlerin bedeutet, dass sie es tat, ohne zu bocken.
Dass er sich um Maya kümmerte, war ihr ein feines
Spiel. So wurde der Teil der Hausaufgaben, den sie
im Hort erledigte, mit jedem Tag geringer und der
Teil van Lents nahm zu.

Zu dumm, dass Oma sich nicht meldete; aber von
der Mutter grüßen solle sie ganz, ganz lieb. Maya

lächelte ihn an, setzte sich an seinen Küchentisch und zog die Mathearbeitshefte heraus. Wie sie sich um die Mutter kümmerte, rührte ihn. Jawohl, Maya würde in diesem Jahr tatsächlich die Maria spielen. Das hatten sie sich fest ausgemacht. Die Proben begannen. Einmal malte er sich in seinen Träumen aus, wie Maya und Benedikt Arm in Arm durch die Kirche zogen. Eine schöne Vorstellung, aber dann war es Zeit für Biathlon-Training. Hinterher brachte er sie nach Hause. „Bis morgen, Maya!"

Mit van Lent ging es aufwärts. Auch diese Sache mit dem Landeskirchenamt hatte er erfolgreich verschleppt. Mails lassen sich übersehen. Die Rückrufbitten verstummten schließlich. Und Haase hatte er jetzt schon länger nicht gesehen.

Das Schloss erfreute sich bester Gesundheit. Vor ein paar Monaten noch hatten die Kassandras geblökt und den baldigen Abriss und den Verfall des Kleinods beschworen. Doch es machte sich schön wie eine Dreizehnjährige, deren dick aufgetragener Schminke man ansieht, dass sie noch längst nicht die Frau sein kann, für die sie sich schon ausgeben will. Aber in aller Unsicherheit und Übertreibung, das sieht man, gehört die Zukunft ihr; alle werden sie lieben und verzweifeln.

Die Spitzbögen des Ahnensaals präsentierten ein Lächeln, das Lolitas würdig wäre. Das Mauerwerk glänzte. Die Fassade, von Moos und Bewuchs befreit, leuchtete im herbstlichen Lichte. Zerbrochene Fenster erneuerten sich und sogar das Laub längs der Wege verschwand über Nacht. Buchstäblich, denn Arbeiter sah van Lent nie, aber er machte schließlich einen weiten Bogen um Reinhardsbrunn. Aus gewissen Gründen. Doch auch sonst in Friedrichroda, van Lent kam herum, konnte sich niemand entsinnen, irgendwelche Arbeiten bemerkt zu haben, außer den unermüdlichen Geräuschen, die aufmerksame Spaziergänger immer wieder gehört haben wollten. Öffentlich waren sich alle einig, man müsse es damit nicht so genau nehmen. Lange aber hielt sich keiner dort auf, auch die Hundehalter nicht, deren Vierbeiner es eilig hatten, am Schloss vorbei zu kommen.

Van Lent fiel es schwer, die Begeisterung an der neuen Fassade zu teilen. Der Glanz kam ihm falsch vor, es war, als riefe er: Noli me tangere!
Dazu passte, dass Frau Schimeczek, die am nächsten beim Schloss gewohnt und sich anfangs über das Brummen und Sägen beschwert hatte, überraschend verstorben war. Aber sie gehörte nicht zur Kirche, weshalb van Lent nichts erfuhr über die Umstände ihres plötzlichen Todes und das Verhältnis zur Nachbarschaft.
„Leben und leben lassen", betonte der Bürgermeister. Mit dem Denkmalschutz nahm man es offenbar nicht ganz so genau, wie sich der Geschichtsverein es wünschte oder die Gemeindeverwaltung erwartet hätte. Aber den Mitarbeitern der Unteren Denkmalschutzbehörde öffnete niemand. Schäden waren nicht erkennbar, im Gegenteil. Herrn Steinmanns

Brandbriefe an die oberste Denkmalsschutzbehörde und an die Staatskanzlei wurden nie beantwortet. Dort galt er als Querulant, weil er sich vor Jahren im Ton vergriffen hatte. Es wäre ein Verbrechen, meinte Steinmann, dass die vergessene Krypta von Sankt Blasius nicht ausgegraben würde. Irgendwo unter dem Altarraum müsse sie ihrer Entdeckung harren, legte er in immer verzweifelteren Schreiben dar, immerhin sei St. Blasius eine der wenigen vorreformatorischen Kirchen in der Region. Die verwaltungsmäßige Leidenschaftslosigkeit der Denkmalbehörden erregte seit jeher das Misstrauen der Heimatforscher.

Die Frau von der unteren Denkmalbehörde, die gelegentlich beim Pfarrer in Sankt Blasius vorbeischaute, um den denkmalgerechten Fortgang der Orgelsanierung zu überprüfen, gab sich ahnungslos. Was das Schloss anging. Über diese Idee mit der Krypta musste sie lachen, als sie sich erinnerte. Allerdings, gab sie zu, bei ihnen gehe alles drunter und drüber, weil durch Krankheit und zwei überraschende Todesfälle an geregelte Arbeit kaum zu denken sei.

Sie war schlecht geschminkt, die Wangen etwas zu dunkel. Ihre ganze Erscheinung irgendwie mit Gelbstich überzogen.

„Und, Herr van Lent, wo der Ausgangszustand nicht hinreichend dokumentiert ist und keine öffentlichen Mittel beantragt werden, kann man wenig machen."
So sagte sie und rang hilflos die Hände.

Noch während sie redete, ermahnte sich van Lent, nicht eine jede Frau mit der zu vergleichen, die ihn an jenem schönen Septemberabend aufgesucht hatte und nach der er immer wieder Ausschau hielt, wenn er am Fenster seines Studierzimmers stand, im ersten Stock, wo ihn die Friedrichrodaer nicht sehen sollten. Irgendwann, falls er Anna wieder sah, wollte er sie fragen, woher sie das wusste mit der apostolischen Sukzession. In dreizehn Jahren als Gemeindepfarrer hatte ihn bisher noch nie jemand, kein Amtskollege, geschweige denn ein einfaches Mitglied, an diese Sache erinnert. Über das Abendmahl hatte er zuletzt im Studium nachgedacht. Da er, wie sein Name schon zeigt, eher ein Beute-Lutheraner war, durch die biografischen Umwege im Leben seiner verstorbenen Großmutter im Thüringer Raum gelandet, so waren ihm Überzeugungen wie die leibhaftige Präsenz Christi in Brot und Wein ohnehin fremd. Van Lents waren reformierte Christen, die sich auf Calvin zurückführten. Schon seit sechzehnhundertschießmichtot. Großmutter war zusätzlich, das schließt sich schnell, ziemlich rot, weshalb sie damals dem Ruf in die DDR gefolgt war. Als eine der ersten Frauen im Pfarramt bestätigte sie die Vorurteile ihrer konservativen Kollegen und predigte ihren eigenen religiösen Sozialismus nach Gollwitzer-Art. Lange her.

Wenn Christus das Brot seinen Leib nenne, so erklärte van Lent den Konfirmanden, dann sei das so, wie wenn jemand auf ein Foto zeige und behaupte, das sei Opa. Aber niemand würde tatsächlich meinen, dass Opa sich in ein bedrucktes Stück Papier verwandelt hätte. Ein Akt des Gedenkens. Lebendiges Erinnern. Keine lebendige Gegenwart.

Damals im Studium hatten sie manchmal gestritten und ihn einen Calvinisten geziehen oder „Kryptocalvinisten". Van Lent hatte sich gewehrt und gesagt, er wäre alles andere als Krypto – im Gegensatz zu siebzig Prozent der hiesigen Schwestern und Brüder, die es nicht zugäben, dass sie so dächten. Inzwischen hatte er andere Probleme.

Er dachte sogar an Anna, wenn er Monika Thun den kalten Schweiß von der Stirn tupfte oder eine Tasse Kamillentee auf ihren Nachttisch stellte. Dann versuchte er wieder, sich den Duft vorzustellen, den er gerochen hatte, als er ihr für eine kleine Sekunde ganz nahe war. Und er dachte an sie, wenn er seinen Sohn Benedikt am Grab besuchte und ihm berichtete, was der Vater in der letzten Zeit erlebt hatte.

„Ich habe eine Frau kennengelernt", erzählte er wieder, obwohl er dachte, es ginge den Jungen nichts an, und er beschrieb – und da ging er wirklich über die Grenzen dessen, was man einem Kind zumuten sollte – ihre sämtlichen Vorzüge, auch diejenigen, die die Erinnerungen schönten, und die, die seine Phantasie erst erahnten und seine Finger noch nicht erkundet hatten. Dass sie ihn vermutlich täuschen und reinlegen wollten mit dieser Räuberpistole, das bedachte er längst nicht mehr. Und dabei begann er zu weinen, nicht wegen seiner eigenen Sehnsucht, sondern weil ein Vater, Pfarrer hin oder her, nichts so wünscht, als dass es sein Sohn einmal besser haben sollte und dass er ihn einmal überträfe an Witz und an Kraft und an Draufgängertum. Wenn einer vorbeikam, nahm Jakob die Harke und rührte ein wenig zwischen dem Heidekraut oder stellte den kleinen Schutzengel wieder auf, den die Oma trotz dessen offenkundigen Versagens auf das Grab gestellt hatte. Bei einem ihrer heimlichen Besuche, die sie stets absolvierte, ohne sich bei ihrem ehemaligen Schwiegersohn zu melden.

Nein, Benedikt, du hast keinen Engel gehabt. Damals, als er vonnöten war.

Es kamen nur wenige vorbei. Die Alten sahen zu, dass sie ihre Toten besuchten, bevor es dämmerte – und van Lent kam meist so spät, dass sie ihn nicht dabei beobachten konnten, wie er an Benedikts Grab kauerte. Die Schultern zuckten und er schlug wütend mit der Hand auf die Erde. Der Mann, den sie für seine Ewigkeitshoffnung bezahlten.

Als er sich schließlich erhob, hatte er das Gefühl, es stünde jemand in seiner Nähe. Er blickte sich um, nahm aber nichts wahr, bis auf ein feines Knirschen im Kies.

Van Lent stellte sich hinter die Konifere und lauschte. Da huschte etwas hinter die Kapelle. Wenn es einer aus der Gemeinde ist, dann stelle ich ihn zur Rede, dachte er und schlich sich zwischen den Gräbern dorthin. Hinter ihm flatterte etwas, sonst war es ruhig. Die Schatten hatten gesiegt und Sterne stiegen auf. Rote Irrlichter flüsterten links und rechts von trügerischer Hoffnung. Die Antennen des

Hotels in der Luft. Am Boden: Grablichter. Dann schabte etwas Metall auf Metall aus Richtung der Kapelle. Van Lent schlich weiter. Als er sie erreicht hatte, strahlte ein armseliges Lämpchen auf. Van Lent sprang um die Ecke. Es war der Friedhofsgärtner, Herr Ferner. Er säuberte seinen Spaten.

„Sie? Noch hier?" Van Lent wusste, dass Herr Ferner reichlich Überstunden schob. Der November erhob einen gewaltigen Blutzoll. Abdecken musste man die Gräber auch alle.

„Guten Abend, Herr Pfarrer. Ich wollte Sie nicht stören vorhin."

„Nichts für ungut", antwortete van Lent, „verzeihen Sie, dass ich mich so angepirscht habe."

Der Gärtner lachte. „Auf die Pirsch geht man besser woanders, Herr Pfarrer. Besser, man jagt das Leben als den Tod."

„Es ist flüchtig, Herr Ferner, das Leben, und wer bringt es einem zurück?"

Der Friedhofsgärtner schaute professionell und der Pfarrer verabschiedete sich. Er schlurfte in Richtung des Tores, für das er einen Schlüssel besaß, eines seiner verbliebenen Privilegien als bestallter Kurprediger.

Van Lent nestelte in seiner Hosentasche, als er geradewegs mit jemandem zusammenstieß. Er stolperte und hielt sich fest, spürte samtenen Stoff, kühlen Atem an seiner Wange und fand sich gehalten von zwei Armen. Ihr schien der Zusammenstoß nichts anzuhaben, sei es, dass sie für eine Dame außerordentlich stark war oder sie ihn aus dem Schatten heraus gesehen und sich vorbereitet hatte. Er erkannte sie am Duft.

„Haben Sie mich gesehen? Drüben am Grab?"

Sie antwortete nicht. Van Lent ließ es zu, dass sie ihn am Arm führte. Er ließ sich vom Tor hinweg wieder bergan leiten. Seine Linke hakte sie unter ihren rechten Arm. Mit der freien Hand streichelte sie sacht über seine Finger.

„Wenn Ihr vom Tode zum Leben bringen könntet – würdet Ihr es tun?"

„Ja, in Gottes Namen!"

Sie blieben vor einem Grab stehen. Es war das von Benedikt. Van Lent kam es vor, als wäre er den Weg zum ersten Mal gegangen. Sie drehte den Kopf und näherte sich seinem Hals. Er hörte, wie sie schlucken musste und Atem einzog. Dann berührte ihre Nase sein Ohrläppchen. Er beugte sich leicht zu ihr hinab.

Sie flüsterte ihm ins Ohr: „Ihr könnt es. Tut es für mich."

„Benedikt. Ihn würde ich wieder zurückholen."

Er sah sie an und wusste, dass er etwas unendlich Dummes gesagt hatte. Kinder zu rufen, war ohne Zweifel ein Frevel in ihren Augen. In einem Tonfall, der ihm zeigte, dass sie einer überfahrenen Katze mehr Grips zutraute, begann sie zu erklären:

„Nicht immer gelingt es, sie herauszureißen aus dem Orte, wo sie jetzt sind. Zumal, wenn sie getauft sind."

„Als ob sie zum Schlossgespenst würden, wenn es nicht klappt." Van Lent versuchte zu scherzen.

Er überlegte, es zurücknehmen, aber erstens wusste er nicht wie und zweitens fand er Gefallen an der Idee. Benedikt war nicht getauft. Ein Kind mit Wasser und einer religiösen Formel innerlich zu verwandeln, das schien Jakob und Christina weniger sinnvoll als eine durchdachte eigene Entscheidung irgendwann als Heranwachsender, von ihnen aus bereits in der vierten oder fünften Klasse. Die Landeskirche fragte schon lange nicht mehr bei den Pfarrern nach, falls die Taufmeldungen ihrer Kinder ausblieben.

Wieder flüsterte sie so sanft, dass van Lent kaum wusste, ob ihre Stimme innerhalb oder außerhalb seines Kopfes schwebte. „Bitte …"

„Kommen Sie mit in mein Büro", entschied er, „Sie brauchen eine Therapie, also: Seelsorge, ein Gespräch."

„Wann?", fragte sie.

„Sofort", sagte er.

Anna setzte sich wie beim letzten Mal auf das Sofa, während van Lent stehen blieb und sich an seinen Schreibtisch lehnte. Ihre Haut aus Elfenbein. Wenn sie ihn so anschaute von unten nach oben, bekam er wieder einen ganz trockenen Mund.

„Ihr habt noch mit niemandem gesprochen? Absolut niemandem?"

„Gewiss."

„Es muss unser Geheimnis bleiben, es muss!"

„Es wäre sicher sehr unangenehm für Sie, wenn herauskäme, dass Sie sich für eine Vampirin halten."

86

Sie schüttelte schnell den Kopf. „Ich kann fliehen. Aber für Euch wäre es das Ende." Ob er es nicht begreifen könne.

Van Lent räusperte sich. „Manchmal kann es helfen, jemanden mit etwas zu konfrontieren. In der Psychotherapie haben wir ein Verfahren namens Flooding."

Wieder kam ihm Dr. Haase in den Sinn. Wie der es wohl erklären würde? Ob er stolz wäre auf seinen unfreiwilligen Schüler? Van Lent hatte mehr von ihm gelernt, als er zugeben würde.

Anna lächelte erwartungsvoll.

„Flooding", wiederholte van Lent. „Ein englisches Wort, ich hoffe, ich spreche es richtig aus. Jedenfalls geht es darum, dass Angst sich ausbrennen kann. Verstehen Sie? Jemandem mit Angst vor Wasser würde man in eine Situation bringen, etwa in einem Ruderboot, der Therapeut rudert mit ihm los, bis in die Mitte des Sees, dann springt er hinaus und schwimmt an Land. Der Patient bleibt da, treibt auf dem See, bis seine Angst so überdreht, dass sie schließlich zerplatzt und er sich der Situation stellen kann. Verstehen Sie mich? Ich könnte mir denken … also, Sie berichten, was würde geschehen, wenn Sie sich beispielsweise als Vampirin – ich meine, man hört ja immer, dass das nicht geht – dem Sonnenlicht aussetzen würden? Man könnte …"

Van Lent konnte seinen Gedanken nicht zu Ende formulieren, Anna stürzte sich auf ihn. Ihre Wucht riss ihn um und er fand sich auf dem Rücken liegend wieder, sie saß auf ihm. Van Lent hatte sich in die

Wange gebissen, als er gestürzt war. Der Geschmack des Blutes irritierte seine Zunge. Sie schlang die Beine um seine Hüften und hielt mit den Fingern seine Handgelenke fest; er spürte, dass sie stärker war, aber ebenso, dass er ein Mann war. So deutlich hatte er das schon lange nicht mehr gefühlt. Sie hob eine Hand, nicht zu einem flachen Schlag, sondern mit gekrümmten Fingern, als ob sie ihm mit den spitzen Nägeln die Wangen zerfetzen wollte. Über ihm die Kuppeln ihres Busens.

Van Lent lächelte, da hielt sie inne.

„Sie haben aber Temperament."

Sie flüsterte. „Ne inducas nos in temptationem!" Führe uns nicht in Versuchung.

Dann gab sie ihn frei, stand von ihm auf.

„Es überkommt mich, es überkommt mich …", stammelte sie und blickte zur Wand. „Die Sünde der Nacht, der Raub der Seele."

Von hinten sah es aus, als ob sie weinte. Van Lent rappelte sich auf und suchte nach Worten, doch Anna begann zu reden. „Hört gut zu, unser Arm ist lang, viel länger als Euch gut tut. Wir sehen selbst am Tage durch die Augen der Menschen, die wir für unser Werk in Beschlag nehmen. Wir träumen nicht in unseren Särgen, sondern wir schauen durch ihre Augen! Schutzlose Seelen, die unsere Larven ernähren in ihren Gehirnen."

„Vampirgehilfen, die unter uns wohnen?"

Er müsste sie jetzt wieder rauswerfen, dachte er, statt ihren Wahnvorstellungen zu lauschen. Aber dann dachte er, es wäre gut zu warten, bis sie ihn um Verzeihung bäte. Es wäre nicht so übel, wenn ihm diese Frau noch einen Gefallen schuldete.

„Doch sie werden nicht alt, unsere Gehilfen. Irgendwann bieten sie selbst den Stoff zur Erschaffung neuer Vampire: menschliches Hirn, eine vampirische Larve, die während der Weihe in den toten Leib gerufen werden soll, zur unzeitigen Geburt. Dienstbare Gestalten sind es, deren einziger Vorzug darin besteht, nicht wie wir in die Nacht verbannt zu sein."

„Zombies als nützliche Idioten." Van Lent wollte ihr einen Vogel zeigen, beherrschte sich nur knapp.

„In der Sprache Eurer Zeit mag es das treffen. In Wirklichkeit ist das, was wir Larve nennen, mehr wie ein Teil unserer Seele, den wir abspalten können, ein Same, der nicht vergeht – entweder um uns zu vermehren oder um den Fluch der Nacht zu mildern."

Sie standen sich gegenüber.

„Woran würde ich sie erkennen, Ihre Gehilfen?"

Anna sang und das Licht flackerte, als sie es tat.

„Scheel ist sein Blick, Unrast treibt ihn, lauscht deine Worte, doch versteht sie nicht, er wohnt mit dir am selben Orte, doch er erstattet ihm Bericht."

„Wem ihm?"

„Dem Vampir. Dem Meister."

„Was Sie eben mit mir, ich meine, dieses Vorkommnis …"

„Pharmakon Athanasia …! Wann ist es so weit? Die versprochene Therapie. Wann könnt Ihr mich kurieren?"

„Was würden Sie denn als Erstes tun, wenn Sie keine Vampirin mehr wären?"

„Das wisst Ihr doch am besten."

„Wie?"

„Dann gehöre ich Euch."

Konnte es sein, dass sie tatsächlich schon so einen Deal hatten, eine am Ende unmoralische Vereinbarung? Oder dachte er etwas anderes als sie? In jedem Fall fühlte er sich nackt vor ihr. Als wüsste sie um seine Gedanken und Erinnerungen und käme nur her, um mit ihm zu spielen. Bin ich am Ende der Verrückte? Van Lent fröstelte es. Seine Erregung nahm spürbar ab.

„Wenn Sie sich jetzt vorstellen, Sie wären keine Vampirin mehr und es gäbe keine Dankesschulden abzutragen – was wäre dann Ihr Ziel?"

„Eben das", sagte sie, „wieder träumen zu können."

Van Lent murmelte irgendetwas zur Antwort, von Sehnsüchten und von Nächten, in denen man wach läge und sich vorstellte, wie alles anders hätte werden können. Aber Anna blickte gelangweilt. Während van Lent noch überlegte, ob er dürfe und wie er es bewerkstelligen sollte und was hinterher geschähe, ließ er Anna aus den Augen. Und als er wieder zu sich kam, endlich dem Geist der Melancholie Einhalt gebot, fand er sich allein im Zimmer.

Kapitel 6

Van Lent rannte in den ersten Stock und stellte sich ans Fenster seines Studierzimmers. Er wollte ihr nachsehen, aber konnte von ihr weder einen Schatten erkennen noch einen ihrer Schritte hören. Er drehte sich um und ging zur Wand mit den Zeitungsausschnitten. Alle selbst ausgeschnitten und hingepinnt. Da stand alles über ihn. Auch seine „Geschichte", wie Volkmar, der Bürgermeister, so schön gesagt hatte. „Geschichte", wie der fette Dr. Haase immer gesagt hatte. Alles waren immer bloß Geschichten, die man so oder anders erzählen konnte. Nur, nie konnte man sie so erzählen, dass an ihrem Ende ein Weiterleben oder eine Auferstehung stand. Nie gab die Erinnerung irgendeine Kraft.
Er nahm ein gelbes Blatt und malte rot ein großes Fragezeichen darauf. Dann heftete er es dazu.

Zum Totensonntag platzte die Blasiuskirche aus allen Nähten. Nicht etwa wegen der Superintendentin, die ihr Kanzelrecht wahrnahm, um, wie sie sagte, Bruder van Lent etwas zu entlasten. Sondern wegen der vielen Namen natürlich, die vor der Abendmahlsfeier zum Toten-Gedächtnis verlesen werden mussten.

So wie das Feuer des Schmiedes dem Eisen die Glut hinzufüge, predigte sie, so käme Christus auf dem Altar herab in Brot und Wein; er füge sich den Elementen hinzu. Der Fürst des Lebens stünde dann in unserer Mitte.

Die meisten Gottesdienstbesucher wichen dieser Begegnung lieber aus. Wenige ließen sich den Kelch des Heiles reichen, den die Superintendentin von Gemeindeglied zu Gemeindeglied reichte, penibel sauber gewischt mit einem dicken, weißen Tuch, auf dass die Gemeinschaft der Getauften möglichst keimfrei kommuniziere. Ingeborg Multhaupt bedankte sich später überschwänglich bei der Superintendentin. Haase drängte sich herbei und hakte sich bei der Supteuse ein. Sie lachte.

Seine Frauengeschichten sind legendär, sagte sich van Lent. Darin dürfte der wichtigste Unterschied zwischen uns liegen. Nicht dass Haase nie wirklich die Ochsentour durch die Dorfpfarrämter unternehmen musste, war er doch promoviert. Sie beide hatten sich neben der Theologie auch für Psychologie interessiert. Severin aber war schon Doktorand, als Jakob an die Uni kam. Haase hatte offiziell den Dienst quittiert und arbeitete nun als Freelancer für die Müller-Spätfrost. Nach außen hin gab er Seminare in Personalführung, schrieb seine Bücher. Aber seine eigentliche Aufgabe waren die Härtefälle.

* * *

92

Während der nächsten Wochen zweifelte van Lent bereits an seiner Begegnung mit Anna. Krampfhaft versuchte er ihren Geruch zu erinnern oder er zeichnete ihre Formen in die Luft. Seine Gedanken kreisten um sie: bei den immer gleichen Adventsandachten, die er den Alten vorlas, den Grußworten bei den Vereinen und der Weihnachtsfeier der CDU, zum ersten Mal ohne Jagielski. Zahlreiche Gelegenheiten immerhin, die sich fanden, sozial angepasst Glühwein zu schlürfen.

„Anna?", fragte er am Telefon, als Monika Thun anrief. Er ertrug das peinliche Schweigen. Ja, morgen käme er wieder, versprach er, leider erst morgen. Aber er hätte nichts dagegen, wenn Maya wieder käme. „Alles wie immer, Monika. Ich nehme sie mit zur Probe."

Die anderen Eltern verdrehten die Augen, als sie Maya singen hörten. Es war die erste Probe, ermutigte sich Jakob, nur die erste Probe. Das bekäme man schon noch hin. Wo die frechen Kinder der anderen sich die Ohren zuhielten, machte van Lent einfach die Augen zu. Und dann standen sie beide da, Maria und Josef.

Nach der Probe kochte er Kohlrouladen für sich und Maya. Sie ging allein nach Hause, zur Mutter, grüßen solle sie, trug er ihr auf und ermahnte sich selbst, nüchtern zu bleiben, seine Gedanken nicht um eine Geisteskranke kreisen zu lassen, die Anna offensichtlich war.

Nachts wälzte er sich in seinem Bett, betrunken von der Aussicht, dass sie doch wieder käme, manchmal auch beschwipst vom Glühwein, und es stand ihm vor Augen: Benedikt war kein Schreckgespenst, sondern ein stolzer Junge, stolz auf seinen Vater. Er würde ihm erzählen, dass sie noch viel besser war und sich noch besser anfasste, als er es für möglich gehalten hatte. Wenn Benedikt es selbst nicht erfahren könnte, niemals, dann würde er es wenigstens irgendwie für ihn tun.

Gegen zwei Uhr morgens saß sie auf seinem Fensterbrett und pochte leise gegen die Scheibe. Anna. Sie lächelte breit und er sah ihre Zähne zum ersten Mal. Spitz und weiß blitzten sie auf; kleine Dolche, die aus ihrem Kiefer fuhren. Dann winkte sie und verblasste, bevor er aufstehen konnte. Und wenn sie doch …, dachte er. Dann lenkte er seine Gedanken auf früher, auf Benedikt, seinen Sohn, der nun auf Abrahams Schoß saß. Abraham spielte Hoppe-Hoppe-Reiter. Christina kam mit heißem Kakao und sie schnitten den Christstollen an. Benedikt krümelte Abrahams weißes Gewand voll, aber der sah es ihm gütig nach. Zu gütig, du Arschloch.

Van Lent rührte keinen Stollen mehr an, seit Christina weg war.

Die Kinder nuschelten ihre Texte durch die leere Blasiuskirche, die für die Proben natürlich nicht extra geheizt wurde. Aber wenn van Lent Mayas Stimme hörte, wurde ihm warm. Als Einzigem. Sie sang zu hoch und sang so schrill zum Höhepunkt des Stückes:

94

Da haben die Dornen Rosen getrag'n;
Kyrieleison!
Als das Kindlein durch den Wald getragen,
da haben die Dornen Rosen getragen!
Jesus und Maria.

Van Lent und Volkmar Matischak verabredeten sich zu einem Gespräch. „Sollten wir nicht mal wieder …?" Sie hatten sich angesehen und gezwinkert.
Aber als es dazu kam, sahen sie aneinander vorbei. Beide wollten nicht über gewisse gemeinsame Erlebnisse sprechen, zudem befand sich Volkmar in höchstem Stress. Tabarz, Tabarz, Tabarz. Er redete, als hätten ihn seine Kumpels am Männertag zu lange in der Sonne liegen lassen. Aber der war lange her.
„Es gibt einfach, hm, zu wenig junge Ärzte, die sich in Friedrichroda niederlassen wollen. Zugleich liegt die halbe Stadt krank darnieder."
„Ja", zeigte Jakob Verständnis, „ich weiß, wie das ist, im Advent. Wenn man immer so viele Sachen gleichzeitig erledigen soll. Keiner sieht, an was man gerade sitzt." Volkmar zwinkerte und blickte sich über die Schulter, auf eine Weise, die nur bei Eulen gesund aussieht. Wie damals im Park, als ob er sich nach dem unsichtbaren Verfolger umblickte. Ein Stalker, der sich als sein eigener Sohn entpuppt hatte.
Margit, Volkmars Frau, kam dazu. Van Lent freute sich, sie zu sehen. Die Schürze und der Dutt machten Margit älter, als sie war. Sicher hatte sie sich die Haare nur zum Putzen zusammengesteckt. Sofort berichtete sie von Sebastian, der sich immer noch

in Schwarz kleidete mit einem langen Mantel wie aus einem Sherlock-Holmes-Film und kaum noch bei Tageslicht das Haus verließ. „Diese Kletterei, hat das nicht eigentlich bei der Feuerwehr angefangen?", fragte sie.

„Die Feuerwehr …", sinnierte Volkmar, ohne dass einer verstand, wo er hinwollte.

„Nein, im Prinzip ist es gut, dass er die hat", sagte Margit. „Da lernt er Regeln."

Jakob wollte zuhören wie ein Freund und doch rutschten ihm seine Gedanken fort.

„Fast wäre man, hm, geneigt", sprach der Bürgermeister, trat ans Fenster und sah hoch zum Hotel, „fast wäre man geneigt, diesen gewissen Theorien Glauben zu schenken."

„Gewisse Theorien?" Van Lent merkte beunruhigt auf. Volkmar sah aus dem Fenster.

Der Nebel beharrte an diesem Tag auf seinem Recht, waberte im Tal. Einzig das rote Lichtlein der großen Funkanlage ließ er passieren. Es gab häufiger besorgte Anrufe. Volkmar erzählte, dass in der Nähe des Hotels Friedrichrodaer Bürger in immer größer werdender Zahl dazu übergehen würden, Alufolie an ihre Fensterscheiben zu kleben. Noch seien es wenige, aber die, die es täten, behaupteten hinterher, es würde ihnen mit verdunkelten Scheiben und geschlossenen Fenstern besser ergehen. Er persönlich, er würde meinen, Ende des Sommers sei es schon schlimmer gewesen als jetzt, wo die Nächte kälter wären; möglicherweise irgendein neuer Erreger. Aber sicher könne man nicht sein. Das rote

Lichtlein blinkte unermüdlich fort und fort. Matischak ließ das Rollo herunterfahren. Sein Handy knipste er aus.

„Oder habt ihr, hm, hast du eine andere Theorie?", fragte er.

„Nein", sagte Margit.

Ja, wollte Jakob antworten, aber verpflichtete sich innerlich auf sein Seelsorge-Geheimnis, auf seinen feierlichen Eid und den gesunden Menschenverstand, der ihm verbot, über das dunkle Geheimnis der Anna Chrysostoma nachzudenken. Aber über sie dachte er nach.

„Fast wäre man geneigt. Im Übrigen, ich wüsste gerne, wie es unseren Neuzugezogenen geht", antwortete er. „Ob sie sich schon etwas eingelebt haben."

Volkmar rümpfte die Nase. Er wollte sicher als Bürgermeister nichts darüber sagen, aber gewissen Moden, die sich ausbreiteten, behagten auch ihm nicht. Margit nickte.

„Man muss tolerant sein", sagte Volkmar, aber ob er es so gemeint hatte, war schwer festzustellen. Sebastian schlurfte über den Flur. Er warf van Lent einen finsteren Blick zu.

Klar. Toleranz. Van Lent pflichtete ihnen gleichwohl bei.

Im Briefkasten lag ein Brief vom Landeskirchenamt. Van Lent riss ihn auf. Dass die oberste Behörde Einschreiben versandte, statt den Billigbriefdienst für die Weihnachtspost zu nutzen, war selten. Aber es waren auch keine Segenswünsche zum Fest. Sondern die Personalabteilung, und zwar die spezielle Personalabteilung: Pastoral-Agapädisches Institut. Dorthin hatten sie das Disziplinarrecht outgesourct. Sie folgten der perfiden Logik, dass unbotmäßige Mitarbeiter nicht böse seien, also: Sie sind nicht zu bestrafen, sondern müssen als hilfsbedürftig betrachtet werden.

Was er bräuchte, wäre eine Behandlung, dachte van Lent. Eine Heilung. Eine Erlösung. Erneut. Finden Sie sich ein zur Klärung eines Sachverhaltes. „Mit freundlichen Grüßen und Segenswünschen Ihre Dr. Solveig Müller-Spätfrost, Oberkirchenrätin."

Das Pastoral-Agapädische Institut lag nicht im Landeskirchenamt in der Landeshauptstadt, man hatte es abseits in Eisenach gelassen, in einer der vielen Liegenschaften versteckt, die seit dem Ende der Thüringer Landeskirche einer besseren Nutzung harrten. Aber was konnte es für diese Räume Besseres geben als eine edle Widmung für den Zweck der liebevollen Begleitung, des tröstenden Aufrichtens Gestrauchelter?

„Ich habe das hier", sagte van Lent zu dem fragenden Pförtner und überreichte das Papier.

„Da haben Sie Glück", sagte der Pförtner.

Mit zusammengekniffenen Augen starrte Solveig an ihm vorbei auf die Tür. Van Lent wusste, dass er die Stille aushalten musste. Das war ihr Spiel. Die dunkelroten Lippen schürzte sie und zog sie wieder

nach innen, im steten Wechsel wie eine Korallen-
anemone, die hofft, vorbeischwebende Tierchen mit
ihrem Gift in verdauliche Happen zu verwandeln.
Nach einer Ewigkeit räusperte sie sich.

„Lieber Bruder", sagte sie, „ich habe mir erlaubt,
mich schriftlich an Sie zu wenden – auch im Sinne
eines transparenten Verwaltungshandelns. Manchmal – Sie entschuldigen – da sind uns die Hände
gebunden, muss man Dinge auch aktenkundig werden lassen. Von daher bitte ich um Vergebung, wenn
Ihnen mein Angebot etwas aufdringlich erscheint.
Allerdings kann ich sagen, dass ich nicht aus dem
luftleeren Raum rede, sondern durch meine Kontakte in den Kirchenkreis, zur Superintendentin und
durch Rückmeldungen aus den Gemeinden etwas
im Bilde bin über Ihre Situation."

Gleichwohl bemühte sich van Lent, zu ihren Ausführungen zu nicken oder laut vernehmlich ein zu-
stimmendes Brummen von sich zu geben. Du darfst
ihr keine Emotion schenken. Niemals. Sie beißt
sonst zu. Von irgendwas muss sie sich ja ernähren.
Ihre Beine, so dünn. Und keine Brust. Herr, hilf.

„Die Kirche nimmt ihre Fürsorgepflicht gegenüber
den Pfarrerinnen und Pfarrern ernst. Das Konsistorium bemüht sich stets, die Konsequenzen einer
festzustellenden Dienstunfähigkeit zu vermeiden.
Von daher möchte ich Sie – offiziell – ermuntern,
das Angebot der Supervision und einer professio-
nellen Begleitung anzunehmen. Dabei können in einem vertraulichen Rahmen Alternativen entwickelt
werden, wie Sie in Ihrer persönlichen Situation zu

einer neuen Gewissheit der Berufung gelangen – oder eine neue Berufung finden.

Nach Rücksprache mit der Superintendentin kann ich versichern, dass der Kirchenkreis sämtliche Auslagen erstatten wird."

Die spitze Zunge kreiste über die Lippen. Wartete sie auf seine Tränen?

„Wer würde mein Supervisor?", fragte van Lent.

„Es ist natürlich der, mit dem Sie bereits eine Geschichte haben."

Warum nur immer wieder Geschichten? Gab es nicht auch Geschichten, die nicht lohnten, sie weiter zu verfolgen? Van Lent wusste, dass er sich bedanken musste, bevor er ging.

Er schluchzte, als er heimkam, und weinte noch länger, dann nahm er sich eine Flasche und begann wieder zu trinken, heimlich hinter der Gardine im ersten Stock. Im zarten Luftzug der Heizung bewegten sich die Zeitungsblätter hinter ihm an der Wand.

Eine neue Berufung finden. Mit seiner Geschichte? Er setzte die Flasche an die Lippen. Unten auf dem Platz sammelten sich die Jugendlichen der Stadt. Sie kamen und gingen wie ein Schwarm.

Volkmar hatte Recht; sie wirkten düster in diesen Tagen: Die Mode zwang ihnen schwarze Haare und Grufti-Mäntel auf. Gut möglich, dass sie tatsächlich einen geheimen Versammlungsort hatten. Und Anna? Zwischen ihnen fiel sie kaum auf. Van Lent wusste selbst erst nicht, ob es Wunsch war oder Einbildung, aber da saß sie, hatte sich zu ihnen gesetzt wie ein Vöglein.

Manche von ihnen da unten habe ich konfirmiert, dachte van Lent. Er nahm noch einen Schluck. Es gab einen Witz: „Herr Pfarrer, wie haben Sie denn das Problem mit den Fledermäusen in der Kirche gelöst?" – „Ganz einfach, ich habe sie konfirmiert und seither wurden sie nicht mehr gesehen."

Van Lent verzog den Mund in Bitterkeit.

Anna lachte. Lachte laut. Sie warf den Kopf in den Nacken. Unten auf dem Platz. Zwischen den kümmerlichen Buden, die in keinem anderen Ort als Weihnachtsmarkt durchgehen würden. Seit der Konfirmation sind die Jungen sie nicht mehr aufgetaucht. Die meisten sowieso Unbekannte. Vor zehn Jahren haben sie alle noch „Guten Tag, Herr Pfarrer" zu ihm gesagt. Jetzt stierten sie eine an, die ihm gehörte. Gehören sollte.

Sie ließ sich von ihnen umarmen. Sie ließ es zu, dass die Jungen wie zufällig ihre Hand auf ihren Oberschenkel legten, wenn sie sich zwischen sie setzte. Und ja, sie standen auf sie, was wäre auch anderes möglich?

Sie lachte zu ihm hoch – und der Mann mit Weinflasche hinter der Gardine war der Einzige, der mitbekam, dass er gemeint war. Da kam Volkmars Sohn – mit einem dieser sogenannten Tunnel im Ohr, dass man später garantiert keinen richtigen Arbeitsplatz bekäme, also mit Kundenkontakt oder sonst in Verantwortung. Etwas Seriöses.

Margit konnte einem leidtun.

Van Lent stellte die Flasche weg. Es war schon spät. Er ging doch noch einmal rüber zu Frau Thun. Die Jugend auf dem Platze und Anna ließ er links liegen.

„Herr Pfarrer, haben Sie getrunken?", fragte Monika.

„Jakob, Jakob heiße ich. Wir wollten doch Jakob sagen. Und du."

„Ja klar", sagte Monika. Wieder stand ihr Nachthemd offen und es schien, als freute sie sich über seine betrunkenen Blicke. Und wenn er seine Hände nicht zurückgehalten hätte, dann hätte er ihre Brüste pflücken dürfen.

Van Lent blickte fast durch sie hindurch. Ob ich auch so einer geworden bin, dachte er. Ein Zombie? Was haben sie mit mir gemacht in der Nacht, als ich im Graben lag vor dem Schloss? Oder mit Volkmar. Steckte Sebastian mit drin? Er versuchte dem eindringenden Gedanken die Tür zuzuschlagen, indem er sich vorstellte, wie er zu Monika ins Bett kriecht und ihr die Beine spreizt und sich über sie legt und die Augen schließt, um die Abscheu zu überwinden vor diesem abgemagerten Stück Frau und ihren erschlafften Brüsten. Auf andere Gedanken kommen. Er müsste sie pfählen, kam ihm in den Sinn. Er ekelte sich vor sich selbst. Mehr noch als vor ihr.

„Woran denkst du?", fragte sie.

„Nichts."

„Ich mache mir Sorgen", sagte sie.

„Ich weiß", sagte er.

Er holte ihr Wasser; bei Maya brannte noch Licht. Sie lag auf ihrem Bett und warf einen Gummiball gegen die Wand, der immer wieder zu ihr zurücksprang.

„Monika, ich mache dir jetzt doch mal die Fenster zu", sagte er zum Abschied.

„Lass doch", meinte sie. „Ich habe den Eindruck, die frische Luft tut mir gut."

„Maya hält sie neuerdings auch geschlossen."

„Das Mädchen lässt sich nichts sagen. Sie macht alles, wie sie will."

„Man weiß nicht, wofür es später mal gut sein kann."

„Danke!", hauchte Monika und lächelte. Sanft schloss van Lent die Tür.

Diese Gruftis müssen verschwinden, dachte er auf dem Heimweg. Er lenkte seine Blicke über den Marktplatz, aber von ihr keine Spur. Auch die Nachwuchsvampire verzogen sich. Weil er getrunken hatte, hielt er sich im Schatten und war froh, als er ungesehen die Haustür hinter sich ins Schloss fallen ließ.

* * *

„Ruf den Haase an", sagte die schöne Solveig ihrer Referentin in diesem vertrauensvollen Tonfall, zu dem Frauen schnell übergehen, wenn sie unter sich sind, dem Hierarchie-Unterschied zum Trotz. Die Referentin guckte fragend und Solveig sagte: „Dr. Severin Haase." Und dann gab die Müller-Spätfrost ihr die Nummer.

Wie immer unter dem Vorzeichen eines Personal-
problems hatte Haase die Referentin am Ohr. Wie
immer wusste er nicht recht, ob er gekränkt sein
sollte, dass ihn die frühere Kommilitonin nicht
selbst anrief, oder ob er geschmeichelt sein sollte,
eine junge, vielversprechende Pfarrerin am Ohr zu
haben, der gegenüber er Geheimnis und Kompetenz
ausstrahlte.

Solveig meditiere gerade, hörte er. Wie jeden Tag.
Dreieinhalb Stunden. Die Augen nach innen ge-
dreht, sitzt sie da, die Hände im Schoß, den Mund
leicht geöffnet; diesen großen, roten Mund, der dieser zierlichen Dame ihre ganze Macht verlieh.

Die Stimme der neuen Referentin war ein bisschen
rauchig und voller Respekt. Was wusste sie von Solveig und ihm – dass er ihr überallhin gefolgt war,
aber nie seinen Lohn erhalten hatte?

Während er mit ihr telefonierte, riss er eine Tüte
Goldbären auf und schob sich eine Handvoll davon
in den Mund. Die Kellnerin im Kur- und Lesecafé
fé war nicht angetan. Es gäbe auch gutes Eis, sagte
sie, hausgemacht, aber der dicke Mann, der tele-
fonierend an seinem Laptop saß, verscheuchte sie
wie eine Fliege. Er googelte Solveigs Referentin.
Hübsches Ding. Familie hatte sie auch schon. Wo er
gerade wäre, fragte die Referentin, während er ihr
Bild großzoomte. Sie trug so ein dünnes, gestreiftes
Oberteil auf dem Profilfoto von Facebook. War da
wirklich nichts von ihren Nippeln zu erkennen?

„In meinen Gedanken?", fragte er zurück.

„Nein. Physisch", sagte sie. „In Friedrichroda wird es jetzt ernst", sagte die Referentin. Es könnte sein, dass er in Friedrichroda gebraucht würde, so er den Fall annähme, sagte die Referentin. Dr. Haase lächelte. Die Ironie der Geschichte war, dass er dort längst weilte.

War es möglich, dass sich der Rückzugsort für ihn zum Startpunkt einer neuen Mission entwickelte? Er ließ sich die Akte schicken.

* * *

Eines Tages hielt van Lent es nicht mehr aus. Er riss einen Zettel aus seinem Pfarramtskalender und schrieb darauf eine Nachricht für sie.

„Übermorgen", schrieb van Lent. „Kommen Sie um 15 Uhr." Und damit ging er zu den Jungen, die auf der anderen Seite des Platzes herumlungerten. Sebastian und seine Gang dachten zuerst, der Pfarrer käme, um zu schimpfen, dass sie hier keine Kaugummis und auch sonst nichts ausspucken sollten oder dass er den Eltern erzählen würde von den heimlichen Zigaretten im Gang zwischen Pfarrhaus und Kirche, die dicken, süßlichen. Wenn er schimpfen würde, dass ihnen die fünfzig Cent für die öffentliche Toilette meist zu viel wären, dann hätte Sebastian ihm angedeutet, ginge ein Video viral. Aber nichts dergleichen, er bat sie um einen Gefallen, den die nicht völlig unerfahrenen Halbwüchsigen gerne annahmen. Sie sollten den Zettel weiterreichen an die Dame, wie der Pfarrer sich ausdrückte, die so oft Zeit fand, sich ihre Probleme anzuhören, und die immer ihre Hilfe versprach.

„Anna ist so cool", schwärmte einer.

„Wie sie redet", sagte ein anderer, „voll gothic!"

Was wollte diese unreife Bande von seiner Anna? Er war es doch, der mit ihr im Bunde stand – oder etwa nicht? Van Lent ergrimmte, doch beschloss er, es ihnen nicht zu zeigen. „Danke", sagte er, „ich habe nämlich heute noch wichtige Termine und kann wirklich nicht warten, bis sie kommt."

Damit bezog er seine Stellung im Pfarrhaus. Kurz nach sechs war sie da, sie kam nicht allein, sondern brachte noch zwei von den älteren Jugendlichen mit, die sich immer mehr bemühten, ihrem Look gleichzukommen. Die Mädchen trugen schwarze, rüschenbesetzte Regenschirme über sich, um bei Tage zu wandeln, als ob es Nacht wäre. Obwohl es längst dunkel war. Wie immer lächelte Anna zu van Lent in den ersten Stock hinauf. Van Lent hatte schon oft den Test gemacht, war in der Dämmerung oder im Dunkeln durch die Straßen gezogen, beobachtete das Pfarrhaus aus allen Winkeln, hatte sogar einen Kleiderbügel mit seinem Sakko ins Fenster gehängt, doch nie hatte er von außen etwas hinter der Gardine wahrgenommen. Nur sie konnte es wissen, irgendwoher. Oder lag es an dem winzigen Wackeln der Gardine? Musste er die Flurtür geschlossen halten, dass kein zusätzliches Licht von hinten ins Zimmer fiel?

Sie spielte mit ihm.

Van Lent sah, wie Kevin ihr etwas reichte, seinen Zettel. Natürlich hatten sie ihn gelesen, dachte er, aber das spielte keine Rolle. Nur dass sie ihn erhalten müsste. Das Telefon klingelte. Von hinten rief Maya. Die Hausaufgaben wären fertig. Sie müsse noch Lesen üben. Frau Thun, Monika, bat um einen weiteren Besuch. Sie sprach, sie bekäme keinen Bissen mehr herunter, schon seit Tagen. Der Appetit ließe nach. Was sich da wohl tun ließe? Der Arzt wirkte ratlos, Monika schickte ihn heim. Er hatte ihr Eisen verordnet. Van Lent versprach zu beten, während er nach draußen starrte auf den Marktplatz, der von schwarzen Gestalten bevölkert war.

Als der Tag kam, schaltete van Lent pünktlich um fünfzehn Uhr den Computer aus und begann in seinem Büro auf und ab zu laufen.
Er rechnete bald mit ihrem Besuch. Andere Termine hatte er bewusst abgesagt, um sich für den schweren Seelsorgefall und die attraktive Dame gleichermaßen zur Verfügung zu halten. Es ist mein Auftrag, sagte er sich immer wieder.
In der Wohnung zappte er sich durch das Nachmittagsprogramm. Ein fusselbärtiger Heilpraktiker führte das Gedächtnis des Wassers vor, physikalisch-chemische Strukturen, die sich Chemikern und Physikern nicht erschließen, aber Heilpraktikern. Van Lent schaltete aus. Er hatte sich schon damals den Mund verbrannt, als eine Bundestagung bekannter Homöopathen oben im Hotel stattfinden sollte. Aber von irgendwas musste der Ort leben. Nichts als Ho-

kuspokus, hatte er gewettert. Wer im Glashaus sitzt, soll nicht mit Steinen werfen, hatte man ihm erwidert. Freundschaftlich, mit Augenzwinkern, aber sie hatten ihn auf die Ränge verwiesen. Was für die unbeteiligten Besucher eine hässliche, zwölf Stockwerke hohe Narbe des Sozialismus war, das war für die Friedrichrodaer eben ihr Hotel.

Anna ließ auf sich warten.

Er strich durch das ganze Haus, überlegte lange, ob er zur Toilette gehen dürfe, entschied sich schließlich doch dafür, verpasste aber nichts, schaute zum zehnten Mal aus dem Fenster, legte noch etwas Deo auf. Zu guter Letzt zog er den Mantel über und ging über den Kirchplatz, blieb unruhig beim Bäcker in der Warteschlange stehen, ständig Ausschau haltend, weil er sie wie zufällig treffen wollte, wenn sie – verspätet! – doch noch käme. Er trank einen Schluck aus dem Brunnen, weil es ihm erlaubte, sich gründlich umzuschauen. Er schielte dabei zur Seite, dorthin, wo sie auftauchen müsste. Dabei fiel ihm der Entschluss in den Schoß, der während der letzten Stunden gereift war.

Er würde hingehen.

Kapitel 7

Unterwegs lief ihm Herr Steinmann in die Arme. Der Ortschronist hatte das Treffen nach einem Zufall aussehen lassen wollen, so wie van Lent gehofft hatte, Anna zufällig zu sehen.

Winfried Steinmann hatte mehr Jagdglück. Jedenfalls überfiel er den Pfarrer, packte ihn am Arm und hörte nicht auf zu reden, von Vorkommnissen im Schloss und von schwarzen Moden, man müsse sich sorgen und dass der Denkmalschutz völlig überfordert sei. Wir in Friedrichroda gehen denen, auf Deutsch gesagt, so weit am Arsch vorbei. Er streckte die Arme aus wie ein Angler beim Demonstrieren seines Fanges.

Begriff er denn gar nichts? Dass van Lent kein Mann war, der sich der Historie verschreiben wollte, weil alles Vergangene ihn gemahnte an das, was nicht wieder gutzumachen ist.

Van Lent wich zurück, weil er befürchtete, Steinmann würde ihn wieder greifen. Zu spät. Er versuchte sich loszureißen, aber Steinmann ließ ihn nicht von der Angel. Er packte van Lent am Ellenbogen und tätschelte ihn zusätzlich mit der freien

Hand. Van Lent hätte das Feld der Höflichkeit räumen müssen, aber das konnte er sich Steinmann gegenüber bei allem Ekel nicht erlauben. Christliche Correctness kann sehr herausfordernd sein.

Also versuchte er ihn abzulenken. Er fragte, was er von der successio apostolica halte. Van Lent war nicht gering überrascht, als Steinmann erklärte, er habe sich neulich erst mit jemandem darüber ausgetauscht.

„Sehr schade, dass diese Tradition in unserer evangelischen Kirche nicht aufrechterhalten wird. Es wäre doch ein erhabenes Gefühl zu wissen, dass jeder Geistliche, wie von einem unsichtbaren Band gehalten, in einer Linie stünde mit der Erwählung der zwölf Apostel durch den Herrn." Routiniert spann ihn Steinmann ein mit den unsichtbaren Fäden seines modrigen Atems.

„Wenn Sie demnächst wieder einmal im Archiv in Eisenach sind – würden Sie dann einmal schauen, was Sie darüber finden?", fragte van Lent. Steinmann sagte, erfreut von dem plötzlichen Interesse des Pfarrers an seiner Arbeit, unverzüglich zu.

„Mich würde noch interessieren, wie weit unsere Friedrichrodaer Aufzeichnungen zurückgehen. Ehrlich gesagt, nachdem Sie vor ein paar Jahren mit dem Geschichtsverein unser Archiv in Friedrichroda in Ordnung gebracht haben, ist da keiner mehr drin gewesen."

„Auftrag angenommen, Herr Pfarrer!", sagte Steinmann. Immerhin stieg für ihn die Chance, einmal weniger mit seinen Theorien zur geheimen Krypta zu nerven. Friedrichrodas Pfarrer hatten seit jeher die Existenz dieser Krypta ins Land der Sagen verbannt. Van Lent hatte nicht vor, von dieser Linie abzuweichen.

Van Lent täuschte vor, nach rechts zu gehen, Steinmann, der noch immer seine Hand auf van Lents Unterarm liegen hatte, vollzog die Bewegung mit.

„Demnächst tauschen wir uns mal ausführlicher aus", drohte er.

„Gerne", log van Lent und wandte sich in die andere Richtung. „Auf bald, Herr Steinmann."

„Nächste Woche, Herr Pfarrer!", sagte Steinmann, enttäuscht, dass er ihm nun doch durchs Netz gegangen war.

Van Lent beschleunigte seine Schritte. Mit der großen Antenne blinkte der Friedrichrodaer Weihnachtsschmuck um die Wette. Baumarkt-LEDs aller Geschmacksniveaus pulsten vereint ihre Strahlen in die Trübnis. Blitzende Ketten aus Plastikeiszapfen trugen Sorge, dass zumindest für Epileptiker Friedrichroda als Kurort während des Advents ausschied. Im Tal zog Nebel auf, wieder einmal, so dass man kaum sagen konnte, ob die Sonne noch schien oder bereits untergegangen war. Tabarz lag vermutlich im milden Dezemberlicht.

Am Krankenhaus stellte van Lent den Kragen hoch, die Hände vergrub er in den Taschen. Der Druck in der Magengegend nahm zu, als ob das Schloss eine Faust ausstrecke und ihm in den Bauch stieße, damit er sich bloß nicht weiter nähere. Van Lent schob es darauf, dass dort eine Frau auf ihn wartete, wie er noch keine gesehen hatte. Eine Frau, ja, mit offenkundiger Verrücktheit. Aber eine Frau, die ihn sah, wie er noch von keiner gesehen worden war: Als ein Mächtiger, ein Heiler, ein Helfer.

Die, die sonst in seine Sprechstunde kamen, wollten Zeugnisse über alte Konfirmationen oder gaben Spenden ab für die Walterhäuser Tafel.

Er folgte dem Weg entlang der Mauer bis zur Einfahrt des Schlosses.

Statt des Bauzaunes schwang sich ein runderneuertes, gusseisernes Tor über den Weg. Van Lent umfasste einen der eisernen Stäbe, kalt fühlte sich das Metall an. Schmiedekunst. Das Schloss dahinter ohne Makel.

Er fragte sich, was Steinmann nur wolle. Der Denkmalschutz, das liefe doch, und der Rest, man würde sehen.

Was immer Steinmann herausbekommen wollte in den alten Archiven – es lag auf der Hand, dass die Mönche die Geschichte geschrieben hatten, wie sie diese brauchten. Waren ja die Einzigen, die schreiben konnten, damals. So waren sie Meister darin, alles so erscheinen zu lassen, dass es den Interessen ihres Klosters nützte. Aber gegenüber den Enthusiasten vom Geschichtsverein half nur, sich selbst möglichst dumm zu stellen, sonst redeten sie stundenlang, um einen zu übertrumpfen. Oder noch schlimmer, wollten einen Wissenden zu ihrem König machen.

1089 hatte Ludwig der Springer den Klosterbau vollendet. Nun brauchte es Mönche. Der Kaiser hatte ihn gewarnt, nach Hirsau zu schicken, in das Kloster, wo Aurelius begraben liegt, der Patron für Kopfkrankheiten.

Selbstbewusste, unheimliche Mönche waren die Hirsauer. Aber Ludwig brauchte dringend kirchliches Personal. Dass er die Geschichte Thüringens dadurch lenkte, wusste Ludwig, der Narr, nicht.

Der Abt Wilhelm von Hirsau hörte nur allzu gern auf die Einladung von Ludwig dem Springer. Ein Nachtmensch war Wilhelm, berühmt für seine astronomischen Schriften.

Seine Mönche kamen zunächst als Bettler. Arm, dass es Gott erbarm. Und herrschten binnen Kurzem über die Felder und Wälder der ganzen Region. Wie sie später den Schädel der heiligen Elisabeth präsentierten, goldgeil, und das Öl verkauften, das die Heilige zufällig immer dann ausschwitzte, sobald Neuanschaffungen im Klosterinventar fällig waren! Der reformierte van Lent schüttelte sich wie einst Bruder Luther.

Ihr frommer Betrug lag über Jahrhunderte über den armen Menschen von Friedrichroda, seiner Nebenorte und Gehöfte.

Zuverlässige Angaben hinter das 17. Jahrhundert zurück würde es nicht geben. Lediglich die Vorstellung gruselte van Lent, dass Steinmann ihm das auseinandersetzen würde.

Die Neuen hielten wohl nichts von Adventsschmuck. Der Hidden Champion liebte Diskretion. Särge mit Lametta anzupreisen und mit dem Duft von Apfel-Zimt könnte doch eine Marktlücke sein. Aber nicht seine. Nicht sein Business.

Eine Klingel suchte man am Haupttor vergebens. Van Lent wollte schon umdrehen, als ihm ein plötzlicher Impuls riet, sich gegen den Flügel des Einfahrtstores zu stemmen. Obwohl er hätte schwören können, dass es eben noch fest verschlossen war, sprang innerhalb des großen Tores eine kleine Tür einen Spaltbreit auf. Van Lent schob sie, so vorsichtig er konnte, nach innen. Dennoch quietschte sie durchdringend. Er stieg durch die Öffnung.

Durch den düsteren Reinhardsbrunner Park legte van Lent den Weg zum Hohen Haus zurück.

Der Nebel schluckte alles. Vom Schloss war noch nichts zu sehen. Die Straße schwieg. Seine Schritte nur einsames Kratzen durch das Tal. Nach wenigen Metern war das Tor hinter ihm verschwunden. Er zwang sich weiterzugehen gegen das Pressen auf den Magen, da dröhnte es, als die eiserne Tür hinter ihm wieder in die Angel schlug. Van Lent wollte rufen, wer da wäre, aber er befahl sich selbst voranzuschreiten, erreichte das Portal, wunderte sich über die glänzende Klingeleinfassung aus Messing und presste den Knopf, den zuletzt der Herr Jagielski beim Begrüßungsfest gedrückt hatte. Unendlich lang her, so schien es. Letzte Woche hatte van Lent drei Schaufeln endgültiger Erde auf die Urne mit Jagielskis Überresten geworfen.

Zwei Glocken ertönten, eine tiefe und eine etwas höhere. Ihr Schall verbreitete sich durch alle Räume. Wer immer da drin war, er musste ihn gehört haben. Sie musste doch gehört haben! Die Tür hinter ihm war ins Schloss gefallen – oder zugeschlagen worden. Das Portal vor ihm öffnete sich noch nicht. Mit dem Fingernagel fuhr van Lent durch die Rillen des Eichenholzes.

Es knarzte, als die Tür nach innen glitt. Vor ihm stand ein großer Mann in einem violetten Frack. Er trug einen roten Vollbart, der ganz offensichtlich eine schwere Gesichtsverletzung kaschieren sollte. Das kräftige Rot erstaunte van Lent, weil der Mann immerhin schon in seinen Sechzigern stehen musste. Auf dem Kopf trug er einen Hut in der Farbe des Fracks, geschmückt mit dunkelgrünen Hahnenfedern.

„Jaaa?", fragte er.

„Van Lent", sagte van Lent. „Der Pfarrer hier im Ort. Wir hatten noch nicht die Gelegenheit …"

„Oh nein, bisher pflegte ich nur die Konversation mit dem Herrn Bürgermeister. Aus Pfarrern", sagte er mit einem kehligen Lachen, „mache ich mir für gewöhnlich nicht viel."

Volkmar hatte van Lent gar nichts darüber erzählt, dass er ohne ihn schon einmal hier gewesen war.

„Ich hätte mich besser anmelden sollen. Doch ich wollte mich einfach mal spontan nach Frau Chrysostoma erkundigen. Sie wohnt doch hier?"

Sein Gegenüber spitzte die ohnehin recht schlank zulaufenden Ohren. „Was man so wohnen nennt."

Van Lent lächelte schmal. Sein Blick fiel auf die Marmorböden und schweifte hoch zur Decke mit ihren Holzvertäfelungen. „Ja, bloß wohnen wäre hier wirklich zu wenig gesagt. Ganz beeindruckend, was Sie in der kurzen Zeit daraus gemacht haben. Man könnte glatt meinen, es ginge mit dem Teufel zu."

„Oh, haha, nein, nein, natürlich nicht. Aber davon könnt Ihr Euch gleich selbst überzeugen, Herr Inquisitor!"

„Die Inquisition, das sind die anderen", sagte van Lent.

Das Gegenüber entschuldigte sich für seine Manieren und bat ihn einzutreten. Friedrich sei sein Name, als Geistlicher könne van Lent ihn so ansprechen.

„Gewiss ein fürstlicher Name", meinte van Lent, „aber ich würde es gerne vorerst dabei belassen, dass wir uns beim Nachnamen nennen." Und er wiederholte seinen eigenen Namen.

„Wie Ihr wünscht", antwortete Friedrich. „Morsus", stellte er sich vor und reichte van Lent eine Hand, die lang und kalt war, wie ein toter Oktopus. Er folgte Morsus durch das Entree und staunte, als er den fürstlichen Speisesaal betrat, der sich durch die offenen Arkaden mit zwei weiteren Salons verband. Fast wäre van Lent der kindlichen Eingebung gefolgt, auf dem Marmorboden zu schlittern. Aber die dunklen Eichenschnitzereien an der Decke sorgten rasch wieder für den nötigen Ernst.

Morsus fand Gefallen daran, van Lent herumzuführen. Schmunzelnd lockte er ihn unterhalb des Ahnensaals durch die Tordurchfahrt. Früher hielten hier die hohen Herrschaften, die trockenen Fußes die Kutsche verlassen und das Schloss betreten wollten. Früher. Da schallten Musik und Gelächter bis hinüber zur Straße, ein ständiges Kommen und Gehen, Kutschen trafen selbst nachts hier ein. Die erleuchteten Fenster spiegelten sich auf den Teichen wider.

„Ich möchte die Kapelle sehen", bat van Lent. An der Seite von Morsus durchquerte er die Hirschgalerie und die Kirchgalerie. In den leeren Kammern und Fluren wisperten die Stimmen der Vergangenheit. Als die Herrschaften noch im Hohen Haus lebten, da war hier der Bauch: das Speisegewölbe. Daneben die Stuben des Gesindes. Hier wurde der kleine Mann geboren, hier starb er auch.

Da stand van Lent zum ersten Mal in all den Jahren in der Reinhardsbrunner Kapelle. Ihren Zustand hatte er weit desolater eingeschätzt. Sprach das alte Personal nicht davon, dass zu Interhotelzeiten hier die Rumpelkammer gewesen war? Wirklich, Steinmann irrte! Wie benommen tastete er sich durch den verlassen daliegenden Raum. Morsus sah ihm aus dem Gang zu. Kanzel und Altar glänzten im selben Alabasterton wie der ganze Fußboden. Die Innenausstattung mit dem alten Gestühl, die der Friedrichrodaer Geschichtsverein längst verloren gegeben hatte, stand unversehrt da. Historisch korrekt auf der linken und rechten Seite.

Van Lent strich langsam mit den Händen über das Holz. Über ihm öffneten sich die Dachfenster, ungewöhnlich, als hätte man tatsächlich ein Tor zum

Himmel öffnen wollen. Ein fahles Licht warfen sie in den Raum und gaben dem Alabaster eine leichte Röte, als sich ein letzter Sonnenstrahl in das Tal kämpfte. Jakob, der Enkel Abrahams, schlief bereits, monumental in Öl, und träumte von einer Himmelsleiter auf dem Gemälde oberhalb des Altars. Rosa und golden erhoben sich die Säulen der Kapelle.

„Wie schön", sagte van Lent, doch sein Führer hatte sich bereits weit in den Gang zurückgezogen. Abend sei es geworden, rief er zu van Lent, Zeit, sich in den Ahnensaal zu begeben.

Wohin ihr Weg auch führte, van Lent staunte, wie das Schloss innerhalb so kurzer Zeit hergerichtet werden konnte. Nichts erinnerte mehr an ein Interhotel. Sogar ein Billardzimmer gab es wieder, was heißt Zimmer? Ein Saal!

„Zeit für ein Spiel", lockte Morsus, mit einem Queue in der Hand. Er wirkte konzentriert. Nur einmal stieß er zu – und versenkte die Acht über vier, fünf Banden. Er tat, als wäre es ein Missgeschick, doch van Lent wusste, dass er sich nicht auf eine Partie einlassen würde.

Morsus ging voraus. Van Lent stieg hinter ihm die Treppe hinauf. Es gibt nur wenige Männer, die einen Frack tragen können, ohne sich eine entenhafte Gangart einzuhandeln, dachte van Lent. Morsus gehörte dazu, trotz der wippenden Feder an seinem Hut. Als sie den oberen Stock erreicht hatten, fragte er: „Wusstet Ihr, dass es insgesamt vierhundertdreiundachtzig Treppenstufen in diesem Gebäude gibt?"

Van Lent verneinte.

„Dieses Schloss hält noch viele Geheimnisse verborgen. Es ist wie ein guter Beichtvater, versteht Ihr?" Morsus lachte wieder. „Kommt nur mit, kommt nur mit, bis ins Allerheiligste."

Morsus öffnete eine Tür, die in einen ungeheizten Saal führte. Es roch unentschieden nach Gebratenem und nach kaltem Rauch. Van Lent erinnerte sich sofort an das Ende der Grillparty und den Schrecken, den der Eishauch auslöste. Er hatte sich damals eingeredet, dass es sich um einen spätsommerlichen Fallwind handelte. Jetzt allerdings erkannte er den Geruch wieder. Dabei roch es nicht nach den frischen Farben, sondern als ob hinter den neuen Tapeten alter Schimmel wucherte. Mehr noch, von dem gut gelaunten älteren Herrn schien ein Geruch auszugehen.

„Oh, die Belüftung ist noch nicht ganz in Ordnung", begann Morsus, als könne er Gedanken lesen.

„Wenn Sie wüssten, in was für Wohnungen ich manchmal muss", beschwichtigte van Lent. Heute Abend vielleicht noch zu Monika?

Schließlich führte Morsus ihn in einen Saal, der hellgrün tapeziert war und mit neogotischen Stuckverzierungen prunkte.

„Wo ist das Büro von Frau Chrysostoma?", fragte van Lent, aber Morsus antwortete nicht, sondern legte van Lent eine Hand auf den Arm, um ihn zur Tafel zu führen. Morsus hatte Fingernägel wie ein Konzertgitarrist. Allerdings an beiden Händen.

Drei Petroleumleuchten erhellten den Saal. Mit der Elektrik hinkten sie wohl hinterher.

In Spitzbögen aus Stuck oberhalb der Fenster versammelten sich die wichtigsten Angehörigen der fürstlichen Familien, in reinem Grau gehaltene Zeichnungen, die den Eindruck erweckten, als ob die Ahnen, wie heimlich anwesend, jederzeit in die Geschicke des Hauses eingreifen könnten. Die Ahnen schweben über uns. Grau, weiß und schwarz – die Porträts an den Wänden passten zur Situation. Steinmann würde den Finger heben und: „Grisaillen" rufen und „Mein Gott!".

Van Lent verstand Grisaillen ziemlich gut. Christina und Benedikt waren heimlich auch noch immer da, während die Erinnerung an die realen Personen verblasste. Als todfarbene Gemälde schlichen sie durch seine Tage.

Eine Tischgruppe aus Eiche stand mitten im Raum. Sie lockte van Lent ganz und gar nicht, doch wies ihm Herr Morsus einen Stuhl zu; mit einem Blick, der sich in kaum verhüllter Ablehnung van Lents zusätzlich verhärtet hatte.

Es war ein Fehler herzukommen, dachte dieser und sah auf die Uhr. Aber nun saß er Morsus gegenüber. Die schweren Türen klickten in die Schlösser.

„Es ist ja immer besser, man spricht miteinander als übereinander, nicht wahr?"

Van Lent nickte.

Morsus fuhr fort:

„Frau Chrysostoma übernimmt nun seit, hm, einigen Wochen die Darstellung unseres kleinen Betriebes in der Stadt. Da ist es für mich interessant, einmal zu hören, was da so ankommt."

120

„Logisch."

„Leider ist sie nicht direkt wie die anderen hier mir unmittelbar, hm, weisungsgebunden." Morsus verdrehte die Augen und rang entschuldigend die Hände dazu. „Familienpolitik …!"

Seine Augen schweiften umher. Van Lent fiel auf, dass die niedrigen Truhen an der Wand aussahen wie Särge.

Kapitel 8

„Eine Art Ausstellungsraum, nehme ich an?"
Morsus lachte wieder; er spielte mit einem Gehstock, der in Klavierlack gehalten war.
Van Lent setzte nach:
„Ich würde die Särge in der Kapelle präsentieren, wo das Licht von oben darauf fällt."
Morsus lag nicht an konstruktiver Kritik. „Sie hat Euch doch nicht etwa erzählt, es gäbe hier Vampire?", fragte er.
Van Lent schüttelte hastig den Kopf. „Nein, nein, hat sie nicht. Wie kommen Sie auf so etwas?"
„Ich hörte einen Ruf, draußen vor dem Portal, es war im Herbst …"
„Sie hat geschwiegen wie ein Grab!"
„Wovon?"
„Wie bitte?"
„Wovon hat sie geschwiegen und was hat sie Euch erzählt?"
„Es ging um einen Trauerfall. Aber dann habe eigentlich nur noch ich gesprochen." Behauptete van Lent.

Morsus überlegte. Seine Blicke durchbohrten den Pfarrer. „Sie plaudert viel zu gerne, unsere Teuerste. Ihr müsst wissen, dass wir jegliches Gerede über Vampire perhorreszieren."

Perhorreszieren, dachte van Lent, in welchem Seminar hatte er dieses Wort zum letzten Mal gehört? Perhorreszieren! Warum sagte der Rotbart nicht einfach: mit Abscheu zurückweisen? Allerdings, Frau Lorenz sprach ja auch lieber von xenophob. Eine seltsame Korrespondenz, die sich da eröffnete.

Morsus sah ihn verständnisvoll an. „Wir mögen dieses Vampirgerede nicht, lieber Herr van Lent."

„Selbstverständlich. Das dürfte geradezu geschäftsschädigend sein."

Morsus nickte.

„Dabei interessiert mich doch, in welcher Funktion Sie hier für die Firma arbeiten."

„Formulieren wir es so: Ohne mich läuft gar nichts."

„Dann sind also Sie der Geschäftsführer?"

„Ich sehe mich mehr als pater familias."

„Sicher können Sie mir sagen, wo ich Frau Chrysostoma finden kann. Oder vielleicht war es keine gute Idee herzukommen, ich würde mich denn auch wieder verabschieden, wenn Sie nichts dagegen haben."

„Oh, aber ich habe etwas dagegen!" Morsus fuhr van Lent an.

Wenn van Lent sich später daran erinnerte, dann fragte er sich, ob die Proportionen dieses Gebisses wirklich so unvorteilhaft waren. Im Sinne der perhorreszierten Gerüchte wäre das ganz und gar nicht günstig. Besser tatsächlich, die Public Relations der hübschen Anna zu überlassen.

Morsus klatschte die Hand auf die Tischplatte. „Wir lassen unsere Gäste nicht knurrenden Magens von dannen!"

„Ich habe genug gegessen", sagte van Lent.

„Blablabla", entgegnete Morsus.

Van Lent, dessen Atem schneller ging als gewöhnlich, stammelte, dass er keinen besonderen Appetit mitgebracht hätte, aber er wusste, dass das aussichtslos war. Er konnte sich diesbezüglich nicht einmal gegen ein Kaffeekränzchen mit Hochbetagten durchsetzen – wie viel weniger dann gegen diesen stockschwingenden Rumänen?

Morsus begann zu pfeifen und zu summen, die Seitentüren öffneten sich, Lakaien im Frack trugen in goldenen Schüsseln auf. Trotz ihrer gepflegten Uniformen hatten sie die Ausstrahlung von Ochsen, die auf der Weide tot umgefallen waren. Sie harrten an der Tür aus und bewegten sich erst, als Morsus sie mit einem Fingerschnipsen dirigierte.

Van Lent hatte Mitleid mit den bleichen Gestalten. Für einen Marktführer scheinen die Mitarbeiter nicht gerade auskömmlich bezahlt zu werden, dachte er und prägte sich ein paar dieser traurigen, rumänischen Gesichter ein. Hungrig sahen sie zu ihm hinüber. Ein kleiner Untersetzter stellte ihm den Teller hin und grinste, als wäre es die Henkersmahlzeit. Nur das stählerne Besteck wirkte etwas billig und aus der Zeit gefallen. Immerhin WMF. Der Frack des Lakaien unterstützte den Eindruck, dass er nicht ging, sondern watschelte. Auch waren seine Nägel lang und schmutzig, so dass einem bei dem Gedanken an die Küche der Appetit vergehen musste. Es gab Karpfen aus dem Ofen, mit kleinen, gebackenen Tomaten und Dill, dazu Riesling.

„Danke, Ignatius", sagte Morsus. Ignatius schwieg.

„Ausgezeichnet", lobte van Lent. „Essen Sie nichts?"

Der Untersetzte kicherte. Es war so ein hohes Kichern, van Lent verglich es später mit einer Schaukel auf dem Spielplatz, die Ende Februar bewegt wird, wenn noch keiner Zeit hatte, die Spielgeräte für den Frühling zu ölen.

Einer der Diener musste sich ans Harmonium setzen. Er trat den Balg. Seine Finger griffen in die Tastatur. Die Mondscheinsonate. Aber er spielte sie viel zu langsam. Mechanisch. Ohne Seele. Van Lent aß.

„Ich bin kein Liebhaber des Frühstücks", sagte Morsus.

„Das kommt auf den Tag an", sagte van Lent. Erst lange danach ging ihm auf, dass Morsus gelogen hatte.

Die Uhr schlug halb sieben. Morsus grinste und kratzte sich den Bart, wischte über die riesige runde Narbe an seiner Wange hinweg.

„Da ist natürlich etwas", sagte van Lent mit vollen Backen. „Es gibt da so eine Unart, eine Modeerscheinung, möchte ich sagen …"

„Jaaa?"

„Die Jugend von heute, es scheint, als hätte da diese Vampiridee einen gewissen Reiz. Sie wissen schon, diese Vorstellung von ewigem Leben, von Freiheit und Macht, von Flug und Blut und einer gewissen Erotik."

„Scheußlich", gackerte Morsus und stand auf.

„Vampire sind schwer in Mode – also", van Lent ließ sich vom Lächeln seines Gegenübers anstecken und erkühnte sich, ihn zu testen, „falls Sie einer sein sollten, kann ich Sie nur dazu beglückwünschen!"

„Würde es Euch dann nicht, hm, noch schwerer fallen, sich meiner Erotik zu entziehen?" Morsus stand plötzlich hinter van Lent und legte eine Hand auf dessen Schulter. „Hat nicht auch ein Pastor gelegentliche Gelüste geschlechtlicher Natur? Bleibt man nicht ganz Mann unter der Aura der Heiligkeit?"

Van Lent spürte das Kratzen eines Fingernagels an seinem Hals. Das Mahl verlor endgültig seinen Geschmack. Schnell wechselte van Lent das Thema: „Wann ist das überhaupt aufgekommen mit diesem Vampirglauben?"

Als Morsus die Hand von seinem Hals nahm, atmete van Lent auf. Morsus begann hin und her zu laufen. Wieder schwenkte er seinen Stock. Dabei blitzte etwas auf zwischen Griff und Stock. Van Lent sah, dass sich im Inneren eine Klinge verbarg. Lustlos kaute er an einem Stück Karpfen. Das Harmonium ächzte, Beethoven drehte sich im Grab herum.

„Esst nur, esst nur!" Morsus schien erregt. „Es gab schon Vampire bei Sumerern und Babyloniern! Habt Ihr noch nicht von Lilith gehört, die fliegende Dämonin, die den Nachtwind reitet? Sie sind doch Theologe. Luther übersetzte ihren Namen mit

,Nachtgespenst' in eurer Bibel, Jesaias im vierunddreißigsten Kapitel! Aber das bedeutet keineswegs, dass er nicht wusste, was wirklich gemeint war."

Ein Etwas seiner Theologenehre bäumte sich in van Lent gegen Morsus' Vortrag auf.

„Nun", er räusperte sich, „die meisten Christen würden Vampire eher mit Okkultismus in Verbindung bringen. Eine Erfindung des Teufels, der, wie wir sagen, nie etwas Reales zustande bringen kann. Die Vorstellung, Gott könnte in der Schöpfung untote Blutsauger vorgesehen haben, scheint mir doch recht abwegig."

„Da habt Ihr selbstverständlich Recht. Wobei, hm, ich als advocatus diaboli erwidern würde, dass darin gerade der Clou der biblischen Schöpfungserzählung zu liegen scheint, diese Welt als pervertiert zu beschreiben, als entferne sie sich fort und fort vom Schöpferwillen. Im Paradies sollen die Löwen noch gegrast haben. Wann besannen sie sich auf ihre Zähne? Hm? Was sagt Ihr als Theologe dazu?"

„Das ist ein weites Feld. Aber die Verbindung von Geschöpfen der Nacht mit dem Teufelsglauben leuchtet Ihnen doch ein?"

Zum ersten Mal wirkte Morsus, als hätte er Mitleid.

„Ach, ihr Christen. Was wisst ihr vom Teufel? Ihr denkt, er interessiert sich für faulen Zauber? Die pubertären Blutschwüre zur Geisterstunde und derlei? Ihr sucht ihn an der falschen Stelle. Ihr denkt, es wäre okkult, sich ein Horoskop auf das Smartphone zu laden. Dabei hat der Teufel seine Dividende schon erhalten, wenn Ihr das Smartphone ersteht. Das Blut derer, die gestorben sind für seltene Erden und in den Arbeitslagern, den sogenannten Fabriken."

„Sie müssten mal unsere Frau Lorenz kennenlernen", sagte van Lent, „Sie kämen prächtig miteinander aus."

Morsus schien nicht interessiert. „Was wisst Ihr vom Teufel, Herr Pastor?"

„Dass er besiegt ist?"

„Wie trivial, Hochwürden."

„Den Teufel spürt das Völkchen nie – und wenn er es beim Kragen hätte."

Morsus nickte vieldeutig.

Tapfer schob sich van Lent ein weiteres Häppchen Karpfen in den Mund. Der Lakai schenkte geräuschvoll vom Riesling nach. Van Lent spürte, dass er eigentlich satt war. Vor allem war er es satt, sich belehren zu lassen, doch er zwang sich, höflich zu bleiben. Van Lent drehte seine Füße um die Stuhlbeine, wie ein verlegener, vorgeführter Schüler. Ihm fröstelte.

Morsus Stimme schwoll an: „Dominus protectio tua super manum dexteram tuam per diem sol non percutiet te neque luna per noctem."

Van Lent kannte den Psalm, aber es war ihm, als müsste er sich wehren gegen das Timbre seines Rezitators, als würde der Zornesausbruch seines Gegenübers ihm Kräfte abziehen wie die Wüstensonne dem rettungslos verlorenen Wanderer um die Mittagszeit. Van Lent müsste einen Schild hochhalten, der ihm selbst Schatten spendete. Doch Angst stieg nicht in ihm auf. Er spürte, wie das Pendel zurückschwang, wie er selbst immer zorniger wurde.

Van Lent flüsterte: „Der Herr ist dein Schatten über deiner rechten Hand, dass dich des Tages die Sonne nicht steche noch der Mond des Nachts."

„Und?", fragte Morsus. Er schwang seinen Stock wie ein preußischer Dorfschulpauker.

„Und was?", stöhnte van Lent. Der Karpfen vor ihm wurde kalt. Er wirkte in dem trotz des Kerzenlichts düsteren Saal wie ein Holzscheit, den man aus einem Feuer gerettet hatte. Der Riesling schien trüber als vorhin.

„Schon mal einen Mondstich gehabt?", spottete Morsus.

„Äh. Mondstich? Nein."

Morsus schlug mit dem Stock auf den Tisch. „Aha. Was könnte also der Dichter damit gemeint haben?"

Van Lent mahnte sich zur Ruhe, sammelte seine Kräfte zur Antwort. „Vampire sind meines Wissens nach eine eher neuzeitliche Erscheinung. Sie passen gut, das gebe ich zu, in diese Kulisse hier. Aber, wenn ich mich recht erinnere, wies bereits Papst Benedikt, der zwölfte oder dreizehnte dieses Namens, im Auftrag der Kirche den Vampirglauben zurück. Superstitio …"

Die Päpste jenes Namens hatte van Lent studiert, als Christina schwanger war und sie jeden Abend darüber diskutierten, mit welchem Namen sie ihren Jungen auszeichnen wollten. Sie hatten gewusst, dass es ein Junge würde.

Morsus schloss die Augen und blubberte mit den Lippen.

„Wenn ich sie durchzähle, komme ich auf den vierzehnten Benedikt."

„Ach, der vierzehnte?" Langsam reichte es.

„Vierzehn. Vierzehn. Die Vierzehn ist doch eine schöne Zahl, die man sich einprägen sollte. Was ist daran so schwer? Das ist zweimal die Sieben, eine heilige Zahl, die kennt Ihr! Und dieser Name, was, Benedikt, das ist ein schöner Name, nicht wahr? Hm?"

Morsus blieb erst hinter van Lent stehen und rückte dann näher. Als Gast wollte den deutsch-rumänischen Gastgeber keinesfalls brüskieren. Dabei krampften sich seine Knöchel um die Gabel, als könne er mit ihr Gerechtigkeit schaffen.

„Sagt an, Geistlicher: Welches Interesse hätte der Papst, den Aberglauben zu bekämpfen? Es lag wohl im Interesse der Kirche, ihre eigenen Sakramente als stärker erscheinen zu lassen. Warum also der ‚Vernunft' zum Durchbruch verhelfen …?"

Van Lent saß an seinem Platz, eng am Tisch, wie ein Vierjähriger, der nicht eher aufstehen darf, bis er seinen Spinat gegessen hat. Doch langsam wuchs still eine Wut. Dieser Kerl blieb einfach hinter ihm stehen!

Morsus beugte sich immer tiefer zu seinem Nacken. Van Lent spannte seinen Körper an. Schauer von Ekel liefen über seinen Rücken.

„Mein Herr", gab van Lent mit einem Handzeichen zu verstehe, dass Morsus verschwinden möge. Der folgte, überraschenderweise.

Van Lent nahm – als Zeichen der Entspannung – noch einen Bissen, aber der Fisch wurde in seinem Mund trocken wie Staub. Morsus rückte wieder heran. Van Lent spürte erneut Morsus Pranke auf seiner Schulter, die Härchen des Bartes an seinem Ohr.

„Liest man noch Voltaire in euren Schulen? Habt Ihr ihn je gelesen? Ein kluger Mann. Die wahren Sauger, schrieb er, wohnen nicht auf Friedhöfen, sondern in wesentlich angenehmeren Palästen."

„Ein angenehmer Palast ist dies hier jedenfalls nicht," sagte van Lent, ohne seinen immer deutlicheren Widerwillen zu verhehlen. „Der erste Eindruck täuscht!"

Sie mussten für einen Außenstehenden ein merkwürdiges Bild abgegeben haben: der vor Wut köchelnde Pfarrer, der im kalten Karpfen stocherte, und Morsus, der sich von hinten immer näher an ihn heranschob, als wollte er sich mit van Lent vereinigen. Van Lent hatte schon viele peinliche Szenen miterlebt als Pfarrer, nun aber griff er das Glas in der festen Absicht, es dem aufdringlichen Rumänen ins Gesicht zu schütten.

„Friedrich!", rief eine Stimme.

Van Lent hielt die Luft an. Anna. Endlich.

Friedrich nahm sofort Haltung an. „Ich habe lediglich versucht, freundlich zu sein."

„Deine Art von Freundlichkeit ist mir bekannt."

Van Lent stand auf. Er streckte Friedrich die Hand hin. „Adieu." Doch jener griff nicht zu. Stattdessen kam Anna und hakte ihn unter. „Ich bringe Euch nach Hause!"

Morsus machte Geräusche wie eine hysterische Möwe, von der man nicht weiß, ob sie lacht oder weint. „Wir sehen uns sicher bald wieder!", rief er.

Anna und van Lent blieben noch Arm in Arm, während sie durch den düsteren Park gingen. Im Ort selbst achtete van Lent auf Abstand. Anna musterte ihn spöttisch und schritt wie eine Dame in den Fünfzigern neben ihm. Aber sein Gang war federnd. Wie leicht fühlte er sich mit ihr! Dieser Morsus, der wird sich nicht noch mal wünschen, mich wiederzusehen!

„Hattet Ihr nicht Angst, gefressen zu werden, als er so hinter Euch stand und sich hinabbeugte, um Euch ins Ohr zu flüstern …"

Van Lent kicherte. „Ich dachte viel mehr, er will mir Avancen machen."

„Ich frage mich, warum er es nicht getan hat."

„Was nicht getan hat? Mich anmachen?"

„Euch vernascht."

„Wenn es um das Vernaschen geht, schlage ich vor …"

„Nein, nein, ich meine das ganz im Ernst."

„Er sprach, er mache sich nichts aus Pfarrern."

„Das sollte normalerweise kein Grund sein."

„Wozu?"

„Habt Ihr Euch nicht unwohl gefühlt, blümerant?"

„Nun, die Atmosphäre … Ein wenig kühl."

„Und waren da fremde Stimmen in Eurem Kopf?"

„Herr Morsus wirkt schon ein wenig extravagant. Bestimmt ein strenger Chef, was?"

„Überaus grausam."

Van Lent lachte. „So einer muss aufpassen in Friedrichroda. Aber ich habe durchaus schon Schlimmeres erlebt. Wie Sie mich da rausgezogen haben – man hätte fast den Eindruck kriegen können, Sie versuchten mich zu retten. Seien Sie ehrlich: Sie haben ihn doch ganz schön im Griff, was?"

„Vielleicht brauchte ich das gar nicht."

„Wie meinen?"

„Euch zu retten, Pastor. Möglicherweise verfügt Ihr über noch größere Talente, als ich dachte."

„Talente als was?"

„Als Jäger."

„Was für ein Jäger?"

„Jagd auf uns. Jagd nach Vampiren."

Van Lent äffte Morsus nach. „Blablabla."

Anna lachte.

Bis dahin hatte van Lent überlegt, wie er Anna davon überzeugen konnte, noch mit ihm hineinzukommen, vielleicht eine Kleinigkeit zu trinken. Doch im nächsten Moment verunsicherte ihn ihre naive Art, bei der er nicht wusste, ob sie sich mit ihrer Unterhaltung noch auf dem Boden der Ironie befanden oder ob er schon dabei war, in das Land des Wahnsinns abzuschweifen, der sie – Gott sei es geklagt – so fest in seinen Klauen hielt. Gab es ein „wir" in diesem Land? Eine gemeinsame Zukunft?

Kapitel 9

„Von den berühmtesten Vampirjägern der Geschichte ist euch Lebenden kaum etwas bekannt."

Er musste gar nicht lange versuchen, sie zu überreden. Sofort kam sie mit, zu ihm, in das Pfarrhaus. Sie hörte auch nicht auf, ihn zu bestürmen, wie er Friedrich fände und ob er sich nicht gegruselt hätte in dem Schloss. Van Lent begann sich wie ein Held zu fühlen, obwohl er nicht wusste, womit er sie derartig beeindruckt haben sollte. Als nützlich könnte es sich gleichwohl erweisen. Diesmal hatte er sie mit nach oben gebeten, in sein Studierzimmer, das früher einmal das Arbeitszimmer seiner Frau gewesen war. Jetzt saß sie in dem Sessel, in dem Christina immer gesessen hatte, Benedikt an ihrer Brust.

Man vergisst so schnell. Benedikt gluckste und quietschte ganz leise, wie es Säuglinge tun.

Die Verrückte dozierte weiter über ihr Thema. Er konnte sich nicht sattsehen an ihr. Aber trinken wollte sie nichts.

„Oder ihr kennt die Vampirjäger nur unter anderem Namen, wisst nicht, mit welchem Schauder die Lebenden unter den Toten sie nennen. Ihr schreibt ihnen Verdienste zu, die nicht an das heranreichen, was sie in der für euch unsichtbaren Welt bewirkt haben. Glaubt mir, selbst Friedrich zittert vor ihren Namen: Philipp Schwarzerd, …"

„Melanchthon!?" Der eitle Humanist hatte seinen deutschen Namen ins Griechische übersetzt, weil das gebildeter wirkte. „Unfug!"

„Wenn es Unfug ist, was traget Ihr für eine Erklärung für den Umstand vor, dass Schwarzerd sein Leben lang treu an der Seite von Doctor Martinus blieb, obwohl dieser ihn öffentlich wie einen Fußabtreter behandelte? Glaubet mir, Pastor, die beiden hatten ein dunkles Geheimnis, das sie aneinander kettete."

„Soll das heißen, Martin Luther …"

Anna nickte, van Lent schüttelte den Kopf. „Möglicherweise teilte er den Gespensterglauben seiner Zeit, das würde ich zugestehen. Aber Luther hatte nichts mit Vampiren zu tun! Den Floh hat Ihnen sicher Morsus ins Ohr gesetzt!"

„Oh! Seid Ihr da so sicher? Klärt mich auf, weiser Mann! Was waren seine Geschäfte, derentwegen er inkognito von der Wartburg nach Reinhardsbrunn aufbrach? Als Junker Jörg? Ihr müsst zugeben, dass sein Risiko nicht gering war, das Versteck zu verlassen, sich mit Bart und ohne Tonsur zu zeigen, als Geistlicher und Mönch, der er noch immer war."

„Niemand weiß, was er dort wollte. Sein Freund Friedrich Myconius hat darüber geschwiegen, der Reformator Gothas."

Er war sich sicher, dass ihr der Name Myconius nichts sagen würde, aber Anna verzog keine Miene.

Van Lent fragte sich, ob sich Annas Psychose aus negativen Erfahrungen mit der Kirche speiste. Er hatte von ekklesiogenen Neurosen gehört. Bei Haase.

Sie saßen damals im Stuhlkreis. Der fette Dr. Haase, mein Name ist Haase, ich bin allwissend, berichtete von frommen Menschen, für die der Glaube mehr Störung als Heil war. Sie ärgerten sich darüber. Aber Haase fragte nur, wovor sie Angst hätten. Betroffene Hunde bellen! Sic!

Aber Anna? Sie besaß stupende Kenntnisse aus dem Bereich der Kirchengeschichte, die er bei keinem seiner Gemeindeglieder sonst vorfand, abgesehen vielleicht von Ekel Steinmann. Die Versuchung war groß, sie auf ihrem eigenen Gebiet zu schlagen, statt sie immer wieder daran zu erinnern, dass ihre Einbildungen an der Realität scheiterten.

Nun zeigte sich ihm in Anna die erste wahrhaftige Kandidatin für eine ekklesiogene Neurose. Er begann darüber zu referieren, dass der Glaube nicht immer und für jeden Teil der Lösung sei und fand sich gar nicht mal so ungeschickt dabei. Andererseits: Solange sie sich weigerte, bei Tageslicht zu ihm zu kommen, konnte sie schwer davon überzeugt werden, dass die Sonne sie nicht in die Hölle brennen würde.

Anna riss das Wort an sich. Für Myconius, den Glatzköpfigen mit dem zu langen, glatten Haarkranz und den herabhängenden Mundwinkeln, hatte sie nur Verachtung übrig. „Die Wahrheit ist: My-

136

conius durfte nichts darüber erfahren. Er war kein Eingeweihter. Noch Jahre später vertuschten Luther und sein furchtbarer Geselle – jeder Jäger braucht einen Meisterschüler – die Gründe ihres Wirkens in unserer Region. Kennt Ihr das Ehepaar Kolb? Was sagen Euch die Namen: Ungerer, Christoph Ortlepp, Katharina König, Elsa Kuntz?"

„Die Täuferbande von Reinhardsbrunn. Sie wurden hingerichtet, weil sie die Lehre von der Taufe anders auffassten als Luther. Kaum ein Kapitel der Reformationsgeschichte ist schwärzer. Aus Wittenberg gingen Briefe ein, die dieses Vorgehen rechtfertigten. Man hat sie verbrannt, im Übrigen nicht hier bei uns, sondern weiter unten bei den Cumbacher Teichen."

„Ihr glaubt das?"

„Was?"

„Jener Martin Luther, der eine gewaltsame Ausbreitung der Reformation ablehnte und mehrfach heimlich zu Geschäften in Reinhardsbrunn war, soll befohlen haben, die Täufer zu verbrennen? Statt sie zu bekehren oder zur Umkehr zu bewegen? Bedenket, Luther war noch nicht der unbewegliche Fettsack der späten Jahre. Luther hatte andere Gründe."

„Welche sollen das gewesen sein? Sie müssen die Menschen in ihrer Zeit beurteilen. Das sechzehnte Jahrhundert ist uns fremd. Im Grunde müssten wir eine ethnologische Brille aufsetzen. Wir haben keinen Zugang …", fuhr van Lent fast väterlich fort.

Anna schrie auf. „Ich war dabei!"

Diese Frau brauchte dringend einen guten Arzt. Klar und deutlich wusste es van Lents Verstand.

Sie riss die Augen weit auf und begann, auf und ab zu laufen. Ein wenig schade, fand er, dass sie sich nicht wieder auf ihn stürzte, allein die Vorstellung war erregend. Van Lent schlug die Beine übereinander.

„Dienstag, 18. Januar 1530. Meine Mutter hatte sich seit ungefähr einem Jahr merkwürdig verhalten, sie verließ das Haus nur noch bei Nacht, sie nahm eine Stellung an bei den neuen Herren, die in das zerstörte Kloster gezogen waren."

„Die Bauernhorden hatten es geplündert, April 1525."

„Ja. Die Bauern hatten im alten Kloster gewütet, wo das Schloss nun steht, weil sie den Grund ihres Übels in seinen Mauern spürten. Sie vertrieben zwar einige Mönche, doch was weiter in den Mauern weilte, war älter und böser. Es forderte Rache für den Verlust seiner Mönche. Die Bauern hätten das Kloster nicht stürmen können, wenn es nicht damals deutlich geschwächt gewesen wäre. Luther sei Dank.

„Sie danken Luther? Als Vampirin?"

Ein bitteres Lächeln umspielte ihren Mund. „Damals habe ich ihn gehasst. Ehe ich selbst den Fluch der Nacht gekostet habe. Klagend waren die Mönche gegangen, düstere Prophezeiungen ausstoßend: Ohne ihre tägliche Fürsprache und ihren Dienst werde es sich bei den Bauern Friedrichrodas bald noch schlechter befinden. Sie behielten recht. Im leeren

Gemäuer machten sich Geister breit aus uralten Zeiten, die nur des Nachts zu sprechen waren.

Wir aber hungerten und fragten nach nichts weiter. Mein Vater sprach vor. Schließlich nahmen wir Wohnung im Gesindehaus. Von da an begann ich, meine Eltern nur noch des Nachts zu sehen. Oft weinte ich. Ich solle noch wachsen, sprach meine Mutter, bald würde ich richtig zu ihr gehören, wenn ich nur noch ein bisschen älter würde. Sie hat mich das wieder und wieder sagen lassen, bis ich es glaubte. Damit ich es auch dann noch glaubte, wenn ihr etwas zustieße.

Es würde sich dann ein anderer um mich kümmern. Bald jedoch kamen die Richter und die Schergen. Sie banden die Eltern mit Schnüren von Silber."

„Silber hält also die Kräfte der Vampire im Zaum?"

„... und sie führten sie zum Verhör. Barbara Ungerer war meine Mutter. Ich war fünf Jahre alt und ich musste mit, genau wie mein kleiner Bruder. Er ist verhungert, als Mutter tot war. Ehe ihm geholfen werden konnte. Ich weiß nicht, wo sie ihn verscharrt haben."

„Sie wollen sagen, Sie haben selbst gesehen ..."

„Ich stand am Ufer des Teiches zusammen mit den Honoratioren der Stadt und den Vertretern von Wittenberg, Myconius war nicht unter ihnen, er kam erst später, um die Protokolle aufzuschreiben." Sie klang verzweifelt.

Van Lent steuerte dagegen.

„Gedächtnisprotokolle also für die Gerichtsakten."

„Fälschungen!"

„… zu fälschen, wie Sie meinen …" Van Lent versuchte es im pastoralen Ton. Sie funkelte ihn an.

„Er schrieb auf, was sie ihm erzählten. Ich aber sah alles. Sechs Marterpfähle und mit silberner Schnur gebundene Vampire. Am Horizont stand der Morgenstern, ein dicker Pastor deklamierte ein lateinisches Gebet, hin zu ihm. Er dachte wohl, lateinisch wirke es besser. Dabei verstand er nicht einmal, dass Morgenstern nur ein Bild war für seinen Christus.

Ich weiß nicht, was sie erwartet hatten, ob sie heimlich ungläubig gewesen sind, ob es für sie nur ein Experimentum war oder irgendein Spiel. Unter ihnen gab es jedenfalls keinen, der nicht erschrak, keinen, der sich noch irgendwie hätte rühren können, als die Röte aufstieg, als die Silberfäden zu leuchten und zu glühen begannen und die Gefesselten schrien. Als die Sonne über die Hügel leckte und mit ihren Strahlen schoss, loderten Flammen aus ihren Ohren und Nasen, ihre Finger krümmten sich. Ich schrie, weinte und trat um mich, weil ich nicht verstand, was mit Mutter geschah und mit dem Herrn Vater. Man hörte ihre Schreie noch, als sie selbst zu Asche gesunken waren, Echos, die nicht nach Hause fanden. Der dicke Priester hat sich eingenässt, weil das Furchtbare nicht aufhörte. Damit war er nicht allein: Erwachsene Männer kauerten auf dem Boden, vor den Kopf geschlagen von dem schrecklichen Wunder, das sie gesehen hatten. Endlich raffte sich der Priester auf. Wir haben es geschafft, rief er, wir haben sie erlöst. Dabei hat ihr Urteil sie zur Hölle gejagt."

Sie war bei van Lent stehen geblieben, der erhob sich, legte sofort einen Arm um sie, mit der Linken griff er hinüber, um ihr zusätzlich Halt zu geben. Doch der Moment der Schwäche löste sich im Nu wieder auf. Sie schob seinen Arm weg. Kühl erzählte sie weiter. Van Lent wusste jetzt nicht mehr, wohin mit seinen Armen. Er lehnte sich an den Schreibtisch und schob sie unter sein Hinterteil.

„Das Grauen packte alle, die dabei gewesen waren. Der Scharfrichter gab später zu Protokoll, er hätte das Schwert genutzt als Zeichen der Gnade. Jeder, der das Protokoll las und unterschrieb, wusste, dass es nicht das war, was die Zeugen gesehen hatten. Aber was sie gesehen hatten, war zu erschütternd, als dass sie den Mund hätten auftun können. Für sie waren es Geschöpfe der Hölle. Ich rief sie Mutter und Vater. Ohne Hoffnung ließen sie mich zurück. Ihre Mörder aber klopften sich auf die Schulter."

In Annas Augen schien die Erinnerung zu flackern.

„Brennende Kreaturen, die ich geliebt habe. Nur ihre Schreie verstummten nicht in mir.

Als Myconius die Papiere sah, mangelte es ihm als Einzigem an der Kenntnis der genauen Hintergründe. So kam Thüringen zu seinem ersten Täuferprozess."

„Was Sie nicht davon abhielt, ebenfalls eine Vampirin zu werden."

„Oh, zunächst schon. Doch schaut mich an! Ich bin kein kleines Mädchen mehr! Ich habe den Körper einer Frau!"

Anna streckte sich und warf die Haare über die Schulter. Van Lent schluckte. Anna hatte auch so einen Ausschlag am Hals wie Monika. Monika ekelte ihn an. Sie spürte das wohl neuerdings und band sich Kopftücher um. Aber in Anna würde er sich verbeißen. Sie sah aus dem Fenster, während sie redete. Van Lent betrachtete ihren kleinen, runden Po.

Friedrich habe sie gleich holen wollen, erzählte Anna. Doch Kinder holen, das dürfe man nicht. Es gebe noch ältere und mächtigere Vampire als Friedrich, die hätten es verhindert. „Nacht um Nacht haben sie mich geweckt, damit ich ihnen diene, wenn sie aus ihren Särgen gekrochen waren." Nach den Opfern von Cumbach hätten sie sich sehr bedeckt gehalten. Weite Strecken flogen sie aus auf der Suche nach Nahrung. So gingen die Jahre hin. „Als es so weit war, da ich in die Fußstapfen meiner Mutter treten sollte, bat ich Friedrich, mir nun den Lohn zu geben für meine Dienste. Ich wolle werden, was meine Eltern waren, sagte ich. Doch Friedrich lachte mich aus, die Knospe hätte er gerne genommen, aber der Blüte wolle er beim Verblühen zusehen."

„Das fanden Sie ungerecht", intervenierte van Lent. „Sie wurden wütend. Die Vorstellung, zu altern, ohne Rache nehmen zu können an den Mördern Ihrer Eltern, ohne das wahre Leben zu schmecken und seine Früchte, ..."

„So wurde ich älter und älter, ein Nachtschattengewächs, das nur das Mondlicht sehen durfte. Die einzige Frucht, die in mir zu reifen begann, war der Wunsch, auch ihn sterben zu sehen, wie meine Eltern starben. Endlich, 1554, ließ Johann Friedrich der Mittlere Reinhardsbrunn erneut reinigen. Angeblich hatte er vor, seine Vorfahren umzubetten nach Burg Grimmenstein in Gotha. Tatsächlich geschah es auf Bitten Melanchthons, der seinen Meister Luther lange überlebt hatte. Er fasste es richtiger an als der wütende Bauernmob dreißig Jahre zuvor. Melanchthon wies sie an, wie es zu tun wäre. Mit Hammer und Pflock und Schnüren von Silber."

„Und Morsus …?"

„Er wurde gewarnt. Friedrich floh nach Rumänien. Dort hielt er es lange aus. Ich aber wanderte los und machte mich auf die Suche nach einem neuen Meister, der mir schenken würde, was Friedrich mir verwehrt hatte. Ich war getrieben von Rache, wollte das Blut schmecken der Mörder meiner Mutter, soweit sie noch lebten. Ich ahnte noch nichts von langen, traumlosen Tagen, Hunderte von Jahren; vom Elend der Gebissenen und unserer Knechte. In Ungarn habe ich ihn gefunden, den Sternkundigen."

Van Lent witterte Oberwasser. „Also sind Sie in Ungarn zur Vampirin geworden?"

„Er wollte erst nicht. Meine Augen sprühten vor Rachsucht. Doch ich warf ihm vor, er sei verantwortlich für mich gewesen. Er habe mich Friedrich ausgeliefert."

„Aber müsste dann nicht die Behandlung in irgendeiner alten ungarischen Abtei durchgeführt werden, statt in unserem alten, verlassenen Kloster?"

„Für mich gab es nur einen Ort. Reinhardsbrunn. Aber der kundige Meister reiste schon lange nicht mehr. Doch ich sollte meine Rache nehmen dürfen an Friedrich. Er gab mir eine Larve. Ich schmuggelte sie in einem Hund mit nach Thüringen. Ich fand das Kloster frei und verlassen. Ich legte mich zwischen die Ruinen. Auf dem Altar vollzog ich die Zeremonie an mir selbst."

Van Lent verzog enttäuscht die Lippen. „Wenn das alles stimmt, dann frage ich mich, weshalb Luther offen über Hexen und Wiedertäufer berichtet und von Vampiren nichts erwähnt."

„Ich sagte Euch bereits: Vampire zu jagen ist ein einsames Geschäft. Wisst Ihr schon, wer Euer Adept werden soll?"

„Mein – was?"

„Der Meisterschüler?"

Anna tänzelte durch das Büro, blätterte an den Papieren herum, die er angepinnt hatte. Van Lent ließ sie gewähren und stellte sich ans Fenster, eine gewohnte, eingeübte Haltung, in die er verfiel, weil ihm die Kontrolle über sich entglitt im Angesicht dieser Frau: gefangen von ihrer Ausstrahlung und abgestoßen von ihren fantastischen Geschichtchen.

Van Lent versuchte, sie im Spiegel der Fensterscheibe im Blick zu behalten, aber sie ließ sich nicht einfangen. Er drehte sich um und sah sie an seinem Schreibtisch stehen.

„Auch Ihr habt eine alte Geschichte, die Euch nicht loslässt!"

Warum mussten alle „Geschichte" dazu sagen? Sie betrachtete die Notizen und Zettel, die an der Wand hingen.

Eben noch wollte er sie bitten zu gehen, nun aber berichtete er stockend und in kurzen Sätzen, worin der Fluch seiner Vergangenheit besteht.

144

„Die Vergangenheit wird erst ruhen, wenn wir erlöst werden zu neuem Leben. Das glaube ich."

Anna seufzte. „Wir sehen Euch. Ihr geht oft zu dem Grab."

Van Lent wischte eine Träne fort. Er presste die Lippen aufeinander und verfluchte sich dafür, dass er seinen Gefühlen so Ausdruck verlieh. Er wusste, dass mit Selbstmitleid keine Frauenherzen zu gewinnen sind – mal abgesehen davon, dass der Seelsorger über seine eigene Befindlichkeit nicht sprechen muss! Sie aber blieb vor ihm stehen und blickte ihn groß an, dann nahm sie seine Hand.

„Denkt größer, was Eure Berufung angeht", forderte sie ihn auf.

„Sie meinen, es gibt mehr zwischen Himmel und Erde, als ich mir träumen lasse?"

„Es gibt mehr Himmel und mehr Erde, als Ihr Euch träumen lasst. Ich habe es erst verstanden, als mir die Sinne aufgetan wurden. Meine Augen haben gelernt zu sehen, was ein Sterblicher nicht sehen kann."

„Dennoch wollen Sie ,geheilt' werden?"

„Ich möchte aus dem Land des Fluches in das Land des Segens wechseln, Geistlicher. Ihr werdet später Eure Aufgabe genauer sehen, ich merke es an Eurer Seele. Ihr seid noch nicht so weit, diesen Weg zu gehen. Aber der Himmel wird wissen, wann Ihr es seid. Der Tag mag nicht mehr fern sein."

Oder die Nacht, dachte van Lent.

* * *

Wenn es Vampire gäbe, dachte van Lent, müsste man sie nicht tatsächlich jagen und töten? Und weil es sich so leicht anfühlte und die Lebensgeister weckte, bestellte er einen Jagdrucksack und ein Buschmesser.

Stunden später las er im Internet von einer Krankheit namens Hämatophilie, die Menschen betrifft, welche den Blutdurst erregend finden. Vermutlich eine Ursache von Vampirmythen – zugleich befürchtete er, selbst dieser Krankheit zu verfallen, denn mehr und mehr entwickelte er eine wachsende Aversion vor der blutarmen Monika Thun. Trotzdem ging er hin. Aber die Leichtfüßigkeit war ihm abhandengekommen. Wenn sie ihre dünnen Ärmchen ausstreckte mit den blauen Venen und über seinen Arm streichelte, wenn sie sich mit der Zunge über ihre rissigen Lippen fuhr, dann wollte er am liebsten aufstehen, wollte wegrennen – und wusste zugleich, dass er das nicht durfte. Sie lachte so heiser und freute sich, wenn er kam. Monika, die Einsame. Sie bot sich ihm dar – und er schaute weg. Er nestelte einen Grünen Hahn hervor und klebte ihn auf einen Fensterflügel. Dass sie nicht immer vergessen würde, sie zu schließen, sagte er. Sie nickte bloß.

„Was meint eigentlich der Arzt?", fragte er.

„Ich brauche keinen Arzt mehr", sagte sie mit hoher Stimme. „Ich hab doch dich! Und die Engel, die über mich wachen!"

Van Lent fröstelte. Er musste los. Aber je näher er sich zur Tür stahl, desto mehr sah er die Angst in ihren Augen.

146

„Ich bin wie dieses verfluchte Schloss, Jakob. Ich verfalle, obwohl ich blühen sollte. Ich sterbe so vor mich hin. Keinen kümmert es."

„Aber das ist doch nicht wahr!", widersprach Jakob.

„Doch, doch, ich fühle es", sagte sie, aber Jakob hatte an das Schloss gedacht, als er so vehement verneinte. Er beugte sich zu ihr herab, um sich zu verabschieden, sie versuchte, ihn zu küssen. Doch er entzog sich und ging.

Maya saß bei ihm daheim am Küchentisch, sollte über ihren Geometrieübungen brüten und mit dem Geodreieck Drachen spiegeln. Als er hereinkam, ließ sie ein Buch unter dem Tisch verschwinden. Van Lent stellte sich hinter sie. „Was hast du da?", fragte er.

„Nichts", log sie.

Er griff unter den Tisch und tastete nach dem Buch. Sie war schneller. Er entriss es ihr. Maya schrie. Es war ein Kinderbuch über Vampire aus der Schulbücherei.

„Deine Mutter ist krank und du liest Vampirbücher?!"

Maya verschränkte die Arme auf dem Tisch und verbarg den Kopf darin. Ihre Schultern zuckten. „Ich dachte, ich soll lesen üben!"

Van Lent biss sich auf die Lippen. Er kochte Kakao und setzte sich zu ihr. Er redete freundlich. „Erkläre mir doch mal, was an Vampiren so cool ist. Vielleicht habe ich es nur falsch verstanden!"

„Vampire sind gruselig", erklärte das Mädchen und sprach davon, dass Vampire fliegen könnten und

Stimmen nachmachen und manchmal sogar Gedanken lesen. Und wenn man sie töten wolle, müsste man sie mit Silber fesseln, weil sie sonst zu stark wären, aber das Silber entzöge ihnen die Kraft, und wenn sie gefesselt wären, dann müsste man einfach auf den Sonnenaufgang warten oder ihnen einen Holzpflock durchs Herz jagen. Und wenn man den Meister erwischte, dann stürben seine Jünger sogleich.

Ob es nicht einfacher sei, den Vampir zu töten, wenn er in seinem Sarg läge und schliefe, wollte van Lent wissen, aber das fand das Mädchen irgendwie ungerecht. Van Lent musste lachen. „Für Gespenster gibt es kein Fair play!"

„Warum darf man keine Vampirbücher lesen, wenn die Mutter krank ist?"

Darauf fiel van Lent nur ein, dass er noch einmal fortmüsse, Maya käme doch klar. Sie könne später nach der Generalprobe allein nach Hause gehen. Es täte ihm leid, er wolle nur nicht, dass sie Angst hätte. Er ging noch einmal an den Computer und löste eine Bestellung von zwanzig Metern Silberdraht aus. Für Maya bestellte er „Pippi im Taka-Tuka-Land". Einerseits, um das Porto zu sparen. Andererseits aber auch, um es vorzulesen. Irgendwann hatte er sich einmal gewünscht, es Benedikt vorlesen zu können.

Kapitel 10

Van Lents Bücher waren alt. Aber auch Bücher von Haase persönlich standen da. Sogar das neueste über den Zorn des Gerechten, das auf dem Buchmarkt unbeliebter war als Bücher über Atomstrom oder das Schlagen von Kindern.

Seine Ordnung im Pfarrhaus ließ zu wünschen übrig. Auch gewisse Gewohnheiten. Zu viele leere Flaschen. Definitiv. Aber hier unten, wo er seine Besucher zu empfangen pflegte, ging es einigermaßen. Einige Stapel Bücher und Zeitschriften, die auf Arbeit deuteten. Etliches an Ordnern und Papier. Nicht zu vergleichen mit der Zettelwirtschaft in seinem oberen Studierzimmer, wo er öfter saß, um das Geschehen auf dem Platz zu beobachten.

Als van Lent kurz vor acht in sein Büro kam – ziellos war er zuvor durch den Ort geschlichen, mal in Richtung Schloss, dann wieder Richtung Friedhof unterwegs, um schließlich wieder kehrtzumachen – wartete man bereits.

Van Lent bemerkte sie sofort, als er das Pfarrbüro betrat. Da war der süßliche Schweiß des Dicken, die bebenden Nüstern der erwartungsfrohen Hexe. Nicht, dass er Panik gezeigt hätte, er schien mehr zornig darüber zu sein, dass etwas in sein Leben einbrach, was da nicht hingehörte. Sie saßen in seinem Büro. Nicht eingeladen. Nicht hereingebeten.

Dr. Severin Haase hatte die Arme verschränkt, sich mit einem Tweed-Sakko gepanzert. Lauernd hockte er in der dunkelsten Ecke des Büros, erst richtig zu sehen, als van Lent die Schreibtischlampe anschaltete.

Haase starrte ihn an. Für den ersten Eindruck von einem Klienten ist es entscheidend, dass man ihm überraschend begegnet. Auch die schöne Solveig wusste das. Hinter der Tür hatte sie gestanden, trat hervor und stellte sich neben ihren Apostel. Ihren Mund hatte sie noch breiter angemalt, als er ohnehin war, ein verschlingendes Feuer, aus dem immer wieder eine spitze Zunge schnellte. Sie lehnte sich über den fetten Haase und mit ihrer Schlangenzunge zischte sie etwas in sein Ohr. Raunte ihm etwas zu. Van Lent konnte es gerade so verstehen. Er wusste, dass es so sein sollte: eine durchschaubare Masche. Zeit hatten sie genug gehabt, ihre abgefeimte Strategie zu besprechen.

„Die Reaktion war überraschend gesund, viel gesünder als man von der Umgebung erwarten konnte."

„Ein nicht unerheblicher Widerspruch zu dem, was die offiziellen und mehr noch die inoffiziellen Akten behaupteten", raunte der Fettsack zurück.

„Was für eine schöne Überraschung", sagte van Lent, aber er meinte es nicht so. Sollten sie versuchen, in seinem indifferenten Berufslächeln zu lesen. Haase behauptete, er wolle endlich einmal Hallo sagen. Solveig ergänzte nichts.

Haase schlug eine Mappe auf. Er blätterte scheinbar ziellos darin herum. Van Lent wartete mit fragendem Blick. Dann las Haase vor, zitierte die Worte, die van Lent einmal zu Protokoll gegeben hatte. Solveig schlich dazu durch den Raum, ohne van Lent aus den Augen zu lassen.

„Benedikt war ein Wunschkind, klar. Es hat nicht gleich geklappt mit dem Schwanger-Werden. Was musste ich damals über mich sagen hören: Der Pfarrer und seine Frau, sie haben nur ihre Karriere im Kopf. Der will gar nicht bleiben. Der will hoch hinaus. Warum hat er keine Kinder? Aber es ging nicht. Und auf einmal ging es doch."

Van Lent versteinerte, als er seine eigenen Worte von damals wieder hörte. Nur seine Kiefer begannen zu mahlen. Von Haase, auf seinem Sofa, las weiter. „Er hatte gleich diese vielen Haare, als er auf die Welt kam. Mit einem Jahr begann er zu sprechen. Das ist sehr früh für einen Jungen. Er lief immer über den Platz, rüber zum Brunnen, zum Eisladen. Ich setzte mich dazu oder draußen auf die Bank, damit ich ihn im Auge behielt. Dann hat er immer gesagt ‚tinken', ‚tinken' und ist zu dem Brunnen getapst, rüber über die Straße. Ich wusste, dass das gefährlich ist."

Solveigs Zunge kreiste über die Lippen. Sie dürstete. Van Lents Blick fror ein. Sie kam näher. Mit den Augen tastete sie seine Wangen ab und seine Lider. Haase gefiel sich immer mehr in seiner Rolle. Ein bisschen zu überbetont las er die vertraulichen Unterlagen. Jakob ließ seinen Zorn heraus. Dabei musste ihm klar sein, dass das Pastoral-Agapädische Institut jede Akteneinsicht im Konsistorium erhielt. „Wo haben Sie diese Aktenauszüge her? Das ist doch alles streng vertraulich!"

Er biss sich auf die Zunge. Wenn er Dr. Haase eine Emotion anbot, dann würde er zubeißen. Und richtig. Haase grätschte los.

„Haben Sie mal richtig geweint?", fragte Haase. Solveigs Nase kurz vor van Lents Gesicht. Es reichte.

Van Lent nahm Platz hinter seinem Schreibtisch. Er brauchte eine Barrikade zwischen sich und dem Spiel, das die beiden mit ihm trieben, auch wenn er wusste, dass er damit Schwäche zeigte. Die Hände hielt er unter der Tischplatte, damit die Inquisitoren nicht sahen, wie die Finger miteinander rangen.

Haase las weiter. Van Lent hörte sich erneut. „An jenem Tag hatte ich mich mit Frau Multhaupt aus dem Kirchenvorstand verabredet. Sie wollte mir einen Plan erläutern. Sie hatte schon dreimal angerufen, um die Zeit zu verschieben oder mich an irgendetwas zu erinnern. Ich stand mit Benedikt vor dem Haus. Die Sonne schien. Der ganze Himmel lachte. Da streckte Christina den Kopf zum Fenster raus: Jakob! Da ist Herr Steinmann am Telefon. Ich wurde stinkwütend. (Frage des Interviewers: Hassen Sie Herrn Steinmann? Antwort: Ja.) Ich rannte rein, um ins Telefon zu bellen, dass er mich nicht mehr belästigen möge. Das würde zehn Sekunden dauern, dachte ich. Ich könnte das Telefon mit nach draußen nehmen, das hätte ich gleich tun sollen. Es ging ja über Funk. Von draußen hörte ich nur ‚tinken‘, ‚tinken‘. Ich ging trotzdem ins Büro, hob das Telefon ab. Aus dem Fenster sah ich, dass Benedikt schon auf der Straße stand. Ich lief hin, Christina kam, lief mich fast über den Haufen, sie hatte es vom Fenster aus gesehen. Sie schrie: Benedikt! Benedikt! Stopp. Da kam der Mercedes. Benedikt hatte es fast geschafft. Er wollte nur kurz was trinken. Herr Steinmann war immer noch am Apparat. Er sprach und sprach und hat nichts mitgekriegt …“

„Hören Sie auf“, bat van Lent. „Warum quälen Sie mich?“

„Es gibt Wunden“, sagte nun die schöne Solveig, „die die Zeit nicht heilen wird, und wenn Sie jede Nacht darüber grübeln. Hunderte von Jahren. Es gibt Schmerzen, die spült auch der Wein nicht runter. Ich bin hier, um Ihnen eine Therapie zu empfehlen.“

Haase zitierte den Apostel Paulus: Wenn ein Glied leidet, leiden die anderen mit. Die Kirche ist der Leib Christi. So müsse er sehen, dass es ein legitimes Interesse der Kirchenleitung gäbe, Pfarrern, die unter dem Druck eines persönlichen Schicksals zu zerbrechen drohten, durch Seelsorge und Begleitung Linderung zu verschaffen. Zumal jeder bei ihm spüren könne, dass er seine tiefe Trauer nicht bearbeitet hatte.

„Corrigi eos volumus …“, zitierte die Oberkirchenrätin.

Welche Therapie es für Menschen wie ihn gäbe, fragte van Lent.

„Sie lesen Kinderbücher?", fragte Dr. Haase zurück. Er hob das Buch über die kleinen Vampire auf, das vor ihm auf dem Sofatischchen lag. Benedikt müsste jetzt im Alter sein für dieses Lesevergnügen. Solveig grinste in Erwartung seiner Tränen.

Van Lent kniff die Augen zusammen. „Sie waren in meiner Wohnung?"

Solveig umkurvte elegant ihren dicken Diener und setzte sich neben Haase. Van Lent wusste, was folgen würde: „Fishbowl". Haase und Solveig, das therapeutische Pärchen unterhielt sich. Er musste lauschen.

„Könnte es ein Fehler gewesen sein, in seine Wohnung zu gehen?", fragte Solveig. „Bevor wir die Gelegenheit hatten, unsere eigenen Dispositionen und Vorurteile dem Säurebad der Kritik auszusetzen, indem wir die persönliche Begegnung suchen?"

„Wir haben das hier", sagt der Dicke und winkte mit dem Kinderbuch. „Vampire", dozierte er aufgeregt schnaufend, „der nächtliche Wunsch nach Vitalität und jugendlicher Kraft. Der Vampir verfügt über die Kraft, sich zu nehmen, was immer er bekommen möchte und: wen er bekommen möchte."

Es brauchte gar kein wissendes Zwinkern. Van Lent wusste auch so, dass er gemeint war. Solveig hörte nickend zu, als wäre van Lent nicht da. Sie spann den Gedanken weiter. „Seine Macht besteht nicht nur darin, einen der Unsrigen in seine nächtliche Sphäre zu ziehen. Vielmehr berauscht er uns alle, verwirrt unsere Gedanken mit der Vorstellung, wir bräuchten nicht zu altern, könnten ihm folgen, mit

154

ihm durch die Nacht fliegen … Er beherrscht unsere Gedanken durch das Flüstern seines toten Herzens. Nur wenige sind dagegen immun!"

„Dürfen Sie denn so einfach meine Wohnung betreten?", warf van Lent scharf ein.

„Dienstwohnung", korrigierte Solveig. „Im Übrigen: Sie müssen sich auf den freien Platz in unserer Sitzgruppe setzen, wenn Sie etwas mitteilen wollen", sagte Solveig.

Jakob sah auf den Polsterstuhl. Normalerweise saß er dort, um die Paare auf dem Sofa auszufragen. Aber heute pfiff er auf die Regeln. Den Schutz der Schreibtisch-Barrikade wollte er nicht vorzeitig aufgeben.

„Es ist überhaupt nicht mein Buch. Es gehört Maya. Ich kümmere mich um sie."

Solveigs Blick wechselte zwischen Mitleid und Verachtung.

„Sie träumen oft vom Fliegen, nicht wahr?"

Van Lent schnaufte.

„Sigmund Freud kennt einen klaren Zusammenhang zwischen dem Traum vom Fliegen und unseren verborgenen erotischen Wünschen; der Wunsch nach Freiheit von allem, was die Seele sonst fesselt, wird darin greifbar."

„Stopp", murmelte van Lent.

„Wären Sie gerne ein Vampir, Herr van Lent? Ein Meistervampir gar, dem die anderen Untoten gehorchen müssen und die auf Gedeih und Verderb an ihn gekettet sind?"

„Stopp."

„Wie meinen Sie?"

„Stopp!" Seine Stimme schwoll an.

„Rufen Sie lauter! So laut, wie Sie damals hätten rufen sollen!"

Da sprang van Lent hinter seinem Schreibtisch hervor, ihnen entgegen mit einer Kraft, die Haase mit aller therapeutischen Intuition nicht erwartet hatte. Solveig schon, sie flüchtete über das Sofa und verschwand durch den Hausflur nach draußen. Jakob zog Dr. Haase am Kragen aus dem Sessel, er wog über hundertdreißig Kilogramm, und schleifte ihn in Richtung Tür, über den Flur, drückte ihm den Kehlkopf zu mit der Rechten, während er mit der Linken die Tür des Pfarrhauses öffnete. Dann stieß er ihn die Treppe hinunter. Es waren nur vier Stufen. Dr. Haase fiel äußerst unsanft zu Solveigs Füßen. Er verstauchte sich ein Handgelenk. Nachdem er sich aufgerappelt hatte, bedankte er sich bei Jakob van Lent für die Gefühle, die er ihm bei dieser ersten Sitzung gezeigt hätte. Solveig fuhr sich schon wieder über die Lippen.

Van Lent rümpfte die Nase.

Der Fette spürte, dass er blutete. Er tastete seinen Hinterkopf ab. Warm lief es ihm in den Nacken.

Van Lent schaute aus dem Türrahmen auf ihn herab.

„Seelsorge ist immer noch freiwillig", entrüstete er sich. „Es wird keine zweite Sitzung geben!"

Solveig seufzte. Haases Finger waren voll Blut. Van Lent machte keine Anstalten, ihm zu helfen. Haase starrte abwartend hinauf. Doch van Lent hatte nichts mehr zu sagen.

„Wir werden sehen", sagte Solveig. „Ich lasse Ihnen meinen Dr. Haase vorläufig im Ort." Damit wandte sie sich um und ging. Haase blieb für einen Moment blutend zurück. Van Lent schaute unverbindlich freundlich, stumm. Schließlich watschelte Haase hinter Solveig her. „Frohe Weihnachten", rief van Lent ihnen nach. Das Klackern ihrer Absätze spukte noch lange in van Lents Kopf.

Heiligabend kam. Dr. Haase stand auf der Empore. Unten der Großteil von van Lents Schäfchen in dessen Friedrichrodaer Stall. Die eher Distanzierten stehen oben zu Heiligabend, wenn die Masse sich in die Bänke drückt. Aber seine Gestalt musste der Pastor bemerken. Haase wiederum erkannte die Wut des Pfarrers. Mit dem letzten Glockenschlag hatte Jakob eine Frau im Rollstuhl hereingeschoben. Ganz vorn im Mittelgang der übervollen Kirche fand sie ihren Platz. Von ihr zu sagen, sie hätte krank ausgesehen, wäre eine Untertreibung, als würde man von Walter Ulbricht behaupten, er wäre tendenziell eher pro-russisch eingestellt gewesen. Sie trug ein Kopftuch. Van Lent prüfte den Halt der Decke um ihre Beine, obwohl die Kirche zur Feier des Tages geheizt war.

Das Krippenspiel versank im Gemurmel der Gemeinde. Es gerät in Vergessenheit, wie man sich in der Kirche zu benehmen hat. Haase grinste in sich hinein. Van Lent kochte. Maya sang scheußlich. Es hätte weihnachtlicher geklungen, mit einer Gabel über eine Schultafel zu kratzen. Sie gab die Maria.

Eine stachlige Maria vor dem Herrn. Manche aus dem Publikum hielten ihr Handys entgegen, um sie zu fotografieren. Zeigefinger streckten sich in Richtung der Frau im Rollstuhl. Sie tuschelten. Das sei die Mutter. Van Lent aber wollte einfach nur, dass sie alle zuhörten. Um Haase herum auf der Empore schlossen die Jugendlichen ihre Wetten ab: Was wird passieren, wenn die Ader auf seiner Stirn einfach platzt? Wie lange wird es dauern, bis er einfach hochgeht, unser Pfarrer?

Verzweifelt suchten van Lents Augen die Kirche nach Verbündeten ab. Noch immer sang Maya. Konnten sie nicht still sein, wenn das Mädchen für seine Mutter sang – nur dieses eine Mal, das augenscheinlich schon das letzte Mal sein könnte?

Am Ausgang gaben sie dann alle van Lent die Hand und wünschten ihm ein schönes Fest. Sofern sie nicht durch die Seitentüre abkürzten. Aber wer sah ihn wirklich an dabei? Frau Multhaupt entschuldigte sich fast für den mitgebrachten Stollen. Es wäre eben eine Tradition in ihrer Familie, den Pfarrer zu beschenken.

„Danke", sagte van Lent, „ein friedliches Fest für Sie und Ihre Lieben!"

„Ihnen auch, Herr Pfarrer, viel – Frieden."

„Bis demnächst", grüßte Dr. Haase und tippte an seinen Filzhut.

Den Rest gab ihm die Weihnachtspost. Ein Brief von Christina fiel ihm in die Hände. Sie schrieb, sie hätte das Töpfern gelernt in den letzten Jahren und plane, nach Ostern nach Friedrichroda zurückzukehren. Mit ihnen würde es sicher nichts mehr, aber sie habe gelernt zu vergeben. Sie wolle bloß Benedikt endlich wieder näher sein.

* * *

Nach den Feiern zwischen den Jahren blieb von der vermeintlichen Besinnlichkeit des Festes bei Matischaks nichts übrig. Das blinkende Rentier aus dem Vorgarten wartete bereits wieder auf dem Dachboden neben dem Karton mit den Ton-Engelchen, die ihm während des Advents aus dem Küchenfenster zugewinkt hatten. Drinnen am Küchentisch trank Frau Lorenz Earl Grey und kaute an den Nägeln. Margit fragte, ob der Tee ihr schmecke. Aber sie überhörte die Frage.

Wenn er besondere Vertraulichkeit herstellen wollte, lud Volkmar stets zu sich nach Hause ein. Er ahnte wohl, dass das Gespräch mit Cordula Lorenz nicht einfach würde, dachte von Lent. Nun ließ Matischak sie warten und Frau Lorenz' Nervosität stieg und stieg.

Vor ihr lag eine Kladde, zu ihrer Rechten hatte sie mehrere Aktenordner deponiert. Sie blickte auf die Uhr. Alle drei Minuten fragte sie van Lent, wann Herr Matischak käme. Dies hier, sagte sie und zeigte auf ihr Material, ginge jeden in Friedrichroda etwas an. Sie sei dankbar, dass van Lent sie darauf aufmerksam gemacht habe, mal etwas zu buddeln, dann fänden sich nämlich die Leichen, die andere verscharrt hätten, wieder.

Cordula Lorenz hatte als weiblicher Don Quijote den Kampf gegen den rotblinkenden Funkmast aufgenommen. Dafür suchte sie Pfarrer und Bürgermeister als Verbündete zu gewinnen.

Keiner der beiden machte Volkmar Vorwürfe, als er sich einfand. Er wirkte fahrig, schwitzte und sein Teint war kaum bleicher als ein Mozzarella. Frau Lorenz schaute zu van Lent, als würde dies alles, was sie herausgefunden hatte, nur bestätigen. Margit empfahl sich. Als Volkmar saß, schlug sie ihre Kladde auf und trug vor:

„Kopfschmerzen, Übelkeit, Depressionen, Herz-Kreislauf-Erkrankungen. Vorzeitiges Altern …"

„Um ehrlich zu sein, hm, merke ich selbst in letzter Zeit, wie ich alt werde", fiel Volkmar ein.

„… Halluzinationen, Hautveränderungen, Infekte …"

„Was für Hautveränderungen?", fragte van Lent. Die Bilder, die Frau Lorenz ihm zeigte, stammten aus irgendwelchen Arztpraxen oder medizinischen Lexika. Kleine Stiche oder Pickel. Van Lent erinnerten sie gleich an die Hautveränderungen, die er bei Monika Thun gesehen hatte. Aber sicher war er sich keineswegs.

„Es ist wie eine Art Burnout, der dadurch entstehen kann", fuhr Frau Lorenz fort. Der Bürgermeister wischte sich mit einem Stofftuch den Schweiß von der Stirn.

„Dann muss es doch verboten werden!", rief van Lent.

„Ich kann mir nicht vorstellen …", fiel Matischak ein. Sein Zwinkern wurde immer wilder.

Frau Lorenz unterbrach ihn. „Oh, nach Aktenlage ist ja alles in bester Ordnung. Die Antenne bleibt gerade so unter dem Grenzwert."

„Na also!" Matischak atmete tief durch.

Cordula Lorenz grinste listig. „Aber die Dinger potenzieren sich. Für sich genommen ist die Feldstärke jeweils hinnehmbar. Aber jedes Handy, jedes Gerät, das irgendwie mit anderen Geräten kommuniziert, alles, was ein elektrisches Feld in die Luft wirft, das verstärkt die Wirkung. Jede Funkuhr, jede Mikrowelle ..."

„Sie wollen sagen", schaltete sich der Pfarrer ein, „dass wir in Friedrichroda durch diese neue Antenne eine so hohe Grundbelastung haben, dass sich die Strahlungen in den Wohnungen verdoppeln, sobald jemand seinen Fernseher anknipst?"

„Ja! Nur dass sie sich vervielfachen!"

Volkmar rieb sich den Schädel. „Es haben doch Messungen stattgefunden!"

„Aber die Messungen müssten in den einzelnen Wohnungen stattfinden."

„Wir können keine Messkommandos durch die Wohnungen der Bürger jagen."

„Schwierig", sagte van Lent.

„Selbst das würde noch nicht das ganze Problem zeigen. Wenn ich mit so einem Messgerät zu Ihnen nach Hause käme, hier liefe der Fernseher, dort läge das Handy herum – da könnte ich nicht voraussagen, wie das elektrische Feld des Messgeräts mit den vorhandenen Feldern agiert. Ich müsste sämtliche Felder an sich unter Laborbedingungen testen, um die Messeffekte herausrechnen zu können. Das ist der Grund, warum bei uns im Lande offiziell immer alles in Ordnung ist! Es ist zu wenig bekannt über die Wechselwirkungen. Das wäre, als ob ich mich jeden Tag zu einem anderen Zeitpunkt auf die Waage stellen würde, ich wüsste dann auch nicht, was ich wiege …"

Frau Lorenz errötete, als sie merkte, dass ihr Beispiel zu privat war und die Männer sie für den Bruchteil einer Sekunde als Männer anstarrten, die ihr Gewicht schätzten. Sie sahen in ihr eine Frau, die tatsächlich auch andere Gedanken hatte als ihre jeweilige moralische Mission. Dabei waren ein paar Pfunde nicht ihr Problem.

„Wenn ich Sie recht verstehe", sagte van Lent, „dann handelt es sich um eine unsichtbare Bedrohung. Eine nicht beweisbare und dennoch existente Gefahr, um uns herum."

„Elektrische Felder, Magnetismus – wir betreten da eine unsichtbare Welt. Lassen Sie sich nur nicht einreden, wir könnten sie unter Laborbedingungen ins Auge fassen. Sie würde uns in den Händen zerfließen – ganz so, Herr Pfarrer, wie der Glaube an Gott. Gott wird sich auch nie beweisen lassen. Das will er wahrscheinlich gar nicht."

Bei ‚er' stieß sie den Zeigefinger Richtung Zimmerdecke.

„Aber wie könnten wir beweisen …", überlegte van Lent, „wenn uns eine unsichtbare Wirklichkeit umgäbe, uns bedrohte …"

„Wie oft waren Sie in letzter Zeit auf dem Friedhof, Herr Pfarrer? Hat nicht die Zahl der Krankenbesuche zugenommen, seit die Antennen ans Netz gegangen sind? Wie oft bestellte man Sie zum letzten Abendmahl ans Sterbebett?"

Van Lent reagierte nicht. Einerseits war es grundsätzlich anstrengend, mit Cordula Lorenz zu streiten, zum anderen konnte van Lent nichts einwenden. Außer vielleicht, dass diejenigen, die das Krankenabendmahl von ihm erbeten hatten, durchweg am Leben waren. Aber die waren statistisch kaum signifikant. Ob diese auch zu jenen gehört hatten, die meinten, dass die Alufolie an den Fenstern sie vor Strahlung schützte? Darauf hatte er nicht geachtet. Im Übrigen: Schon mehr als ein Pfarrer von Friedrichroda hatte geklagt, dass die geistliche Kraft des Abendmahles den Einwohnern zunehmend egal wäre. Er, van Lent, dachte bis dato ja eher liberal darüber.

„Ich sehe also die Auswirkungen dieser Teufelstechnik!", schloss Frau Lorenz. Wo die Konsequenzen auf der Hand lägen, bräuchte es keine weiteren Beweise. Man müsse zumindest die Gegenprobe machen und die Antennen vom Netz nehmen.

Matischak beschrieb mit dem Kopf einen Kreis, dass die Nackenwirbel knackten. „Wir sind nicht nur ein stolzer Kurort, wir sind auch die Stadt des schnellen, weltweiten Datenverkehrs."

Immer schwerer fiel es Matischak, die Blicke seiner Gesprächspartner auszuhalten. Er schaute sich in seiner Küche um, als sähe er das alles zum ersten

Mal. Währenddessen druckste er staatsmännisch herum, man dürfe keinesfalls überstürzt handeln.

„Angst ist ein schlechter Ratgeber", meinte er, „auch, hm, falls sich herausstellt, dass … dann wären sicher Arbeitsplätze in Gefahr. Frau Lorenz, Gnädigste, wie Sie die Lage beschreiben", er verdrehte die Augen, „könnten wir in der einen oder in der anderen Richtung nur verlieren, selbst wenn, hm, anscheinend alles Ihre Hypothesen stützt."

„Möglicherweise suchen wir noch nach anderen Erklärungen", sagte van Lent.

„Erklärungen wofür?", fragte Frau Lorenz.

„Für den schleichenden Niedergang unserer Stadt", sagte van Lent.

„Ach, und in welcher Richtung würde mein Besuch suchen?", sprang Matischak ein.

Van Lent sprach von einem kulturellen Niedergang, der wahrnehmbar sei, eine sich ausbreitende Jugendmode, die morbide wirke. Das müsse er einmal sagen, Volkmar wisse, dass sein eigener Sohn betroffen sei, diese Jugendmode also, die Angst verbreite, also, dieses Dunkle, an das rührten bereits ältere Ängste. Wenn er als pastor loci das alles richtig beobachtet hätte, dann hätte diese Mode immer mehr zugenommen, seit das Schloss Reinhardsbrunn neue Bewohner beherberge. „Womit ich keineswegs meine, dass …"

Volkmar Matischak pendelte hin und her, er schien sich zu sortieren.

„Man wird ja wohl noch sagen dürfen", meinte van Lent, „dass" – er beobachte es öfter – „die einheimi-

164

schen Jugendlichen von einer nicht geringen Zahl rumänischer Jugendlicher unterstützt werden, die ihnen in Mode und Auftreten Pate stehen."

Frau Lorenz empörte sich, dass es von niemandem verlangt werden könnte, der als Investor hierherkäme, sich vom ersten Tage an in allen Sitten und Gebräuchen der Thüringer zurechtzufinden, abgesehen vielleicht von einem transparenten Umweltmanagementsystem wie dem Grünen Hahn. Wenn Friedrichroda befruchtet würde von neuer Kultur, von Liedern und Trachten und Moden, dann wäre das uneingeschränkt positiv zu beurteilen. Ihre Chefin, die Isabell, die würde das auch im Landtag so sagen, wenn es sein müsste.

„Gerade von Ihnen, Herr Pfarrer, hätte ich mir hier etwas mehr Unterstützung erhofft. Sie müssten sensibel dafür sein, dass uns Dinge umgeben, die die Schulweisheit nicht erklärt. Es ist an Ihnen, da was zu machen. Sowohl was das Wohlbefinden unserer Einwohner betrifft als auch den Abbau von Ressentiments und Xenophobie."

Van Lent rang die Hände, Matischak lehnte sich etwas zurück, sein Hemd war jetzt völlig durchgeschwitzt. Frau Lorenz kam zum Schluss: „Jesus war auch ein Flüchtling."

„Glaubt Ihr an Vampire?", fragte Volkmar ganz unvermittelt.

„Nein!", wehrte sich van Lent. Das war zu diesem Zeitpunkt nicht einmal gelogen, selbst wenn ihm gleich auffiel, dass er gelogen hätte, wenn er glauben würde. Einfach, weil sein Gewissen an das Versprechen an Anna gebunden war.

„Die wahren Blutsauger wohnen in Palästen! Rousseau!", sagte Cordula Lorenz. Als eine, die mit allem Ernst ein guter Mensch sein wollte, hatte sie den natürlich in ihrer Jugend gelesen und schob ihm sämtliche Zitate früherer Denker unter.

„Ich bin durchaus für Toleranz", sagte van Lent und bedauerte heimlich, dass Herr Morsus wohl schon zu alt für Frau Lorenz sei. Die geahnte Übereinstimmung mit Morsus war für van Lent natürlich eine innere Kirchentagsabschlussveranstaltung. Aber er spürte, dass hier noch etwas gesagt werden musste: „Wir leben in einem freien Land. Aber wenn sich eine Kultur ausbreitet, die den Tod feiert, dann muss ich doch als Christ sagen: Nein. Wir feiern das Leben!"

Wenn diese Jugendlichen keine Perspektive hätten und darum offen wären für das Treiben irgendwelcher Rattenfänger, aus welcher Richtung auch immer, dann könne Kirche nicht zusehen. Er, van Lent, sei jedenfalls bereit, etwas zu unternehmen. Er hoffe, dass sich Frau Lorenz dem nicht verschlösse. Sie müsste nur auf ihn zukommen.

Matischak stand auf, schüttelte sich und öffnete das Fenster. „Dann haben wir es wohl für heute", murmelte er. Frau Lorenz sah Jakob van Lent fragend an, weil sie wusste, dass sie gar nichts hatten, doch auch Jakob erhob sich, stellte sich zu Volkmar und gab ihm die Hand. Frau Lorenz ging ohne Gruß, verharrte allerdings im Flur in der Hoffnung, dass ihr jemand folgte. Niemand kam.

Frau Lorenz knallte die Tür zu.

„Frauen!" Zu der schmallippigen Bemerkung passte sein Zwinkern. Volkmar nahm sich ein Bier.

„Jakob, ich wollte dich noch um etwas Persönliches bitten. Margit möchte mir dir sprechen. Wenn wir dann so weit wären – ich überlasse euch die Küche."

Margit Matischak nahm van Lents dargebotene Hand in ihre Hände und ließ sie nicht mehr los. Als sie sich vergewissert hatte, dass sie ihn – wie ihr Mann – duzen dürfe, leitete sie etwas umständlich ein: Er wisse doch von Sebastian, ihrem Sohn. Der machte große Sorgen.

„Du hast ihn konfirmiert. Ich weiß, dass wir es in unserer Familie mit der Kirche nicht so genau nehmen. Wir sind selbst schon lange nicht mehr dabei. Aber Sebastian …"

Ob Jakob ihn nicht mal als Seelsorger beiseite nehmen könne. Er bekäme ihm diese Flausen gewiss ausgetrieben, diese Verherrlichung des Dunkels. Das mache ja Angst. Dieser Ruch von Gewaltbereitschaft, das sei nichts Gutes. Sie würden sich einen Sport daraus machen, auf den Dächern herumzuklettern. Da oben machten sie Weitsprungwettbewerbe über Höfe und Gassen. Normal sei das nicht. Auch nicht, dass sich noch keiner den Hals gebrochen hat. Weiß Gott. Volkmar rede immer nur als Bürgermeister, als öffentliche Person wären ihm leider die Hände gebunden. Meinungsfreiheit und Jugendkultur wären freie Güter. Aber wenn man nur einen Sohn hatte, war man dann nicht gottverdammt noch einmal verpflichtet, sich für ihn einzusetzen?

Sie solle die Hoffnung niemals aufgeben, beschwor van Lent Margit und machte sich auf den Heimweg. Aber ihre Frage hallte nach.

Kapitel 11

Winfried Steinmann hatte wieder den Anrufbeantworter vollgequatscht und nicht gemerkt, dass das Band seine endlosen Sätze abschnitt. So blieb van Lent verborgen, was der gute Mann bezüglich der apostolischen Sukzession in Thüringen herausgefunden hatte.

Allerdings, das war zu hören, sei er im Schlossarchiv auf Quellen zur Geschichte der Pfarrgemeinde und des Ortes Friedrichroda gestoßen, die er unbedingt mit dem Herrn Pfarrer diskutieren wolle.

Van Lent wusste, dass er darauf überhaupt keine Lust hatte. Dann lieber zu Monika. Es wurde höchste Zeit. Natürlich stand Steinmann an der Ecke zum Schuhgeschäft. Der Pfarrer nahm Reißaus.

Wenn ihn Steinmanns Erscheinung erschreckte, dann entsetzte ihn Monikas Anblick.

Sie lag nackt auf dem Bett, das rote Kopftuch neben sich. Ein paar Strähnen ihres nicht mehr braunen Haares liefen über die bleiche Haut zu den Schultern. Blaue und violette Adern griffen wie die Arme eines Kraken nach ihrem Bauch, nach den Brüsten und ihrem Geschlecht. Sie räkelte sich und ließ hören, ihr sei ein wenig kühl. Ob ihm etwas einfallen würde, sie zu wärmen?

Van Lent schloss die Fenster.

„Wenn du doch die Fenster geschlossen halten würdest? Deine alte Methode mit der Folie – da ging es dir doch etwas besser."

„O nein, den Zahn hast du mir gezogen, Herr Pfarrer." Als sie lachte, sah van Lent, dass ihr tatsächlich ein Zahn fehlte. Der absurde Versuch eines Lächelns zerrte tiefe Falten in ihr Gesicht. Van Lent zog ihr die Decke zum Kinn. Sie wirkte beleidigt.

„Ich brauche nur meine Ruhe, das ist alles. Maya ist anstrengend. Sie hört nicht. Sie hat ihren eigenen Kopf. Ende Januar sind die Thüringen-Meisterschaften. Wer soll sie dahin bringen? Sie muss schießen, sie muss laufen. Sie muss trainieren."

Maya kam herein. „Ihr sollt nicht über mich reden!"

„Wie wäre es, Maya, wenn du im Pfarrhaus schlafen würdest? Fürs Erste?", fragte van Lent.

Maya machte auf dem Absatz kehrt. Monika griff Jakobs Hand und hielt sie fest.

„Lass sie", bat sie ihn. Doch van Lent eilte Maya hinterher, um sie zu beruhigen. Aber das Mädchen weinte nicht, es hatte einen Koffer aufgeklappt und wischte Kleider aus ihrem Schrank hinein.

„Du ziehst also in das Pfarrhaus? Vorläufig."

Maya nickte. Van Lent überlegte kurz. Dann ging er mit Maya zur Mutter. Sie schwieg und blickte die beiden an. Schließlich winkte Monika unbestimmt und schwach.

„Sagen wir, ab nächste Woche …", entschied Monika. Maya zog einen Flunsch.

* * *

169

Durch die Gassen zog er heimwärts, ab und zu war es ihm, als huschten einige der Jugendlichen um die Ecken oder sausten über seinen Kopf. Aber er gab nichts darauf.

Gäste verirrten sich in dieser Jahreszeit kaum in die Innenstadt. Wenn überhaupt welche im Ort waren, verbrachten sie die Tage in Oberhof beim Biathlon-Weltcup. Abends hatten sie sich die Füße derart verkühlt, dass sie im Hotelzimmer blieben. Nicht einmal am Brummen der Trafostation störten sie sich, dem Herzschlag des weltweiten Datenverkehrs.

Nachts sah van Lent diese Adern wieder, der Arm erinnerte an Monika, weiß die Haut mit schwärzlichen Adern. Dieser Arm wand sich aus einem purpurnen Samtanzug, nicht schlaff aus einem Nachthemd. Er gehörte dem rotbärtigen Morsus. Und Morsus war ein Vampir. Wie Flüsse eines fernen Planeten, umgeben vom ewigen Eis, zogen sich Adern über die Landschaft zwischen Elle und Speiche. Lange Finger mit Nägeln fuhren über die Bilder, die van Lent über seinem Schreibtisch an die Wand geklebt hatte. Die Bilder und Zeitungsnotizen, die schon vergilbt waren, die er dennoch jeden Tag anstarrte und in seiner Erinnerung die Menschen zurückrief, die ihn einmal glücklich gemacht hatten. Ach, wie van Lent fluchte, dass ihm das immer weniger gelingen wollte.

Christina und Benedikt lösten sich auf im Nebel des Vergessens. Morsus aber schien das lustig zu finden. Vergnügt las er die Zeitungsartikel und schien Jakob nicht zu bemerken.

170

Morsus könnte dir Benedikt wiederbringen, dachte er. Sofort war es ihm, als hörte er Christinas Stimme, die ihn verspottete. Ein Raub aus Abrahams Schoß, wie sollte das möglich sein? So lallte Christina. Damals hatte er ihr entgegengehalten, Lazarus sei auch zurückgekehrt. Ihr bitteres Lachen hallte lange nach. Danach gab es nicht mehr viel zu reden. Er hätte auch nichts sagen können, was sich nicht wie Versatzstücke seiner unzähligen Traueransprachen angehört hätte. Dabei hatte der Gedanke lange in seinem Kopf gespukt: dass auch vor dem Jüngsten Tage noch nicht alle Optionen ausgeschöpft wären. Selbst König Saul und seine Hexe kamen ihm in den Sinn, eine Geschichte, die er nie verstanden hatte.

Morsus nickte versonnen, als spräche er der theologischen Argumentation des Pastors ein stilles Lob aus. Einem Pastor, der nicht wusste, wieso ihm all diese Gedanken gerade jetzt wieder entgegenstiegen. Morsus hatte wirklich recht: Sie, die Menschen, hätten von Anfang an alles schlimmer gemacht. Er hätte Christina nicht so viel saufen lassen dürfen. Und nicht so viel alleine lassen.

Vorsichtig streckte Morsus den Finger aus. Er liebkoste mit dem Nagel das Bild von Benedikt, das Jakob damals dem Reporter von der Boulevardzeitung gegeben hatte. Der Reporter hatte gesagt, wenn er ihm kein Bild gebe, dann veröffentliche er ein Bild aus dem Krankenhaus. Das wolle er doch sicher nicht? Er hatte die Zähne gebleckt, gerade wie Morsus jetzt. Es wäre doch schöner, wenn in der Zeitung ein Bild prange, auf dem der Junge so zu sehen sei, wie man ihn in Erinnerung behalten wolle. Erst Jahre später merkte van Lent, dass Bilder trügerisch sind. Wer wirklich den Menschen hinter dem Bild zu fassen trachtet, der hascht nach Wind.

Morsus trug einen langen, schwarzen Mantel über seinem Samtanzug, dazu seinen federgeschmückten Hut. Van Lent hielt es für einen Talar.

Das Fenster stand offen, aber es zog nicht. Deshalb dachte van Lent später, er habe geträumt, auch weil er sich weder erinnern konnte, wie er in sein Studierzimmer kam in der Nacht, noch wie er wieder ins Bett gefunden hatte. Er wusste lediglich, dass eine Diele geknackt hatte, Morsus hätte ihn angelacht, das Fensterbrett bestiegen.

Dort breitete er seinen Mantel aus und glitt in die Nacht.

Van Lent stürzte zum Fenster, um ihm nachzuschauen, aber der Platz war leer. Van Lent blickte hinauf zum Mond und sah, dass Morsus flog. Morsus stieg höher und höher und war bald nicht mehr von den Krähen zu unterscheiden, die aufgescheucht im Mondlicht tanzten. Van Lent wollte auch fliegen, aber er traute sich nicht zu springen. Doch damit ginge es nun einmal los.

* * *

Der Stollen habe ganz prima geschmeckt. Er habe ihn mit der kleinen Maya und ihrer Mutter zum zweiten Festtag angeschnitten, log van Lent.

„Ich verstehe nicht, weshalb Sie diese schwarzen Gestalten ignorieren", sagte Frau Multhaupt.

172

„Unternehmen doch Sie etwas, Frau Multhaupt!"

„Ich? Was soll ich denn dagegen unternehmen? Ich bin eine einfache, kleine …"

„So haben schon viele gesprochen", sagte van Lent.

„In der Bibel!"

„Jawohl."

„Aber hier geht es nicht um die Bibel oder um Gott."

„Sondern? Was ist es denn sonst, was unsichtbar sich um uns breitet und uns eine Welt spüren lässt, die nicht so behaglich ist, wie wir sie immer erhofft haben?"

Er genoss es, Ingeborg Multhaupt mit ihren eigenen Waffen anzugehen.

„Es geht um Politik!", widersprach sie. „Wir können es als Kirchgemeinde nicht zulassen, weil wir nun einmal Bürger dieses Ortes sind, dass sich dieses schwarze Gesindel breitmacht."

„Da gebe ich Ihnen prinzipiell recht."

„Sehen Sie nicht, wie die ganze Stadt erschlafft und schlapper und schlapper wird? Auf wie vielen Beerdigungen waren wir in den letzten Wochen? Und überall haben Sie dieselben Lieder singen lassen, Herr Pfarrer."

Van Lent blickte ostentativ aus dem Fenster seines Sprechzimmers. „Sie wollen aber nicht im Ernst die Ursache für das Siechtum in schwarz angezogenen Jugendlichen ausmachen?"

„Was denn sonst?"

„Sie müssen mir versprechen, es für sich zu behalten!" Frau Multhaupt nickte begierig, bereit, jedes exklusive Detail in sich aufzusaugen. Van Lent senkte die Stimme. „Gegenwärtig sucht man des Rätsels Lösung wohl eher in den neuen Mobilfunkmasten. Die ganze Strahlenbelastung …"

„Papperlapapp, das glauben Sie nicht wirklich!"

„Oder verzerrte Wahrnehmung, ein psychologisches Phänomen. Der menschliche Geist nimmt Häufungen statistisch nicht korrekt wahr. So versteifen sich die Leute auf vermeintliche Ursachen, die aber völlig irrational sind."

„Das können Sie jemand anderem erzählen!"

Van Lent schaute verständnislos. Ihm hatte es damals eingeleuchtet, als er in Haases Fortbildungsgruppe saß.

„Herr Pfarrer, Sie müssen endlich handeln wie ein Hirte. Denken Sie an David! Der Riese Goliath tritt vor und verhöhnt das Volk Gottes. Daraufhin macht sich Schwäche breit. Israel ist wie gelähmt. Aber David kommt dazu und sagt: Ich habe mich mit Gottes Hilfe schon mit Löwen und Bären angelegt, ich werde auch diesen unbeschnittenen Lästerer erschlagen!"

„Frau Multhaupt, aber das ist Altes Testament."

„Es war heute Morgen in der Losung! Heute. Verstehen Sie?"

Ingeborg Multhaupt war es wichtig, den Weihnachtsbaum während der Epiphaniaszeit noch in der Kirche zu belassen, zum Zeichen, dass das Weih-

174

nachtsfest andauere. Den Weihnachtsfrieden allerdings kündigte sie bereits auf und griff wieder zum Hörer. Über das Landeskirchenamt ließ sie sich mit Frau Müller-Spätfrost verbinden. Der schönen Solveig. Der Pfarrer, klagte sie, hätte in der letzten Zeit reichlich derangiert gewirkt. Zudem ginge er über sämtliche Vorschläge, die im Gemeindekirchenrat geäußert würden, hinweg. Sie vergaß nur zu sagen, dass es ihre Vorschläge waren, die der Pfarrer „abbügelte". Ungedeihlich sei das Zusammenwirken. Als sie dieses Wort aussprach, wusste sie, welches Signal sie damit setzte, denn noch immer konnte das Landeskirchenamt Pfarrer aus ihren Stellen drängen, wenn nachgewiesen wurde, dass ihr Wirken vor Ort ungedeihlich war.

„Wir arbeiten schon an einer Lösung", beruhigte Solveig sie.

Leider musste Solveig gleich danach am Handy vernehmen, dass Dr. Haase von einem schnellen Ergebnis weit entfernt war. Sie machte ihm deutlich, dass sie schon bald Fakten fordern würde.

* * *

Steinmann saß im Gottesdienst. Ansonsten die Stammbesatzung ganz ohne Touristen, welche sonst die leeren Reihen ein wenig auffüllten.

Van Lent fürchtete sich vor dem Segen. Denn danach würde er Steinmann nicht entkommen. Der Pfarrer muss Zeit haben. Hinterher. Die Schafe streicheln, die Schäfchen striegeln.

Ein letztes Lied. Gnadenzeit. Er sang lauter als die anderen. Haltung, Hochwürden.

Jesus ist kommen, der starke Erlöser,
bricht dem gewappneten Starken ins Haus,
sprenget des Feindes befestigte Schlösser,
führt die Gefangenen siegend heraus.
Fühlst du den Stärkeren, Satan, du Böser?
Jesus ist kommen, der starke Erlöser.

Wie ein Lamm, das zur Schlachtbank geführt wird, lief van Lent zum Ausgang.

Steinmann trug seine Aktentasche mit sich, vermutlich voller Papiere, die alles, was noch an Leben war, wegsperren in abseitige Veröffentlichungen und Festschriften. Er würde Lob erwarten. Für die Verdienste an seiner Kirche – dabei wäre er der Richter, der alles, was an Kraft in ihr noch stecken mochte, in die Sphären der Vergangenheit verbannte. Er würde Gedenkabende und Jubiläen erwarten, als brächte das irgendwen von den Toten wieder.

„Ich habe alles dabei", prahlte er und schüttelte van Lent die Hand, als wolle er einen neuen Ausdauerrekord aufstellen. „Auftrag erfüllt!"

„Herr Pfarrer!" Steinmann holte tief Luft. Er pumpte sichtlich die Lungen auf. Van Lent schwante ein bedrohlich langer Redestrom mit dem charakteristischen Geruch. „Reinhardsbrunns Geschichte ist mir dank Ihres Auftrages noch einmal in völlig neuem Licht erschienen. Dafür danke ich Ihnen!"

Steinmann hielt van Lents Hand noch immer in

seiner ungepflegten Klaue, „es scheint mir fast, als wäre ich einer dunklen Seite unseres Ortes auf der Spur."

Die Küsterin, Frau Klöckner, hatte Dienst, winkte von Ferne herüber. War das Häme?

„Ich war im Schlossarchiv! In Gotha. Ich habe Ihren Auftrag ernst genommen."

Langsam fand sich van Lent mit dem Gedanken ab, im Vorraum des Kirchenschiffs zu ersticken. Man würde seine Leiche überzogen finden von grünem Schimmel. Steinmann aber würde gestärkt durch van Lents ausgesogene Lebenskraft durch Friedrichroda streifen, um neue Opfer zu suchen. Nosferatu der Heimatgeschichte, der er war.

„Die Quelle kommt aus Georgenthal. Der Voigt von Georgenthal, der sich einen Ruf als unbestechlicher Verfolger teuflischer Buhlschaften erworben hatte, war der letzte Zeuge, der, wenn auch aus zweiter oder dritter Hand, darüber berichten konnte, was sich nach 1520 im Kloster Reinhardsbrunn abspielte, bis zur Räumung der Grabstätten durch Johann Friedrich den Mittleren 1554. Im Schlossarchiv Gotha existiere noch eine Zusammenstellung von Hexen- und Geisterlegenden, die der Voigt von Georgenthal Ende des siebzehnten Jahrhunderts an Ernst den Frommen gesandt hatte. Seine Hoheit habe jedoch abgewunken, der Voigt möge sich um die gegenwärtigen Probleme kümmern, statt vermeintliche Gefahren der Vergangenheit zu beschwören. Ja, er fördere das Anliegen des Voigts, weitere Jagden auf Hexen zu unternehmen. Trotz seiner fortschrittlichen Ansätze in der Bildungspolitik. Immerhin aber hätte der Herzog manchen der Hexen noch Advokaten an die Seite gestellt. Diese Erkenntnisse, das wäre eine Sensation, würden die bisherige Annahme einer Überbringung der Ludowingischen Grabsteine nach Eisenach, Georgenkirche, erschüttern.

Als ob die Mehrheitsmeinung der Gelehrten doch einmal recht behalten könnte, gegen den Geschichtsverein Friedrichroda, dachte van Lent. Steinmann hatte wieder einmal Marginalien ausgegraben, Lebenszeit in Fußnoten verwandelt.

Er konnte atmen und reden gleichzeitig, als hätte er sein ganzes Leben lang den Dudelsack auf schottischen Staatsbegräbnissen gespielt. Dabei hatte er Jahrzehnte über Millimeterpapier und Bauzeichnungen gehockt und höchstens kurz aus dem letzten Loch gepfiffen, als man ihn nach der Wende durch einen Computer ersetzte.

Bevor Steinmann noch die Schulgeschichte des Herzogtums referieren konnte, unterbrach van Lent: „Aufklärung und Aberglaube gehen immer Hand in Hand." Das habe er mal gelesen. Weil die Menschen immer auf der Suche seien nach einem Glauben, auch und gerade nach dem Ende des verordneten Denkens.

Steinmann zuckte nur kurz, meinte dann, es stimme wohl, was der Pfarrer sage, und berichtete von Akten, die einst in Friedrichroda lagen, aber 1634 verbrannten, als gewisse schwedische Kurgäste den Ort heimsuchten. Dreißigjähriger Krieg. Einzig bei dem Blutvoigt von Georgenthal hätte sich das Wissen erhalten.

Die Küsterin verließ die Kirche über den Seitenausgang. Steinmann redete weiter, ging noch ein Jahrhundert zurück.

Die Zeit der Reformation. „Schwindsucht und Anämie plagten die Seelen bis hinauf nach Waltershausen. Auch in Gotha griff Schwäche um sich, die selbst durch Ausräuchern ganzer Straßenzüge nicht gebannt werden konnte. Man rief nach Eisenach um Hilfe. Bald fand sich in Reinhardsbrunn ein Junker ein, der mit einer Ledermaske ritt, die silberne Verzierungen aufwies. Mit einem Hammer bewaffnet, verschaffte er sich Zugang zum Kloster, in der Meinung, einen Bann zu brechen und das Übel davonzujagen. Der Dunst nahm etwa ab, aber die katholische Herrschaft des Klosters wollte aufholen, was sie in den vergangenen Jahren versäumt hatte, und presste aus den Einwohnern alles heraus, was zu holen war. So hätten sie die Wut hervorgerufen, die später die Friedrichrodaer zum Aufstand trieb.

Im Bauernkrieg verbrannte das Kloster. Was übrig blieb, wurde säkularisiert, was damals bedeutete, dass sich der Fürstenhof die Ruinen unter den Nagel riss, mit allem, was von Wert war. Die Herrschaft quartierte einen fernen Zweig der Familie ein. Sicher bestand für den Adel ein Vorzug der Reformation darin, dass überzählige Nachkommen nicht mehr ins Kloster gedrängt werden mussten beziehungsweise wieder eine weltliche Existenz aufnehmen konnten."

Van Lent schluckte. Vor seinem inneren Auge stand Steinmann im Schottenrock auf dem Friedhof und spielte Amazing Grace. Van Lent wendete die Zunge im trockenen Mund. Wie wäre es mit einem Whisky? Gern. Aber ein richtig torfiger mit Wandersocke im Eichenfass.

An den glasigen Augen des Pfarrers vorbei kam Steinmann langsam zum Punkt. „Doch für das Volk am Waldsaum war es, als hätte man den Teufel mit dem Beelzebub ausgetrieben. Die neue Herrschaft wandelte auf denselben Wegen wie die alten Mönche. Sie verschärften die Verbote, sie legten dem Volk neue Abgaben auf. Dazu kam ein Verbot, aus der fürstlichen Quelle zu trinken, so dass sich das Volk das Wasser aus den Teichen zu Cumbach holen musste. Hygienisch war das natürlich eine Katastrophe. Viele starben."

Van Lent lehnte sich zurück an die Mauer. Jeden anderen hätte er inzwischen zu einem Kaffee ins Büro gebeten. Er spürte Wut in sich aufsteigen. Bis sich das Referat des Dorfchronisten einem Punkt näherte, an dem van Lent aufhorchte.

„Das Miasma kehrte zurück. Erst nach den Täuferprozessen wurde es etwas besser, was als Zeichen von Gottes Vergebung gedeutet wurde. Friedrich Myconius soll dann auf den Rat Melanchthons nach den Täuferprozessen die Quellen neu gesegnet und dem Volk anbefohlen haben. Die Obrigkeit wagte nicht, dem praeceptor germaniae zu widersprechen. Friedrichroda erblühte neu bis eben zum Dreißigjährigen Kriege. Wir hatten unsere Quellen zurück.

Es gab damals sogar eine Wasserprozession, in der Myconius' gedacht worden ist, aber dieser Brauch hielt sich nur wenige Jahre."

Steinmanns Augen glühten. Van Lent war es nach Feuerwasser.

„Nachdem sich die Bürgerschaft emanzipiert hatte, nahm der Einfluss der Herrschaften immer mehr ab, man zog sich Schritt für Schritt aus Reinhardsbrunn zurück, die Grabplatten der Landgrafen waren ja schon länger fort …"

„Und was von ihren sterblichen Leibern übrig war, nehme ich an", sagte van Lent.

„Oh, dazu gibt es keine Belege. Im Übrigen sind die Grabmäler alle mehrfach umgezogen. Weiß der Teufel, warum. Wir im Geschichtsverein sind allerdings entschieden der Ansicht …"

„Ich nehme an, der Adel wollte überall, wo er hinkam, die Familiengeschichte dokumentieren." Beschwört nicht zuletzt der Ahnensaal des Schlosses mit seinen Grisaillien die merkwürdige, unsichtbare Gegenwart der Vorfahren?

„Möglich", sagte Steinmann, „Sogar das Grabmal von Friedrich dem Gebissenen soll eine Weile in Reinhardsbrunn gewesen sein."

„Friedrich der Gebissene?" Van Lent sah Steinmann mit großen Augen an. Steinmann nahm es dankbar wahr. Er legte van Lent einen Arm auf die Schulter. „Kein Geringerer! Der Sohn von Albrecht dem Entarteten, König von Jerusalem und Sizilien, Herzog von Schwaben, Landgraf zu Thüringen und Pfalzgraf zu Sachsen (1257-1323). Aber natürlich nur sein Grabmal. Niemals hat jemand in Friedrichroda seinen Leichnam gesehen. Friedrich starb vermutlich auf der Wartburg. Die Leichname selbst ließ man praktischerweise dort, wo sie ihre letzte Ruhe gefunden hatten."

„Wenn man sie denn gefunden hat."

„Zweifeln Sie etwa daran, Herr Pfarrer?"

„Nur so eine Überlegung."

„Darüber zu befinden, liegt gewiss eher in Ihrem Zuständigkeitsbereich als in meinem." Steinmann schüttelte sich vor Lachen, was van Lent die Gelegenheit gab, sich aus seinem Zugriff zu winden. Zum Gehen gewandt, drückte er Steinmann seine Bewunderung aus, mit welchem Eifer er Jagd machen würde auf die Schatten der Vergangenheit.

„Meinen allerhöchsten Respekt!" Das klang glücklich.

Endlich erschien Maya und nahm van Lents Hand. Sie klagte über Hunger. Van Lent versprach zu kochen.

„Mit Verlaub, Herr Pfarrer. Ein wenig von diesem Jagdeifer stünde Ihnen gut an."

„Da mögen Sie recht haben", gab van Lent zu und entfernte sich. Verstimmt und erleichtert.

Den Nachmittag verbrachte er mit Maya im Tierpark – auch dort hatten sie jetzt Vampire. Kleine. Aus Südamerika. Man wird die Biester nicht los, dachte er.

Dann lagen sie zusammen auf dem Sofa, Maya kuschelte sich an ihn heran, Jakob las Pippi Langstrumpf und dachte an Benedikt, während er vorlas: Pippi Freunde Thomas und Annika beteuerten ihre

182

Bewunderung für ihre Freundin. Groß zu werden, das könne es nicht sein.

Pippi gab ihnen recht. „Große Menschen haben niemals etwas Lustiges. Sie haben nur einen Haufen langweilige Arbeit und komische Kleider und Hühneraugen und Kumminalsteuern."

Van Lent las mit belegter Stimme. Er hatte gedacht, er würde die Geschichte kennen. Nun nahm er zum ersten Mal das Ende wahr.

„Wer hat gesagt, dass man groß werden muss?", fragte Pippi. „Wenn ich mich nicht irre, habe ich irgendwo ein paar Pillen."

„Soll ich für dich weiterlesen?", fragte Maya. Van Lent nickte und reichte ihr das Buch.

Mühsam las Maya, wie die Kinder Pillen schluckten, um nicht zu wachsen „Liebe kleine Krummelus, niemals will ich werden gruß." Pippi löschte das Licht. Und dann warteten sie darauf, dass die Pillen wirken und sie niemals groß werden würden. Maya klappte das Buch zu. Sie war so stolz auf ihr Lesen, dass sie dachte, er weine, weil er auch stolz wäre.

Verwirrt legte sich van Lent ins Bett. Schwindsucht und Anämie. Ja, es schien, als wüte eine unerkannte Seuche in seiner Gemeinde. Wäre er einer der großen Pfarrherrn der Vergangenheit – was könnte er tun? Aber was ist ein Pfarrer heute? Eine Erinnerung. Folklore. Grüßaugust. Mit welcher Autorität sollte er den Geistern Einhalt gebieten? Man bräuchte Prokura und zwar von ganz oben. Vollmacht.

Der Himmel grummelte. Ein Gewitter zog auf. Donner im Winter galt den Alten als schlechtes Zeichen. Am Nordrand des Gebirges kam es häufiger vor. Van Lent dämmerte ein. Krummelus, dachte er, niemals werden gruß.

Es knarrte im Flur. Die Klinke bewegte sich nach unten. Van Lent schreckte auf, rückte ans Kopfende und zog die Füße an. Das Geschehen war zu real. Die Tür quietschte, als ob jemand sie langsam und ohne jedes Geräusch öffnen wollte. Ein weißes Gewand erschien. Blonde Haare. Jemand tappte auf ihn zu. „Ich habe Angst." Maya hatte geweint. Sie kroch zu ihm unter die Decke.

„Du musst keine Angst haben, Maya."

„Hast du denn keine Angst, Papa?"

„Nein." Van Lent hatte Tränen in den Augen.

„Dann habe ich auch keine."

Wie hatte sie ihn gerade genannt? Darüber müssten sie reden. Aber wie? Er ging darüber hinweg.

Das Gewitter brachte einen Wetterwechsel. Noch in derselben Nacht fielen fünfzehn Zentimeter Neuschnee. Van Lent betrachtete Maya, wie sie schlief mit einem Plüschtiger im Arm. Sie bekam nichts mit. Sechs Uhr dreißig klingelte das „Institut Abendröte" auf van Lents Handy an. Er wusste sofort, weshalb. Die Nachbarin hatte noch einmal nach Monika schauen wollen. Zu spät. Van Lent rief bei der Schule an und erklärte, dass Maya heute nicht kommen würde. Dann half er ihr, sich anzuziehen, und fuhr zum Frühstück mit ihr zu McDonalds. Verzweifelter konnte van Lent nicht sein.

Kapitel 12

Die Sorge um Maya nahm van Lent in Beschlag, aber auf eine Weise, die ihm angenehm war und die allen so natürlich vorkam, dass sie niemand in Frage stellte. Das Jugendamt erlaubte nach kurzer Prüfung Mayas vorläufigen Aufenthalt im Pfarrhaus. Die Oma versprach zurückzurufen, tat es aber nie. An Monikas Sarg betete van Lent den 121. Psalm.

Ich hebe meine Augen auf zu den Bergen. Woher kommt mir Hilfe?
Meine Hilfe kommt vom Herrn, der Himmel und Erde gemacht hat.
Er wird deinen Fuß nicht gleiten lassen, und der dich behütet, schläft nicht.
Siehe, der Hüter Israels schläft und schlummert nicht.
Der Herr behütet dich; der Herr ist dein Schatten über deiner rechten Hand,
dass dich des Tages die Sonne nicht steche noch der Mond des Nachts.
Der Herr behüte dich vor allem Übel, er behüte deine Seele.
Der Herr behüte deinen Ausgang und Eingang von nun an bis in Ewigkeit!

Dann erklang „Tears in heaven".

Wer wollte, durfte noch einmal vortreten und den Sarg berühren. Van Lent tat es und presste unauffällig mit dem Daumen gegen einen der Verschlüsse. Die waren fest zu. Von hinten sah die Gemeinde, wie seine Schultern zuckten. Zum Kaffee wollten nur wenige. Es blieben sogar Mettbrötchen übrig. Maya verkroch sich hinter ihren Gruselromanen aus der der Kinderabteilung der Kurbibliothek. Sie durfte den kleinen Vampir jetzt wieder lesen. Alles besser als Pippi Langstrumpf. Van Lent zog sich in den Keller zurück. Da gab es diesen einen Raum, den nur er allein betreten durfte.

* * *

Einmal folgte er Anna in diesen Wochen. Zuerst dachte er, sie würde ihn nicht bemerken, dann musste er sich eingestehen, dass sie ihn gewähren ließ. Sie spazierte scheinbar zufällig in den Park und setzte sich auf den äußersten Rand einer Bank mit Blick über den Ort. Van Lent verstand es als Einladung. Er beschleunigte seinen Schritt und setzte sich neben sie. Sie hatte sich ganz in ihren weiten, schwarzen Mantel eingeschlagen. Die Kapuze stach himmelan. Je weniger er von ihr sehen konnte, desto mehr versuchte er zu riechen.

„Ihr solltet mir nicht so auffällig folgen. Es gibt Augen hier im Dorf, Augen, die Ihr nicht bemerkt."

„Wir sind eine Stadt." Van Lent streifte sie mit einem halben Blick.

Sie verzog spöttisch die Lippen. Van Lent konnte nicht mehr an sich halten. Ohne Vorüberlegungen und gedankliche Klauseln zu benennen, platzte er mit dem Kern seiner Gedanken heraus.

„Sie haben hier auf mich gewartet?"

„Ich bin hier, weil Ihr mir meine Therapie in Aussicht gestellt habt. Noch immer, Herr Pastor."

„Ist es nicht so, wenn ich den Meister töte, dann sterben seine Jünger mit? Wäre ich der große Jäger, von dem Sie sprachen, dann würde ich den Meister töten! Dann wäre auch alles erledigt. Und Sie mit …"

„Ihr glaubt also jetzt auch, dass Ihr mich heilen könnt?"

„Sagen wir – es ist Empathie."

„Was wisst Ihr über Morsus?"

„Er ist Friedrich der Gebissene."

Van Lent dachte, dass sie ihn loben würde, weil er das Rätsel gelöst hatte. Musste sie nicht erleichtert sein, dass der Mann sie verstand? Schnurren wie ein Kätzchen? Stattdessen wurde sie zornig.

„Törichte Geistliche! Wie oft übersehet Ihr, was die Folgen Eures Tuns sind? Wie lange wollt Ihr die unsichtbare Welt unterschätzen?"

Sie erzählte, was lange vor ihrer Zeit geschehen war. Es war 1323. Auf der Wartburg führten sie ein geistliches Theaterstück auf. Sie spielten für den Fürsten die Geschichte von den klugen und den törichten Brautjungfern. Die Törichten warteten zwar offiziell darauf, den Bräutigam im Schein ihrer Lampen zur Feier zu geleiten, allein sie hatten kein Öl für ihre Lampen mitgenommen. Als der Bräutigam kam, ließ er sich von den klugen Jungfrauen geleiten, während die törichten das Fest verpassten.

„Friedrich war kein schlechter Fürst. Nicht schlechter als andere. Blut hatte er vergossen, wie es alle Fürsten tun. Nun tanzten und sangen die Mädchen für ihn und überzeugten Friedrich, er selbst müsse einer der Unwürdigen sein. In den Augen des Weltenrichters würden seine Taten nichts zählen und Öl im Sinne eines gottgefälligen Lebens hätte er nicht zu bieten. Friedrich erschrak. Dabei hatte er allezeit nur versucht, die Bürde seines Amtes zu tragen.

Seinen Beichtvater horchte er aus, ob es Sünden gäbe, die nicht vergeben werden könnten."

Anna sprach mit Verachtung von den Mönchen. „Der Beichtvater gehörte zu jenen Mönchen, die nur daran dachten, was sich für das Kloster herausholen ließe an Schenkungen und Privilegien. Deine Buße reicht nicht einmal für einen Fingerhut Wasser als Erfrischung im Jenseits.

So zerbrach Friedrichs Glaube an das Versöhnungswerk Christi unter der Last seines schlechten Gewissens. Friedrich begriff sich als Verdammter. Jedes Urteil, das er sprach, selbst der gemeinste Dieb, dem er das Ohr abschneiden ließ, belastete sein Gewissen. Doch je sicherer er sich seiner Verdammnis wurde, desto mächtiger wurde sein Wunsch, dem Tod zu entkommen. Er begann, die dunklen Künste zu suchen. Sollte er nicht, den Tod vor Augen, sich auf ein Leben in der Nacht einrichten?

Der Mond stand am Himmel. Hell. Klar. Ein Licht in der Nacht. In ihm reifte ein Entschluss. Er ließ nach Ungarn schicken."

188

„Heißt er darum der Gebissene? Ist das der wahre Kern hinter der Legende?", fragte van Lent.

„Der Beißer sollte er heißen", erwiderte sie knapp.

Sie schwiegen eine Weile.

„Sicher, dass ich Sie nicht auch töten würde, wenn ich Morsus erledige?"

„Wer ihn erledigt, schickt das ganze Unternehmen zur Hölle. Ihr wisst doch bereits, dass Ihr Euch um mich nicht kümmern müsst. Mein Meister ist er nicht, selbst wenn jener mich an Friedrich wies. Wir teilen uns einen Herrn, obwohl sich Friedrich seit langem schon ebenbürtig fühlt. Jener Meister jedoch prophezeite mir, ich würde sehen, wie meine Mutter ihr Recht bekäme und der, der sie in die Schatten rief, zu Staub zerfiele."

Sie zögerte etwas, bevor sie sich entschloss, weiter zu erklären: „Alle dienen wir dem einen, der sich schon seit langem zurückgezogen hat in die finstere Nacht des Berges, der schläft mit offenen Augen bei Tag und Nacht. Er war es, der mich berief. Ihr kennt ihn unter dem Namen Klingsor."

„Der Sterndeuter aus Ungarn? Den hatte es nach Thüringen verschlagen, als Gast bei Hofe."

„Oh nein, ihn verschlägt es nirgendwohin. Er ist es, der die Zeitläufte in seinen Fingern hält. Darum besitzt Morsus keine Macht über mich. Er ist gezwungen, mich zu dulden. Denn ich bin zu ihm gesandt. Und Klingsor sieht durch mich."

„Als Anstandsvampirin?" Van Lent schüttelte den Kopf. Er wollte nicht glauben, was er sagte und dachte. Aber in seinem Herzen begann eine Gewissheit zu wachsen, die sich Raum verschaffen musste, unaufhaltsam und erbarmungslos.

„Das ist so krank. Wieso sind die Blutsauger wiedergekommen, nachdem die Bauern das Kloster zerstört haben? Nachdem Luther die Täufer verbrennen ließ? Ich kenne mich immer besser damit aus."

„Das gefällt mir." Anna klang ganz aufrichtig.

„Wieso hat Luther einige von ihnen am Leben gelassen? Wieso hat er sie nicht alle zur Hölle geschickt?"

„Er dachte, er könne Klingsor locken, wenn er das Kloster nur schwächte und nicht ganz reinigte. Doch dann kam ein wilder Geist über die Reformatoren in Wittenberg. Luther verließ die Wartburg, um Wittenberg zu halten. Die noch dunklere Macht im Bauch des Klosters erholte sich. Doch hätte Luther sie nicht geschwächt, hätten die Bauern niemals das Kloster erstürmen können."

„Warum sind sie wieder gekommen, wo doch Johann Friedrich der Mittlere die Grabstätten beräumt hatte. Hat er ihnen damit nicht die Heimat genommen?"

„Die gewaschene Sau wälzt sich wieder im Schlamm. Der Hund kehrt zurück zu dem, was er erbrochen hat, und frisst davon. Und der unreine Geist, wenn er kommt und findet sein Haus sauber und geschmückt ..."

„Sie brauchen wirklich eine Therapie", sagte van Lent. Er schüttelte sich, stand auf und begann davonzueilen. Anna ließ er zurück und lief wieder in die Stadt. Egal, ob ihn jemand sah, der finden mochte, dass Pfarrer lieber angemessen schreiten sollten.

Anna war nicht die Einzige aus dem Schloss, die regelmäßig mit den Jugendlichen auf dem Marktplatz herumhing; van Lent erkannte deutlich auch andere von seinem Besuch im Schloss wieder. Es war ihm gelungen, Frau Multhaupt zu bewegen, sich schriftlich beim Bürgermeister zu beschweren, dass diese Form der Jugendkultur mit ihrer morbiden Art nicht zu Friedrichroda passe. So konnte er agieren, ohne dass ihn irgendwer in die rechte Ecke stellen konnte. Außerdem wäre es nicht gut, klagte Frau Multhaupt dem Bürgermeister, wenn abends die Ausländer aus dem Schloss dazukämen. Von ihnen ginge eine Gefahr aus, die man riechen müsse. Die Jugendlichen wiederum planten, endlich selbst einmal etwas in Friedrichroda zu organisieren. Sie wollten einen Fackelzug abhalten. Proteste gegen die vielen Spießer, die ihnen den schnellen, weltweiten Datenverkehr madig machen wollten.

Vor van Lents Augen blätterte Matischak mit dem Daumen durch den etwa sechzigseitigen Ausdruck einer Excel-Tabelle, die die neuesten Studien- und Messergebnisse zu allen möglichen Antennenstrahlungen zusammenfasste. Anscheinend hatte Frau Lorenz sie über den wissenschaftlichen Dienst des Landtages erhalten. „Dass immerzu alle, hm, die einfachsten, und, hm, schönsten Rechnungen durcheinanderwerfen! Zahlen. Sie verstehen nicht … Sie lesen nicht …"

Volkmar Matischak fragte van Lent mit wirrem Blick, was er davon hielte. Aber van Lent interes-

sierten diese Zahlen nicht. Er wollte Volkmar auf-
rütteln und fragte, ob er sich etwa damit abgefunden
hätte, dass sein Sohn dort mitmische. Margit, seine
Frau, sorge sich doch auch.

„Hm, nein, natürlich nicht." Aber seine privaten
Sorgen müsse man als Bürgermeister hinten anstel-
len. Für einen Pfarrer sei das vielleicht auch kein
schlechter Tipp. Er ließ den Kopf auf den Schultern kreisen, als ob unter seinen Vorfahren mehrere
Waldkäuze gewesen wären. Aber kauzig - das war in
Friedrichroda nichts Ungewöhnliches. Dann erzählte Volkmar weiter, die Ausländer und die schwarze
Jugendclique, die wollten van Lent und die Kirche
nicht einfach davonkommen lassen. Sein arrogantes
Auftreten und seine Spannerei aus dem Fenster, die
begriffen sie, hm, als Affront. Nur im Vertrauen.

Van Lent errötete.

Sie hätten beim Ordnungsamt einen Fackelumzug
angemeldet, fuhr Volkmar fort. Ob es etwa auf ihn,
den Pfarrer, zurückzuführen sei, wenn Kritik dagegen laut würde?

Ideell schon, antwortete van Lent, aber das reichte Matischak, um sich nun ebenfalls von Seiten der
Kommune über den Pfarrer beim Landeskirchenamt
zu beklagen. Man stellte ihn direkt durch ins Pastoral-Agapädische Institut.

* * *

Der Seelsorgeauftrag und die Honorare der schönen
Solveig ermöglichten Dr. Haase, im Thüringer Wald

seine Wunden zu lecken, ohne sich gänzlich sinnlos vorzukommen. Die Verkaufszahlen seines jüngsten Buches „Der Zorn des Gerechten und andere biblische Gefühlswelten" blieben weit hinter den Erwartungen des Verlages zurück. Rezensenten befanden, seine Zeit läge hinter ihm. Insgeheim fürchtete er dasselbe. Solveig saß ihm im Nacken. So viele Jahre diente er ihr. Doch immer noch musste er fürchten, ihre Gunst zu verlieren.

Seine Blicke folgten van Lent. Wahrscheinlich dachte er, dass van Lent ihn nicht bemerken würde, wie er sich hinter die Eibe gekauert hatte, um zu spionieren. Anna saß ganz in Schwarz an van Lents Seite; nicht mehr als ein Schatten für Haase, aber das Leben für van Lent.

Solveig musste ungeduldig sein, sonst würde er sich nicht so aufdrängen und seine Anwesenheit auf alle Gottesdienste ausdehnen.

Haase stand auf seinem Stammplatz auf der Empore. Bei der Predigt kritzelte er Notizen in sein Büchlein. Jetzt, wo die Kirche fast leer war, war das noch auffälliger als Heiligabend. „Meine Nummer haben Sie", sagte er zum Abschied. Jeden Sonntag.

Außerdem hörte er sich um. Seine Kladde füllte sich. (Auch Positives, im Übrigen. Das Pflegschaftsverhältnis zu der kleinen Maya schien van Lent durchaus zu stabilisieren. Man konnte fragen, ob manches von Solveigs Urteilen nicht voreilig war.)

Dass des Pfarrers Aufmerksamkeit den Jugendlichen galt, die sich auf dem Platz vor dem Pfarrhaus noch immer trafen, die Hände tief in die Taschen vergraben, die Gesichter vermummt, weil es Winter war, das merkte Haase nicht.

Liebe macht blind, auch die Liebe zum Kurort. So tappte Haase durch Friedrichroda, stampfte selbst im grauen Winter zum Kneippen durch das Schilfwasser an der unteren Bachstraße gegenüber der alten herzoglichen Kuranstalt. Man zeigte ihm einen Vogel. Kinder lachten über das Nilpferd mit dem Storchengang. Die offiziellen Tretbecken hatten die Gemeindearbeiter im Winter abgedeckt.

Einmal, als die Sonne schien und ihn der Hafer stach, schaffte er es hoch hinauf zum Gottlob. „Der Hausberg von Friedrichroda!" spottete er grimmig. Aber immer brauchte er solche Aufstiege nicht. Friedrichroda, seine neue Liebe, umhüllte ihn mit gnädigem Nebel, verwöhnte mit sprühendem Regen und endlich auch Schnee, der lauter knirschte als seine Gelenke.

Dieser Ort mit seinen großen Pensionen und den herrlichen Villen am Wald erzählt eine Geschichte, die seine eigene Geschichte sein könnte. Er erzählt von großer Vergangenheit, noch größeren Hoffnungen und von dem Versuch, damit weiterzuleben. Wenn man weiß, dass die großen Zeiten für immer vorbei und die Hoffnungen auf Mäusegröße geschrumpft sind. Bis man schon bereit wäre, sich zu freuen, wenn es Leute gäbe, die sich mit erinnern würden an die Dinge der Vergangenheit und sich auch an ihnen freuten. Er besuchte sogar einige Versammlungen des Geschichtsvereins und ließ sich – nur aus Spaß – eine Wohnung zeigen, die aber

194

im dritten Stock lag, den kaputten Knien somit unzumutbar.

* * *

Severin Haase traf Solveig nach ihrem gemeinsamen Termin bei Matischak noch zu einer abendlichen Besprechung im Brauhaus, wo sich unter der Woche gut munkeln ließ.

Sie waren allein, bis auf irgendeinen Elternstammtisch im hinteren Gastraum. Solveig bestellte mit verschwörerischem Grinsen einen Chai Latte und rümpfte die Nase, als sie den tatsächlich bekam. Über Haases Gesicht huschte ein Lächeln. Als Deckenlampe gestaltet, flog eine Meerjungfrau über ihren Köpfen, gekettet an ein Geweih. Offenbar harrte sie eines menschlichen Gemahls, der sie aus den Tiefen des Thüringer Waldes erlösen sollte. Nach wem wollte sie rufen? Haase würde lieber den Gesang einer Loreley hören, als dem Rentnersender zu lauschen, den der Wirt hier als angemessene Beschallung empfand.

Unbeeindruckt erläuterte Solveig ihr Gespräch mit dem Bürgermeister. So ein Fackelumzug der jungen Leute hatte ihr Matischak etwas mechanisch erklärt – Solveig parodierte – hätte ja einen, hm, integrativen Nutzen. Wer etwas gegen die Integration von Migranten hätte, wäre der denn als, hm, pastor loci in einer pluralen Kirche tragbar?

Haase bedauerte, dass sie allein im Gastraum waren. Niemand, der sie zusammen sah. Seit Monaten ging er in Friedrichroda ein und aus. Aber niemand wusste um seine Möglichkeiten. Solveig. Sie war eine Rassefrau, die ihren Weg gegangen war, fast ohne zu altern. Kaum zu glauben, dass sie im Studium mal auf ihn gestanden haben sollte. Als er dünner war. Etwas davon blitzte noch durch die schummrige Schenkenluft unter dem Mitleid hervor, mit dem sie ihn nun betrachtete. Jedenfalls konnte er sich das einbilden. Beides. Die Bewunderung und das Mitleid. Oder hatte sie ihm schon damals mehr vorgemacht, als je sein konnte? Sehr klar sagte sie, dass sie Ergebnisse bräuchte. Sie habe sich bereits im Kollegium grünes Licht für eine „Exit-Strategie" geholt, deutete sie an. Doch die schwebende Nixe über ihrem Kopf raubte Solveig etwas Überzeugungskraft.

Dr. Haase fragte sich zum ersten Mal, ob ihn Solveigs verführerischer Blick und ihr hohes Lied auf seine Fähigkeit ihn nicht am Ende einen immensen Preis kosten würden.

Zumal es sie gar nichts kostete.

Etwas enttäuscht stellte die Wirtin fest, dass sie niemanden für das Selbstgebraute begeistern konnte.

„Es ist wirklich gut. Wir nutzen das Wasser hier aus der Quelle vor Ort! Das ist ein uraltes Rezept."

„Klingt gesund!"

„Ist es auch", sagte die Wirtin schnippisch. Sie jedenfalls sah kräftig aus und hatte rote Wangen. Dr. Haase blickte ihr nach, noch nachdem sie in der Küche verschwunden war.

„Da kommt er ja", sagte Solveig. Haase fuhr herum. In der Tür stand van Lent in einem langen, dunkelgrauen Mantel, den Kragen aufgestellt. Mit einem merkwürdigen Rucksack auf dem Rücken. Eisig strahlten seine Augen in den Raum.

Das war nicht länger der Blick eines Säufers.

Es wurde kälter, endlich schloss er die Tür. Er setzte sich auf Solveigs Seite. Sie wandte sich zu ihm. Dr. Haase beobachtete. Sie belauerten sich. Solveig schlug die Beine übereinander, ihr Rock zu kurz und die Waden steckten bis zu den Knien in Lederstiefeln.

Die Lippen sind zu rot für dein Alter, dachte van Lent.

„Aber, lieber Bruder, mit Verlaub: alle meinen, dass mit Ihnen was nicht stimmt. Allein dieser Protest gegen die Migranten und ihre Bräuche und gegen die Jugendlichen und ihre Aktionen, das geht gar nicht. Ich kann Ihnen nur den geschwisterlichen Rat geben, es doch einmal mit einem erfahrenen Supervisor zu versuchen."

„Den Sie gnädigerweise bereits für mich ausgewählt haben."

„Sie können sicher sein, dass Ihnen niemand etwas anhängen will, Bruder van Lent. Schauen Sie, Sie haben regulär über zwanzig Jahre bis zum Ruhestand. Uns ist etwas daran gelegen, Sie fit zu machen, nicht, Sie abzuschalten …"

Van Lent verstand die versteckte Drohung. Ziemlich unverhohlen brachte sie den Entzug seiner Ordinationswürde ins Gespräch.

„Nicht so schnell", sagte van Lent. „Sie können mir die apostolische Sukzession gar nicht entziehen. Ich bin nach altem Ritus ordiniert."

„Und ob ich das kann. Nicht vergessen: Wir sind Lutheraner. Wenn Ihre Kirche die Ordination widerruft, dann sind Sie wieder ein Normalsterblicher. Ich muss nur mein Siegel auf das Papier drücken."

„Die apostolische Sukzession ist stärker als die Lutherische Kirche. Denn sie ist älter."

„Wenn Sie meinen, dass Sie es darauf ankommen lassen müssen, nur zu."

Van Lent zweifelte. „Sollten geistliche Tatsachen nicht unabhängig von kirchlichen Verwaltungsvorgängen bestehen?"

„Wir geben Sie nicht kampflos auf, lieber Bruder."

Sie gab Haase einen Wink. Sofort erhoben sie sich und setzten sich einen Tisch weiter. Solveig tätschelte die leere Sitzfläche neben ihr. „Wenn Sie etwas sagen wollen, Bruder van Lent, dann setzen Sie sich einfach zu uns auf den freien Stuhl." Eine erneute Runde Fishbowl. Im Brauhaus. Die Kellnerin verkniff sich jede Frage und machte auf dem Absatz kehrt. Lieber erst mal beim Elternstammtisch fragen, wer noch etwas trinken wolle, als bei den verrückten Städtern.

Jakob stand sofort auf und setzte sich zwischen sie. „Wer bin ich?", fragte er. „Mit den Jahren nahm ich zu an Wissen und Körperfülle, genoss Süßes, Wein und Anerkennung. Besonders bei Frauen. Die Ironie meines Lebens besteht darin, dass meine Partnerschaften zerbrachen. Ich verstehe zwar die Frauen, aber meine eigenen verstand ich nie. Fachlich bringt mein Wort fast mehr Gewicht auf als mein Körper auf der Badezimmerwaage. Ich versuchte, das, was die Kirche religiös dachte, in Psychologie zu übersetzen – und das, was die Psychologen mir sagten, in Religion. Ich kann nicht sagen, dass ich mich dabei Gott annäherte, wie auch immer man sich den vorstellen mag. Aber ich kam mir selbst näher, dem Menschen ganz allgemein und einem Geheimnis, das hinter der Welt steht. So wurde ich Diabetiker."

„Das bin ich", sagte Haase.

„Und wer von uns braucht eine Therapie? Sie sollten sich von ihr trennen, Haase."

„Genug", zischte Solveig.

„Besuchen Sie mich, wenn Sie mich brauchen", sagte er zu Haase, väterlich in der Stimme und kühl im Blick. Solveig griff nach Haases Hand.

Van Lent tippte im Rausgehen an seine schwarze Wollmütze, als wäre sie ein edler Hut. Im Radio plärrte mal wieder Hot Chocolate: I believe in miracles.

* * *

Maya zu den Wettkämpfen zu fahren, machte Spaß. Sie erreichte den vierten Platz bei den Landesmeisterschaften. Wenn es um das Schießen gegangen wäre, hätte sie gewonnen; allein die anderen waren etwas größer und bewegten sich flinker auf den Skiern. Für van Lent war es nicht wichtig.

Einmal durften sie gemeinsam einen Rodelwettkampf ansehen, unter der Bedingung, dass sie sich als italienische Fans verkleideten. Weltoffenes Thüringen: Deutschlands buntes Herz.

Zu Hause versuchte Maya die Bratäpfel zu schmoren, ganz so, wie man sie zu dieser Jahreszeit im Schulgartenunterricht zubereitete. Jakob aß sie auf. Jakob liebte es hingegen sehr, für Maya Lasagne zu bereiten, und sie zu unterstützen, wenn sie Hilfe bei den Hausaufgaben brauchte, und sie immer wieder zu ihren Biathlon-Wettkämpfen zu fahren – er merkte lange nicht, dass sich seine Gemeinde mehr und mehr von ihm abwandte.

Das Leben ging weiter. In Friedrichroda herrschte Ruhe, bis jemand beiläufig anmerkte, dass sich irgendwer bewaffne. Das Gerücht war so kühn, dass man lächelnd darüber hinwegging. Wie konnte es sein, fragte man sich trotzdem im Ort, dass niemand etwas mitbekam, wie man die Hütte des Bogensportvereins Finsterbergen aufbrach und sämtliches Sportgerät entwendete, darunter mehrere Armbrüste.

Aber es gab Wichtigeres im Ort. Cordula Lorenz hatte über ihre politischen Connections von den Missstimmigkeiten zwischen van Lent und dem Landeskirchenamt erfahren. Sie forderte ultimativ, dass Pfarrer van Lent sich vom Schloss samt seinen Bewohnern fernhalten soll. Die Kirche sollte offen stehen, wenn die Jugendlichen etwas unternehmen wollten, selbst wenn einige Ältere sich fürchteten.

„Finden Sie das alles nicht äußerst gruselig, Frau Lorenz?", fragte van Lent.

200

„Gruselig finde ich die Geschichte Friedrichrodas! Ich grusele mich vor braunen Parolen und alten Vorbehalten! Ich grusele mich, wenn ich in unser Schwimmbad gehe."

„Ja, es ist ziemlich kalt …"

„… wenn ich mir überlege, dass da die Nazisportler geübt haben für ihre Propaganda-Olympiade."

„Aber …"

„Aber in Bezug auf heutige Jugendkultur sollten wir Toleranz walten lassen!"

„Sie wollen, dass die durch die Straßen marschieren dürfen? Viele haben Angst. Sollen sich beunruhigte Bürger zu Hause einschließen an dem Tag?"

Viel konnten die Friedrichrodaer kaum bemerken, wenn sie nach draußen blickten. Zwei Drittel der Fenster waren mit Alufolie verklebt. Einem Kamerateam vom MDR, das einmal nachfragen sollte, was es damit auf sich habe, knallten die Befragten die Türen vor der Nase zu.

Im Abendjournal kommentierte man, die Friedrichrodaer fremdelten mit der kleinstädtischen Jugendkultur, von daher würden sie sich verbarrikadieren.

„Sagen Sie mir einen guten Grund, warum ich mich Ihrer Sicht der Dinge anschließen sollte. Welche Gefahr geht vom Schloss aus? Verraten Sie es mir! Kämpfen wir denn nicht eigentlich auf derselben Seite?"

„Ich darf es nicht sagen", meinte van Lent vieldeutig. Das hatte Frau Lorenz nicht verstanden und gesagt, sie wolle ihr Amt im Kirchenvorstand ruhen lassen.

Erst vereinzelt, dann immer deutlicher verzichteten seine Schäfchen sogar auf van Lents Anwesenheit bei den Beerdigungen – allein bei der Masse, die jüngst zu bewältigen war, hieß es, würde sich der Pfarrer ziemlich wiederholen.

In ihm aber gärte es.

* * *

Maya war in Oberhof. Training in der Ski-Halle.

Van Lent schlich über den Friedhof. Kalt war der Wind. Alles wirkte wie immer. Aber wenn er an Benedikts Grab vorbeikam, stahl sich eine Stimme in seinen Kopf. Sie passte nicht zu den Zwiegesprächen, die er sonst an diesem Ort führte. Sie klang auch nicht nach der Knabenstimme, die van Lent sich vorstellte. Die Stimme erinnerte ihn an das Angebot, das einmalige Angebot, das man annehmen müsse. Dass etwas Gutes im Gange sei. Er könne seinen Sohn für immer in die Arme schließen. Er würde für immer sein Sohn bleiben und er der Vater. Wäre das nichts, hm?

Normalerweise wärmte die Erinnerung. Heute aber fror van Lent. Er schlug den Mantel hoch und beschleunigte seine Schritte, befahl seinen Gedanken, in Gottes Namen zu weichen. Weite Kreise zog er über den Friedhof und blieb immer nur kurz am Grab seines Sohnes stehen, das nicht länger der Ort seines Trostes war, sondern ein Tribunal, das von ihm Satisfaktion forderte.

Der Keramik-Engel an Benedikts Grab suhlte sich schon wieder im Dreck. Er hatte die Angewohnheit, vor van Lents Besuchen bei Benedikt auf das Gesicht zu fallen wie der Götze Dagon vor der Bundeslade. Heute steckte seine Nase besonders tief im Schlamm und ein Flügel war angeknackst. Als hätte ihm noch jemand in den Nacken getreten.

Verdient hätte er es, dachte van Lent und überlegte, ob er ihn der Oma wegen mit nach Hause nehmen und kleben müsste, das Himmelsvöglein aus Keramik. Tot, tot, tot. Wozu braucht er Flügel, wenn er doch nicht fliegen kann?

„Flieg, Himmelsvöglein!", zischte van Lent und schmetterte den Engel gegen den Grabstein. Irgendwie hatte ihn das Himmelsgeflügel schon länger herausgefordert. Van Lent ging auf, dass er beginnen musste, mit allem aufzuräumen, was an unsichtbaren Flatterwesen durch sein Leben spukte und durch sein Friedrichroda, das ihm als Ortspfarrer anvertraut war. Zornig klaubte er die Scherben des Engels vom Grab seines Sohnes. Seine Finger griffen in die lockere, schwarze Erde.

Der Tod des Engels löste viele Fragen. Mit einem einzigen Knall zerplatzten die Illusionen in van Lents Kopf darüber, was man von der Welt erkennen konnte und welche Mächte in ihr wirkten. Eine Klarheit umhüllte ihn warm, durch die dem Gottesmann wieder einfiel, wie hier auf dieser verfluchten, dreckigen Welt das Werk Gottes getan werden könne. Auch wenn es sich so anfühlte, es war noch nicht zu Ende.

Er war noch nicht am Ende.

Van Lent erhob sich. Er wusste, was er zu tun hatte. Er würde Anna heilen.

Kapitel 13

Zur gleichen Zeit machte Dr. Haase ein Friedensangebot und sandte van Lent eine Kiste guten Wein mit einer Entschuldigung für sein bisheriges Vorgehen.

Im Wissen, dass van Lent keine Wahl blieb, als die Absolution zu erteilen, kroch Haase nach Canossa. Ganz so, als ob ihre Geschichte tatsächlich noch einmal von vorne beginnen könnte.

„Die Kirchenleitung macht sich Sorgen, werter Herr."

„Wer macht sich eigentlich mal Sorgen um Sie? Und wer aus der Kirchenleitung schaut einmal der irren Müller-Spätfrost auf die Finger in ihrem Pastoral-Agapädischen Institut?"

Dr. Haase bleckte die Zähne. Die Konflikte seien doch wohl ausgeräumt, baute er eine Brücke.

In dieser Stunde stand mehr auf der Kippe als das Schicksal von Pfarrer van Lent, wusste Haase. Solveig hatte ihm befohlen, es zu Ende zu bringen. Ansonsten müsse sie ihre eigenen Schlussfolgerungen ziehen über Haases Einsatz. Seine Erfolglosigkeit, sein fetter Bauch. Seine depressive Vorliebe für Friedrichroda.

Haase ging es direkt an: „Ich habe manches Gespräch geführt hier im Dorf, ich saß am Nachmittag im Café Busch, genoss die Torte und die Jugendstil-Atmosphäre und spitzte die Ohren, was geredet wird." Van Lent saß ihm gegenüber und nickte bloß. „Die Kirchenleitung wird nichts dulden, was nur von fern von fern nach einem ausländerfeindlichen Verhalten aussieht, Bruder van Lent. So lassen Sie sich doch helfen."

Van Lent wich aus. Was der wahre Grund seines Engagements gegen das Schloss und seine Bewohner war, die immer wieder Eingang in seine Predigten fanden, ließ er sich nicht entlocken. Scheinbar entspannt stand der Pfarrer auf und zündete die sieben Kerzen eines silbernen Leuchters an. Dabei sprach er von der örtlichen Kultur, die erhalten bleiben müsste. Für Haase war es Faselei.

Ob er nicht merke, dass diese örtliche Kultur tot wäre, provozierte Dr. Haase. Er selbst sei doch ihr Totengräber.

Van Lent verschränkte die Arme. „Ich habe Ihren Wein genommen und war bereit, Sie anzuhören. Haben Sie noch etwas zu sagen?"

Dr. Haase begann zu schwitzen. Würde er ihn wirklich mit leeren Händen zurückschicken?

„Das Zweite betrifft das Vorgehen gegen diese Funkanlagen. Ich weiß, diese Frau Lorenz ist etwas impertinent. Aber stellen Sie dieses Engagement ab."

„Sonst heißt es immer: Bewahrung der Schöpfung ist unser Auftrag." Van Lents Augen verengten sich.

„Selbst wenn der Grüne Hahn dreimal kräht – hier liegen die Dinge anders."

„So?"

Haase wusste, er musste Vertrauen aufbauen, er musste etwas anbieten.

„Die Kirche pflegt sehr gute Geschäftsbeziehungen zur Phonefunk AG und anderen Mobilfunkunternehmen. Sie wissen, der Leiter des Dezernats Finanzen und Personal, Oberkonsistorialrat Dr. Ahlwurst, hat mehrere Rahmenverträge ausgehandelt, durch die nicht nur auf den kirchlichen Windkraftanlagen, sondern auch in Kirchen Sender aufgestellt werden können."

„Sie meinen wohl: auf Kirchtürmen …"

„Durchaus nicht. Ich meine tatsächlich: in Kirchen, natürlich vor allem in den Türmen, soweit stimmt es. Schauen Sie, baue ich so einen Funkmast etwa auf ein Hotel – wie bei Ihnen in Friedrichroda –, da kommen Leute schnell auf dumme Gedanken. Schon werden alle krank. Placebo-Effekt nennt man das oder psychologisch: selbsterfüllende Prophezeiung. Die Menschen sterben an ihrer eigenen Dummheit. Oder Angst. Wie Sie wollen. Dagegen gab es in der Vergangenheit uns: die Kirche. Baue ich aber die Funkmasten in eine Kirchturmspitze ein, von außen nicht zu erkennen, kann ich über das ganze Land funken, ohne dass ein gequältes Seelchen sich beschwert. Nun bekam Dr. Ahlwurst bereits irritierte Nachrichten aus der Phonefunk-Chefetage. Das ist hier immerhin ein Pilotprojekt."

„Wir hatten, wie Sie anscheinend wissen, darüber ein Gespräch mit dem Bürgermeister und einem engagierten Gemeindeglied, besagter Frau Lorenz. Sie hat uns auf Studien hingewiesen, dass es tatsächlich zu ernsten gesundheitlichen Komplikationen kommen könnte, wenn …"

„So hören Sie mich doch an!" Dr. Haase rang die Hände. „Die Landeskirche, Bruder van Lent, beurteilt die Initiativen der Bundesregierung zu einem schnellen Netzausbau auf dem Land sehr positiv. Schneller, weltweiter Datenverkehr. Dr. Ahlwurst hat vor der Landessynode dargelegt, dass die Stärkung ländlicher Räume und die Durchdringung mit moderner Informationstechnologie Hand in Hand gehen mit der Verbreitung des Evangeliums."

„Sowie der Steigerung der Einnahmen aus kirchlicher Landverpachtung."

Es gefiel Haase nicht, so deutlich die Interessenlage seiner kirchlichen Mandanten offenzulegen. In ihm herrschte mehr Verständnis für van Lent, als er zugab. Aber die Art, wie van Lent sich verschloss, sagte ihm, dass er einen anderen Zugang finden musste, zu dem, was van Lent auf dem Herzen trug. Der Psychologe leckte Blut. Und ganz richtig, van Lent holte tief Luft, seufzte und erklärte, im Grunde sei er längst auf der Suche nach einer anderen Erklärung für die unheimlichen Phänomene in Friedrichroda.

Dr. Haase beschloss, sich darauf einzulassen. Stumm signalisierte er Gesprächsbereitschaft: Er beugte sich vor und legte die Hände auf die Knie. Gib nur Acht, Severin, altes Haus, dass du dich nicht wieder auskontern lässt wie neulich im Brauhaus.

„Was ist Ihre Theorie?", fragte Haase. „Sie wissen, dass Sie mit mir über alles sprechen können."

Van Lent gab vor, einen kleinen Umweg nötig zu haben. „Wenn Ihr Angebot ernst gemeint ist, dann möchte ich lieber zunächst noch etwas anderes mit Ihnen besprechen."

Haase ließ sich auch darauf ein.

Van Lent senkte die Stimme, als hätten die Wände Ohren. Van Lent erzählte von einer eigenen Seelsorgeklientin, die sich für einen Vampir, nein, eine Vampirin hielt.

Haase interessierte sich natürlich keinen Deut für diese Klientin, selbst wenn der Pastor sie als recht attraktiv beschrieb. Ihm lag daran, herauszufinden, was van Lent über sich selbst preisgab, wie er sich sah. Als Seelsorger. Es könnte die letzte Chance sein, Jakob van Lent in seinem Inneren zu erreichen – oder sich die Zähne an ihm auszubeißen.

Haase erinnerte, über die Dame könne van Lent möglicherweise stundenlang reden, über sich dagegen so gut wie gar nicht. Van Lent verteidigte sich. Er habe selbstverständlich versucht, sie auf die Widersinnigkeit ihres Aberglaubens hinzuweisen, aber sie habe sich nicht darauf eingelassen, ihre Theorien an der Wirklichkeit zu überprüfen.

„Was würde Ihnen das bringen?", fragte Haase zurück. Van Lent war die Frage unangenehm. Logisch. Sie führte ihn auf sich selbst. Nur die Falten um Dr. Haases Augen verrieten, wie zufrieden er jetzt war. Selbst wenn Haase als Therapeut keine Machtposition mehr einnahm, sondern von dem leben musste, was van Lent ihm hinwarf. Noch war es ein Patt. Oder ein Tanz, warum eigentlich nicht. Eine lockere, vertrauensvolle, gemeinsame Bewegung. Nicht wenige seiner Kolleginnen und Kollegen wurden genau dafür Therapeut. Haase war dieses Gefühl in den Jahren mit Solveig abhanden gekommen.

„Ihr helfen", sagte van Lent, „ich könnte ihr helfen."

„Sie wissen, dass man Macht über jemanden erlangt, dem man hilft?", fragte Haase. Er selbst wusste es zu gut – auch den umgekehrten Fall, dass es Macht bedeutet, sich nicht helfen zu lassen, ja, dass Helfen und Hilfezulassen immerzu ein Spiel um die Macht ist. Nach der Nummer im Brauhaus lag van Lent vorne, aber Haase spürte, er kam zurück in dieses Spiel. Dann könnte er zu Solveig gehen und durchsetzen, dass sich etwas ändern müsse. Und zwar zuerst zwischen ihnen.

Van Lent nutzte diese Sekunde Ruhe, um Haases Frage zu verdauen. Haase wiederholte:„Sie wissen, dass man Macht über jemanden erlangt, dem man hilft?" Van Lent errötete, noch voller Scham. Er beteuerte, er würde lediglich seine seelsorgerlichen Pflichten vollziehen.

„Das würde ich gerne sehen", lachte Dr. Haase. „Was Sie da so vollziehen. Sehen Sie, van Lent", sagte er, eine Spur zu gönnerhaft, „das sind die Fragen, die wir heute den jungen Seelsorgern beibringen. Die Probleme der Klienten sind immer für irgendetwas gut. Sie zeigen uns die Wahrnehmungen und Konstruktionen, die in den Köpfen stattfinden. Wenn Sie nun eine Klientin haben, die sich für einen Vampir hält …"

„Eine Vampirin!"

„Überlegen Sie doch mal, wie viel Anstrengung es sie kosten muss, diese Fiktion aufrechtzuerhalten. Sie muss ihre Termine in die Abendstunden legen. Sie muss heimlich essen. Herumschleichen. Was würde sich im Leben dieser jungen Frau ändern, wenn sie auf einmal keine Vampirin wäre? Unter Umständen nehmen Sie ihr etwas, was für sie konstitutiv ist. Nach allem, was Sie erzählen, kommt bei mir der Gedanke: Wenn Sie ihr das Vampirsein nehmen würden, wäre das gar keine Hilfe. Denn ihr Vampirsein hält sie am Leben."

„Aber sie sagt doch, sie sehne sich nach einem anderen Leben."

Dr. Haase senkte die Stimme. Die Kerzen flackerten. Für einen Moment verzerrten Licht und Schatten die Gesichter der Männer, die sich gegenüber saßen. „Sehnen wir uns nicht alle nach einem anderen Leben? Meinen Sie, ich sehne mich nicht manchmal nach einer Erfahrung, die mich weg von meinen eingefahrenen Bahnen führt? Oder einer Berufung, die über das kleine Feld, das ich bestelle, hinausführt? Mut, Heldentum? Oder wenigstens einen schmaleren Bauch?"

Er klopfte sich auf den seinen. „Es kommt darauf an, dass wir merken, wie begrenzt unsere Möglichkeiten sind. Hineingeworfen in ein Schicksal, dessen Sinn wir nicht verstehen. Aber wir müssen ihm irgendeinen Sinn abtrotzen. Verstehen Sie, van Lent? Dafür sind wir Geistliche."

„Also, ich sollte sie keinesfalls heilen?" Er schien verwirrt.

„Ich denke, lieber Bruder, dass vor mir gerade ein Mensch sitzt, der zuerst selbst Heilung braucht." Haase spielte auf Sieg.

„Ich bin unsicher …", begann van Lent. Haase verbarg sein Lächeln unter einem Kratzen am Kinn. „Vielleicht stelle ich Ihnen einmal eine Frage aus der systemischen Psychologie: Was würde sich für Sie persönlich ändern, wenn Sie tatsächlich glaubten, dass Ihre Klientin eine Vampirin sei"

„Ich denke", sagte van Lent, „dann hätte ich einen großen Auftrag. Möglich, dass mir einer wie Sie dann doch noch nützlich ist …"

Er stand auf, nahm den Kerzenleuchter und führte Dr. Haase aus dem Büro. Haase ließ es zu, dass sein Klient das Gespräch beendete. Van Lent trug seinen Kandelaber die Kellertreppe hinab. Haase ließ er einfach im Flur stehen.

Ja, dachte Haase, steige du hinab in die Grüfte, stell dich deiner Geschichte. Dann verließ er das Pfarrhaus.

Nach der Hotelbar gönnte sich Haase eine dicke Zigarre auf dem Balkon seines Hotelzimmers. Wenn die Einwohner Friedrichrodas einen Blick hier hinauf geworfen hätten – dann hätten sie gleich noch ein Blinklicht mehr bemerkt. Aber die Bürger lebten für sich hinter ihren Silberfolien. So bemerkten sie weder ihn noch van Lent, der noch einmal aus dem Haus schlich.

„Beim nächsten Mal habe ich ihn", erläuterte Haase seiner Solveig eine Spur zu jovial am Telefon. Sie allerdings konnte nicht auf den Punkt bringen, was es war, aber etwas in seiner Stimme gefiel ihr gar nicht.

„Wir brauchen Nägel mit Köpfen", mahnte sie Haase.

* * *

Sebastian Matischak nahm nicht wahr, dass er verfolgt wurde. Gehörten sie nicht ihm und seinen Freunden, die Gassen Friedrichrodas, wenn die Nacht kam?

Sie waren viele geworden in den letzten Monaten. Wenn es Leute gab, die die Neuen aus dem Schloss gut aufgenommen hatten, dann waren es die Jugendlichen. Die aus dem Schloss waren cool, sie ließen sich nichts sagen, schliefen immer, solange sie wollten, und kannten doch keine Sorgen. Die Mädchen schielten auf die dürren Figuren und registrierten neidisch, dass die nie etwas aßen. Aber Sebastian hatte Hunger. Nur ein paar Schritte bis zu Osman.

Zwischen den Alufolien schimmerte Fernsehlicht hervor. Abgeschottet von der gefährlichen Strahlung, lockte das Kabelfernsehen mit Ausblicken in die große, weite Welt. Blau leuchtende Fensterrahmen sorgten für ein Licht in den Gassen, als ginge man durch das große Aquarium vom SeaWorld-Center in Suhl.

Sie hatten sich wie zufällig beim Dönermann getroffen. Van Lent nahm mit Knoblauch, der Junge ohne, so, als hätte er noch etwas anderes vor am

212

Abend. Aber dazu sollte es nicht kommen. Es roch nicht ganz nach tausendundeiner Nacht in Osmans Schuppen, dachte der Pfarrer. Aber mit geschlossenen Augen konnte man sich in einer Berliner U-Bahn wähnen.

Essend waren sie aus dem Dönerladen gegangen. Sebastian ahnte, dass der Pfarrer ihm ins Gewissen reden sollte. Wozu aber hatte er diesen Rucksack dabei?

Van Lent schielte zu dem Jungen. Der Pfarrer erinnerte sich genau an die Konfirmation. Damals kamen die Burschen aus dem Skilager und waren richtig braun.

Er hatte sich sogar vorgenommen, den Bürgermeister zu fragen, ob er nicht die Konfirmation des Sohnes zum Anlass nehmen wollte, der Kirche wieder beizutreten. Oder wenigstens Margit. Aber nichts. Mittlerweile schlich ein bleicher Jüngling durch die Straßen, dessen Augenringe zum Gruseln waren.

Der Kirchplatz war leer. Auf Nachfrage versicherte Sebastian, dass er allein unterwegs war und die anderen schon heimgegangen seien. Also hatte Jakob die Verabschiedungsszene vorhin richtig gedeutet.

Van Lent trank einen Schluck aus dem Brunnen. Döner macht durstig. Sebastian stoppte nicht. Er wollte ihn wohl loswerden.

Van Lent wischte sich mit dem Ärmel über den Mund und legte einen Schritt zu. Er holte den Jungen wieder ein. Vor dem Pfarrhaus hielt Sebastian inne, als müsse der Pastor sich verabschieden. Aber der machte keine Anstalten.

„Du bist mager geworden", sagte er, als sie durch die Gasse zwischen Kirche und Pfarrhaus schlurften. Sebastian schaute ihn groß an.

„Meine Sache", sagte er. Worauf wollte der Mann raus?

„Schicker schwarzer Mantel", sagte van Lent.

Sebastian hob nur kurz die Schulter: „Hat sich Anna bei Ihnen gemeldet? Wusste gar nicht, dass Sie was mit ihr haben."

„Wir haben nichts miteinander!"

„Dass Sie mit ihr zu tun haben, meine ich, also, dass sie in der Kirche ist."

„Was ist daran so erstaunlich?"

Sebastian schaute, als hätte man von ihm die Antwort auf die Frage verlangt, warum die Bundeskanzlerin nicht nebenberuflich in einem Varieté auf der Reeperbahn tanzt.

„Ihr schwarzen Gesellen! Meint ihr, wir merken nicht, was ihr vorhabt? Ihr verwandelt unsere Stadt in einen Friedhof. Aber damit ist Schluss!"

„Ach, darum geht es. Du trägst doch selbst am liebsten Schwarz." Van Lent ignorierte, dass der Bursche ins Du gefallen war.

„Ihr sät ein Klima des Todes! Denkt ihr auch an die Zukunft von Friedrichroda?"

Sebastian lachte verächtlich. Er sagte, van Lent wisse doch genauso gut wie irgendjemand, dass Friedrichroda keine Zukunft hätte. Daran wäre nicht die Jugend schuld, die am allerwenigsten, daran wären die Alten schuld. Wenn der Herr Pfarrer, so sagte er spöttisch, den Duft der Verwesung röche, dann soll-

214

te er die Quelle des Muffs zurückverfolgen bis zu seiner Kirche. Ob der Herr Pfarrer überhaupt eine Ahnung habe, wie das sei, wenn man aufwüchse in einem Altersheim? Von allen Seiten beäugt, von Eltern, Großeltern, Urgroßeltern, die allesamt zu feige gewesen wären, gegen irgendetwas aufzustehen, was von oben kam, und nun aber von der Jugend erwarteten, dass sie in die Hände spucken und aufbauen und für sie arbeiten würde? Sie noch ehren für ihre Verbrechen? Blutsauger wohnten in Palästen.

„Nein!“, sagte Sebastian. Er spuckte auf die Erde. „Wir bauen an einer neuen Stadt, und das wird die Stadt der Nachtmenschen sein.“ Nachts würde die Stadt ihnen gehören und ihre Dächer, auf denen sie herumliefen und ja, diesen gefährlichen Sport trieben, von einem Haus zum anderen zu springen.

Sie blieben stehen. „Fliegen!“ Van Lent schnaubte. „Ihr Kinder träumt vom Fliegen! Es geht um etwas Schlimmeres, und das ist eine Sache, die wir beide miteinander besprechen müssen. Ob ihr nicht am Ende wirklich fliegt.“

Sebastian schien es unwohl zu werden. Er rückte ein wenig weg, aber van Lent rückte nach, kam ihm schon bedrohlich nahe. Sebastian zeigte seine Zähne, nicht unbedingt typische Vampirzähne, wenn auch die Eckzähne markant waren. Aber das waren sie schon bei Volkmar.

„Hast du dich schon gefragt, was für Dinge ich hier in meinem Rucksack habe? Alles, was man für die Jagd benötigt.“

„Meine Eltern warten“, sagte Sebastian. „Ich muss mich bei ihnen melden.“

Netter Versuch, dachte van Lent. Er senkte den Rucksack etwas und fingerte in der Seitentasche herum. Unter anderen Umständen wäre Sebastian vielleicht neidisch gewesen auf das coole Armeemodell.

„Siehst du dieses Kreuz?", fragte van Lent und hielt ihm ein silbernes Amulett vor die Nase.

„Ja", sagte der trotzig. Der Junge stand mit dem Rücken zur Wand. Van Lent rückte ihm auf die Pelle. Seine Nasenflügel bebten.

„Hast du Angst?"

„Wovor?", Sebastian wirkte verunsichert. Van Lent presste das Kreuz gegen Sebastians Wange. Der versuchte eine hilflose Abwehr. Van Lent ließ nicht locker: „Angst?"

„Ja. Jetzt schon." Der Junge begann etwas zu stottern.

„Also hatte ich recht", schloss van Lent.

„Womit?"

„Du bist einer von ihnen!"

Van Lent blieb aufrecht stehen, als Sebastian ihn gegen die Schulter stieß. „Schön hiergeblieben!", befahl er, doch Sebastian floh, weil ihm der Weg durch die Gasse abgeschnitten war, nach hinten. Er fand den Eingang zum Pfarrgarten und blickte sich um nach van Lent, der ihn jagte und auf diesem Terrain einfach im Vorteil sein musste. Sebastian prallte gegen den Nussbaum. Regungslos blieb er liegen. Van Lent griff ihn an seinem Hosenbund und packte ihn mit der Linken am Nacken.

Blut lief Sebastian über die Stirn. Er blinzelte. Der Anblick des Pfarrers wirkte wie eine Adrenalinsprit-

216

ze. Er sprang auf und rannte. Van Lent erwischte ihn kurz am Hosenbein, als der Junge über den Zaun auf die andere Seite stieg. Dann war er weg. Van Lent stürzte zur Pforte und eilte hinterher. Sebastian versuchte zu rennen, aber hielt dabei eine Hand an den Schädel.

„Warum fliegst du nicht einfach?", schrie van Lent. Er war überrascht, wie laut er werden konnte. Über ihm ging ein Licht an. Er rannte hinter Sebastian her, die Lindenstraße herunter. Wo wollte er hin? Es ging die Karlstraße hinauf. Van Lent keuchte. Wenn Sebastian den Wald erreichte, könnte er links runter über den Klosterberg zum Schloss, dort wäre er unter seinesgleichen. Dann wären sie in der Überzahl! Hell läutete die Gebetsglocke im Kloster der Marienschwestern.

Sebastian bog nach rechts und rannte weiter bergauf. Als van Lent die Kreuzung erreichte, sah er den Grund: Die Marienschwestern verabschiedeten einen hohen Gast. In schwarzer Tracht standen sie vor dem Haus. Klar, da konnte er nicht durch. Und immer wieder die Frage: Warum fliegt er nicht?

Sebastian rannte durch den Friedenspark auf das Hotel zu. Van Lent hinterher. Sie waren allein. Van Lent tat alles weh, aber den Jungen zu hetzen, fühlte sich ungeheuer männlich an. Van Lent wunderte sich über sich selbst.

Lauter und lauter tönte das Gebrumm der Trafostation. Sebastian wandte sich um und beschleunigte noch einmal. Ins Hotel konnte er nicht flüchten. Sebastian verschwand um die Ecke.

Van Lents Lungen brannten. Schwer schnitten die Gurte des Rucksacks in die Schultern. Hinter der Ecke war von Sebastian nichts mehr zu sehen. Van Lent wollte schon abdrehen, da fiel ihm ein Tropfen auf die Stirn. Das war Blut! Ein schmieriger Fingerabdruck auf der Feuertreppe. Blut.

Über ihm machte sich Sebastian daran, die Himmelsleiter zu erklimmen. Wie eine Katze. Das musste er geübt haben. Van Lent ging auf, wo die Jugend ihr sogenanntes Hauptquartier hatte.

Er drehte um, betrat das Hotel durch die Lobby, grüßte den Nachtwächter, den älteren Bruder von Herrn Piontek, als müsste es so sein, und fuhr ins oberste Stockwerk. Auf dem Gang vor dem Restaurant bog er in den Mitarbeiterflur ein. Neonröhren brummten. Er fand den Zugang zum Dach. Dank der Phonefunk AG, die überall ihre Aufkleber hingepappt hatte, falls die Antennen schnell repariert werden mussten. Anti-Grüne-Hähne, für das Prestigeobjekt Friedrichroda, Stadt des schnellen, weltweiten Datenverkehrs. Da käme es auf Minuten an.

Van Lent betrat das Hoteldach. Zwischen Wolkenfetzen flirrten die Sterne. Man sah weit von hier. Mondlicht auf den Cumbacher Teichen – und weiter, fast am Horizont: Schloss Friedenstein. Die Wartburg in der Ferne. Im Norden der Kyffhäuser, da hielt der rotbärtige Erlöser des Vaterlandes seine traumlose Ruhe. Die Signallampen der Antennen leuchteten alle paar Sekunden die Umgebung tiefrot aus.

Sollte er auf sich aufmerksam machen? Besser nicht.

Er trat aus dem Licht des Aufgangs und schloss die Tür. Vorsichtig erkundete er das Dach. Die Blitzableiter, man musste aufpassen. Erschreckte Tauben stiegen auf. Empört machten sie sich davon in eine unruhige Nacht.

„Ist da wer?", hörte er Sebastian rufen.

Van Lent pirschte um den Fahrstuhlschacht. Er ermahnte sich, leiser zu atmen. Eine offene Truhe stand da, grüne Plaste, wie aus der Gartenabteilung vom Baumarkt. Darin der Krempel der Jugendlichen. Das Prunkstück war eine Wasserpfeife. Ordentlich aufgeräumt, dass es den Kleingärtnern eine Freude wäre. Dahinter kauerte Sebastian. In eine Decke gehüllt. Er hielt sich noch immer den Kopf. Das Blut trocknete in seinem Gesicht. Mit großen Augen starrte er van Lent an.

„Warum bist du nicht geflogen?", fragte van Lent.

„Weil ich es nicht kann."

„Da kommst du hierher? Ein bisschen hoch für einen Anfänger, findest du nicht?"

„Wie sind Sie hier hochgekommen?"

Van Lent lächelte schmal. Sebastian sah es im roten Blinken der Antenne. Das Brummen hörte man hier oben kaum.

„Steh auf!", befahl van Lent. Sebastian erhob sich zitternd. Die Kletterpartie hatte ihm nicht viele Reserven gelassen. Er versuchte, nur halbherzig, noch einmal loszurennen, fiel aber sofort über den Blitzableiter.

„Was haben Sie vor?"

„Stell dich dahin", sagte van Lent und stieß ihn vor die Antenne, mit Gesicht nach Osten. Van Lent fesselte ihn mit Handschellen, die er am Nachmittag mit feinem Silberdraht umwickelt hatte, an einem der Kabelstränge, die die Antenne mit Strom und Daten versorgte. Strom und Daten, die sie durch Friedrichrodas Stuben pulsen konnte. Feine Wellen, nur den Sensibelsten ein Ärgernis. Aus seiner Jackentasche fingerte er die Drahtrolle und legte lose noch mehrere Schlaufen Silber um Sebastians Hals, über sein Gesicht, seine Beine, Hände und seinen Bauch. Zu guter Letzt fand sich ein Pflaster, das klebte er auf Sebastians Kopfwunde. Der Junge nahm es hin. Wie abwesend starrte er ins Dunkle.

Van Lents Ohrfeige brachte Sebastians Aufmerksamkeit zurück. Er schreckte auf und sah den Pfarrer auf und ab gehen wie einen Gockel. Der Pfarrer sang: „Du Morgenstern, du Licht vom Licht! Erleuchte, die dich kennen nicht!"

Tief holte er Luft und hauchte Sebastian an. Dann verabschiedete sich van Lent höhnisch. „Denk mal über Nacht drüber nach!"

Sebastian schob sich mit dem Rücken an der Antenne hoch. Das Gesicht verzerrt vor Schmerzen, weil das Adrenalin nachließ. Der Kopf dröhnte. Der Mond und die Sterne versanken hinter den Dampfwolken, die sein Atem in den Nachthimmel steigen ließ. Zuerst schrie er um Hilfe, dann sang er vor sich hin, später zappelte er nur noch, um sich warm zu halten.

Van Lent stieg hinunter in den Mitarbeiterflur, legte sich auf die Pritsche im Erste-Hilfe-Raum und fiel sofort in einen tiefen Schlaf.

Für den Rest der Nacht gibt es keine Zeugen.

* * *

Gegen fünf erwachte van Lent und stellte sich ans Fenster. Die Venus stand am Himmel. Gleich war es soweit. Hier gab es einen Wasserkocher. Bald schlürfte er Fencheltee und trat wieder auf das Dach, die Tasse in der Hand. Beruhigt sah er, dass Sebastian sich noch regte. Dann würde er gleich seinen Beweis bekommen. Die Zeitungsfrau schlich tief unten durch das Neubaugebiet. Eine bucklige Gestalt von beinahe achtzig, deren Rente nicht reichte.

Langsam wurde es heller. Autos fuhren, Hähne krähten und die ersten Strahlen der Sonne krochen von Osten heran. Pfarrer van Lent stand neben Sebastian.

Das Blinken der Antenne ging unter im Morgenrot.

„Irgendwelche letzten Worte, die ich der Nachwelt überliefern soll?"

Keine Reaktion.

Van Lent begann zu beten. Das Vaterunser.

Sebastian weinte stumm.

Van Lent betonte scharf die Worte „und erlöse uns von dem Bösen!", da blitzte ein Sonnenstrahl über den Thüringer Wald und traf Sebastian, doch er lächelte und schien sich daran zu freuen. Van Lent trat zur Seite, um keinen Schatten auf seinen Gefangenen zu werfen. Er beugte sich zu ihm, beäugte das getrocknete Blut und die picklige Haut des Heranwachsenden. Keinerlei Veränderungen. Kein Rauch. Sebastians Hände fühlten sich weiter kühl an. Zu kühl.

Annas Bericht über die Hinrichtung ihrer Eltern zufolge hätte Sebastian unbedingt Feuer fangen müssen. Indes, Sebastian schien froh zu sein, die Nacht überlebt zu haben.

„Ich bin geheilt", stammelte Sebastian, wohl in der Annahme, dass der Pfarrer das hören wollte. Van Lent, drauf und dran, vor seinem Versuchskaninchen im Boden zu versinken, hörte es mit Erleichterung. Peinlich berührt achtete er darauf, seinen Draht wieder ordentlich aufzuwickeln, ohne Sebastian dabei anzusehen.

Diese Aktion würde Fragen aufwerfen. Das würde Ärger geben. Richtigen Ärger.

„Unten gibt es Kaffee", sagte van Lent und deutete auf die Bäckerei unten im Neubaugebiet. „Wir nehmen die Treppe."

Beim Bäckerladen standen einige, die schauten rüber auf den Pfarrer und den schwarzen Jungen, die gemeinsam aus der Tür traten. Natürlich so, als wäre alles ganz normal. Van Lent hatte Käsebrötchen für Maya gekauft. Bestimmt wäre sie schon wach.

Die ganze Zeit hatten Sebastian und er nicht mehr gesprochen. Der Junge schwieg. Merkwürdig.

„Lass es dir eine Lehre sein!", sagte van Lent vor dem Pfarrhaus zu Sebastian. „Nächsten Sonntag sehe ich dich zum Gottesdienst. Es gibt Abendmahl."

Sebastian nickte. Dann lief er stolpernd nach Hause.

Am Nachmittag passte Frau Multhaupt den Pfarrer ab. Sie drückte ihm fest die Hand und dankte, dass er das Problem mit den schwarzen Jungs und ihren rumänischen Sitten in die Hand genommen hatte. Margit habe ihr berichtet. Dann entschuldigte sie

sich bei ihm für das Verpfeifen beim Landeskirchenamt – sie nannte es: informieren – und schenkte
ihm ein silbernes Kruzifix, das er von dem Tag an
um den Hals trug.

Abends schenkte ihm Margit Matischak eine Flasche Cognac. Sie lachte.

„Er hatte einen solchen Schiss, als der Pfarrer ihn in der
Gasse angehalten und ihm auf die Pelle gerückt ist!"

Sie bedankte sich herzlich. Sebastian habe geweint,
wie ein kleiner Junge. Sie müsse sich für Volkmar
entschuldigen, ja, der sei merkwürdig in letzter Zeit,
richtig merkwürdig, aber das wäre ein anderes Problem, das mit Sebastian nichts zu tun hätte. Tief im
Inneren sei Volkmar bestimmt dankbar. Sie meine
den alten Volkmar, nicht den jetzigen, der immer
häufiger irgendwie abwesend schien.

Margit schluckte, sie biss sich auf die Lippen, es
schienen Sätze zu sein, die van Lent nicht hören
sollte, die sie verbarg. Dann fasste sie sich wieder
und bedankte sich beim Pfarrer für dessen Radikal-
kur an ihrem Sohn. Nie hätte sie sich vorstellen können, dass so etwas hilft. „Lernt man das eigentlich
in der Ausbildung zum Pfarrer?"

„Das Verrückte ist, dass du ihm tatsächlich geholfen
hast", wiederholte sie. „Besonders dieser Tanz der
Vampire, den du inszeniert hast."

Stumm schob sie ihm eine zerknickte Speicherkarte
rüber. So bald würde es kein Pfarrer-Video auf You-
Tube geben. Sebastian hatte die Karte ausgehändigt
und Volkmar mit dem Hammer darauf geschlagen.

„Aber ich habe keine Vampir-Revue inszeniert",
sagte van Lent.

Kapitel 14

„Schon klar, Jakob", sagte Margit und zwinkerte van Lent zu. Sie schob eine frische Tasse Kaffee über den Küchentisch. „Gegen Mitternacht tanzten sie um ihn herum, schwangen ihre Mäntel und bleckten ihre Zähne. Ihr Anführer trug so einen dunkelroten Anzug oder violett, wer kann das schon sagen, und er schwang ein Stöckchen. Gott, Sebastian hatte Angst, er würde gleich vernascht." Frau Matischak drückte van Lents Hand. „Du hast natürlich nichts damit zu tun …" Sie ließ seine Hand gar nicht mehr los.

Natürlich dachte sie, Sebastian hätte sich eingeschissen, obwohl nur das Finsterberger Männerballett für ihn getanzt hatte. „Hotel Transsylvanien". Unter dem Motto feierten sie nämlich in diesem Jahr Fasching.

Volkmar glaubte kein Wort. Er fuhr zum Hotel und sprach mit Herrn Pionteks älterem Bruder. Dass er in der Nacht Dienst gehabt hätte, bejahte der Nachtwächter. Aber als Volkmar ihn fragte, ob das Finsterberger Männerballett sich aufs Dach geschlichen hätte, kicherte Piontek nur und schüttelte den Kopf. Mit Wut im Bauch kehrte Volkmar zurück. Wieder völlig durch den Wind, stolperte er, fiel die Treppe zur Terrasse herauf, blutete, aber schien es nicht zu bemerken, stieß sich mit dem Kopf an der Tür vom Küchenschrank und zog doch seinen Weg unbeeindruckt Richtung Flur.

Was er von Van Lents Meisterleistung halte, rief Margit ihm hinterher. Ob er sich nicht bedanken wolle. Ihr Mann drehte sich ruckartig um. Seine Augen sprühten Hass. Sie fragte kein zweites Mal. Er müsse sich umziehen, sagte er. Van Lent schlürfte rasch seinen Kaffee aus. Er musste jetzt zu Maya. Abendbrot.

„Es ist erst fünf", widersprach Margit. Eine Bitte hätte sie noch, Jakob solle doch auch mal mit Volkmar reden. Nur fünf Minuten.

Van Lent versuchte auszuweichen, Matischaks Auftritt war ihm nicht entgangen. Er erfand weitere Gründe, dass er jetzt gehen müsse. Aber Margit hakte ihn unter und schleifte ihn mit in ihr Wohnzimmer.

Dort saß Matischak, als sei nichts gewesen, und schaute die Zusammenfassung eines Biathlonwettkampfs. Margit platzierte van Lent neben dem Hausherrn.

Van Lent nahm es hin, fragte, wer vorne liege, obwohl es ihm egal war, solange Maya nicht mitlief. Er betrachtete Matischak genauer: Seine Lippe war dick angeschwollen. Unrasiert und fahl, mit einer abgenutzten Jogginghose fläzte Matischak auf der Couch. Einen alten Morgenmantel hatte er wie eine Decke übergeworfen. Gut, dachte van Lent, Volkmar ist hier zu Hause, er hat Feierabend.

„Ich bin, hm, krank", gab der Bürgermeister zurück, ohne die Hand aus seinem Hosenbund zu nehmen. Van Lent verstand sofort, dass er gehen solle. Margit blieb hartnäckig.

„Eben darum", sagte Margit. „Unser Gast ist der Pfarrer. Er kann helfen, er hat es grade bei unserem Sohn bewiesen."

„So krank bin ich auch wieder nicht."

Volkmar blinzelte sie kampfeslustig an.

Dass van Lent bleiben durfte, hatte erkennbar nur mit Höflichkeit zu tun. Margit kam mit Bier herein, bediente die Herren. In den Türrahmen gelehnt wachte sie darüber, dass ein Gespräch zustande kam.

„Du hast also angefangen, bei uns, hm, Vampire zu bekämpfen?"

„Und wenn es so wäre?"

„Das wäre dein Ende."

„Inwiefern?"

„Du könntest nicht mehr agieren als Pfarrer mit so einem Spleen." Volkmar stand auf. „Sag, glaubst du, dass es bei uns Vampire gibt?"

„Wen geht es etwas an, was ich glaube!"

Volkmar lachte dunkel. „Immerhin bist du der Hirte dieses Ortes!"

„Zieh deine eigenen Schlüsse, Volkmar. Als wüsstest du nicht mehr, wie wir die Beine in die Hand genommen haben und geflohen sind, als der unheimliche Wind begann."

„Das war doch, hm, nur ein Lüftchen."

„Warum dann die Panik? Von allen! Warum haben wir alles zurückgelassen? Und nicht mehr drüber geredet. Keiner."

226

„Reine Freundlichkeit, mein Bester, es war doch, hm, viel zu viel für uns. Da sind die Neuen halt nicht erschienen zur Mahlzeit wie gedacht. Andere Länder, andere Sitten, hm, hm, das darf man nicht übel nehmen. Essen sie es halt später. So viel Toleranz muss sein."

Es roch immer stärker nach einer Mischung aus Harzer Käse und Katzenpisse in Volkmars Stube. Margit schämte sich.

„Du wusstest gleich, was Sepulkralmöblierung bedeutet, oder?", fragte van Lent.

Volkmar grinste breit und bleckte die Zähne.

„Sei dir nur einer Sache bewusst. Falls es sie hier gibt, diese … Vampire …" Das Grinsen verbreitete sich immer mehr. „Falls es welche gibt, dann wissen sie von dir. Und es geht dir recht bald an den Kragen. Am besten – ich spreche als, hm, als ein Freund: Packt Eure Sachen, Pastor, verschwindet von hier. Sonst muss ich als Bürgermeister sprechen."

„Volkmar, du machst mir Angst", rief Frau Matischak dazwischen. „Schon wieder!"

Aber die beiden Männer schwiegen. Volkmar ließ den Kopf hängen und wirkte, als hätte man eine Marionette in die Ecke gehängt. Van Lent starrte auf seine Bierflasche und dachte nach. Was sollte das für einen Sinn haben: mir etwas einzureden, was ich gar nicht glauben oder wahrhaben will, und dann, wenn ich es glaube – oder zu glauben beginne –, geht es um Leben oder Tod? Was ist das für ein Haus, dieses Schloss, dass seine Bewohner gespalten sind? Oder ist es ein Netz, das sie für mich ausspannen? Und Anna? Welche Rolle spielt sie?

Eine weiche Stimme antwortete ihm, so, dass nur er es hören konnte. Mehr Gedanke als wirkliche Stimme, aber er hatte den Eindruck, dass inmitten der finsteren Wolke, die den Ort überdeckte, eine sanfte Stimme von oben zu ihm durchdrang: Vielleicht ging es vorher schon um Leben oder Tod, ohne dass du es wusstest? Doch die Gefahr wird dir erst jetzt klar, so flüsterte sie ihm zu.

Aber was hat es für einen Sinn, mich mit dem Tod zu bedrohen, für etwas, das sie mir erst eingeredet hat, dachte van Lent.

Es ging wohl darum, dass du deine Berufung findest, sagte die Stimme.

Van Lent hatte genug. Er stellte sein Bier ab und verließ, ohne sich zu verabschieden, das Haus der Matischaks.

In dieser Nacht wusste van Lent nicht, was ihn geweckt hatte. Im Gegenteil schien ihm alles eigentümlich still. Es war eine Stille wie eine Decke aus Blei, die sich über einen legt, die man nicht von sich werfen kann. Mondlicht flutete das Pfarrhaus. Van Lent sah auf die Uhr, es war kurz nach halb drei. Er horchte gespannt. Irgendetwas war anders.

Eine Diele quietschte, ganz sacht, als schliche jemand über den Flur. Van Lent kniff sich, ob er träumte. Dann erkannte er das Gefühl wieder, das sich seiner bemächtigt hatte. Er kannte es von seinem Besuch bei Friedrich. Die Kälte. Das Grauen. Van Lent stellte sich vor, wie er seinen Schild hochhielt, wie er standhielt allen Kräften, die ihn niederhalten wollten.

War Friedrich hier – wie im Traum? In seinem Haus?

Van Lent stand auf. Er musste nach Maya sehen.

Sie schlief auf dem Klappsofa in seinem Studierzimmer. Der Mond leuchtete auf ihr Gesicht. Sie lächelte. Van Lent strich ihr die Haare von der Wange. Maya zuckte, aber sie schlief weiter. Da hörte er es wieder quietschen. Oder schaben? Es kam aus der Küche.

Jetzt roch er es, es war physisch zu greifen, als ob der Geruch dieses verwunschenen Schlosses einen Körper angenommen hätte. Oder als wäre er die Katzenpisse von Volkmars Stube nicht losgeworden. Wie kann man so verwahrlosen? Als Bürgermeister zweier Kurorte.

Van Lent schlich über den Gang. Es war nicht Friedrich. Es war auch keine Traumvision von Benedikt. Er sah in die Küche. Da stand der untersetzte Diener aus Schloss Reinhardsbrunn, Ignatius. Er zog die Schubladen auf und ließ sie wieder zugleiten. Wie ein Dreijähriger. Erstaunlich, so eine magnetische Einzugsautomatik, dachte van Lent, es gibt doch immer wieder Neues unter der Sonne. Merkt man natürlich nur, wenn man gelegentlich an die Sonne kommt.

Van Lent wunderte sich, dass der Eindringling sich nicht umdrehte, der Diener musste ihn längst entdeckt haben, allein durch sein Spiegelbild im Glas des Hängeschrankes. Oder konnten Vampire kein Spiegelbild wahrnehmen, weil sie selbst keines warfen? Wieder war das quietschende Gekicher des Untersetzten zu hören, ganz ähnlich einem unregelmäßigen Hamsterrad. Ignatius ließ die Finger über van Lents Besteck tanzen, nur scheinbar ganz darin versunken, die Gabeln und Messer sorgfältig abzuzählen. Dann flötete er mit veränderter Stimme Mayas Namen.

„Maya … Maya … Bist du noch wach, mein Schätzchen?"

Van Lent fühlte eine hilflose Wut in sich aufsteigen. Eine Wut, die jeder kennt, der unvermittelt eine Tonbandaufnahme seiner eigenen Stimme hört und sie dabei zugleich wiedererkennt und doch ablehnt. Der Vampir sprach wie er. Er wollte Maya locken! Aber van Lent würde sie nicht kampflos preisgeben. Er packte den Küchenstuhl, schwang ihn über den Kopf und stürzte mit Gebrüll vorwärts. Der Stuhl zerkrachte am Hinterkopf des Vampirs, van Lent stürzte hinterher und glitt an ihm herab auf den Fußboden. Der Untersetzte tänzelte zur Seite und stand nun über dem liegenden van Lent.

„Guten Abend …", hörte van Lent sich sagen.

Dann kicherte der Untersetzte lauter und lauter. „Bin ich denn ein Hund, dass man mich mit einem Stuhlbein jagt?"

Der Vampir hob eines der Stuhlbeine auf und spielte damit. Van Lent schob sich nach hinten. Der Untersetzte stellte einen Fuß auf seinen Unterschenkel. Erneut kicherte er.

„Es gibt nicht mehr viel frisches Blut in Friedrichroda. Jeden Abend fliegen wir weiter aus. Heuer werde ich gleich zwei Seelen in mich aufnehmen. O mein Herr, wie ist er gut zu mir!"

230

Er ließ sich nieder, setzte sich auf van Lents Bauch, drückte die Knie auf dessen Arme. Mit den Fingern durchfuhr er van Lents Haare und streichelte ihm über die Wangen, strich ihm mit Spucke die Augenbrauen glatt.

Der Ekel drohte van Lent zu übermannen. Er strampelte mit den Beinen, um sich zu befreien, doch der Untersetzte war noch stärker als Anna. Ignatius öffnete sein Maul und leckte sich mit einer langen, spitzen Zunge über die Lippen. Van Lent sah Reißzähne, die weiter und weiter aus dem Kiefer fuhren. Weiß blitzende, eisige Gipfel, das Einzige, was an Ignatius sauber erschien.

„Ich hebe meine Augen auf zu den Bergen. Woher kommt mir Hilfe?"

Mit beiden Händen packte der Vampir Jakobs Kopf, überstreckte ihn nach hinten, leckte ihm über den Hals und wollte zubeißen, als er schmerzvoll aufschrie. Er sprang hoch und fasste sich an den Hinterkopf, wo eine schwarze Flüssigkeit herablief.

Vampirblut.

Etwas hatte ihn getroffen, van Lent sah, was es war. Der Kerzenleuchter aus dem Flur. Sein Kellerleuchter. Echtes Silber. Maya stand im Türrahmen. Sie kam, um ihn zu retten, und hatte sich den erstbesten Wurfgegenstand geschnappt und das Einzige erwischt, das dem Vampir gefährlich werden konnte. Für einen Moment schien der Vampir nicht zu wissen, wem er sich zuwenden sollte. Der Treffer am Rücken hatte ihn aus dem Konzept gebracht. Er gab van Lents Arme frei. Van Lent streckte sich und griff nach dem Kerzenleuchter. Damit hieb er nach den Beinen des Vampirs. Der stolperte zur Seite, um den Schlägen auszuweichen. Van Lent rappelte sich hoch.

„Maya!", rief van Lent. „In die Stube! Hol das gute Besteck!"

Der Vampir wollte hinterher, aber van Lent bearbeitete ihn weiter mit dem Kerzenleuchter, bis er strauchelte. Van Lent schwang den silbernen Kandelaber wie einen Zweihänder und zog mit den Schlägen dem Untoten die Kraft aus den Knochen. Der Silberleuchter wurde warm in seiner Hand. So stark Ignatius vorher gewesen war, er konnte dem silbernen Leuchter nichts entgegensetzen. Die Kräfte des Jägers aber nahmen zu. Schließlich lag Ignatius auf dem Küchentisch. Van Lent drückte ihm den Kandelaber direkt auf das Brustbein.

Maya kam mit dem Besteck. Van Lent zeigte ihr, wie sie den Kandelaber halten musste. Er griff sich ein silbernes Messer und rammte es dem Vampir durch die Schulter bis in den Tisch. Es fuhr hindurch wie durch ein Stück Margarine und blieb im Holz stecken.

„Wie stark du bist", sagte Maya. Sie reichte van Lent eine Gabel. Die rammte der dem alten, stinkenden Sack durch den Arm. Es dauerte nicht lange: Der Vampir lag silberdurchbohrt auf dem Küchentisch und jammerte.

Maya ging um ihn herum. Sie betrachtete ihn genau. Ich bin stärker als gedacht, wunderte sich van Lent.

„Hat er meine Mama ...?"

232

„Oh", kicherte Ignatius, „wir sind viele!"

Sie zog ihm den Kandelaber über den Kopf.

„Lass es, Maya. Halt ihn einfach."

Maya hatte etwas Resolutes in den Augen, das über den kindlichen Wunsch nach Rache weit hinausging. Sie drückte dem Vampir den Kerzenhalter auf die Brust. Das hielt ihn in Schach. Maya wirkte routiniert wie beim Biathlon. Kühle Entschlossenheit, registrierte van Lent. Erstaunlich.

„Wenn du das kurz alleine schaffst", sagte van Lent, „ich hole schnell ein Werkzeug."

Maya ließ keinen Zweifel aufkommen.

„Aber quäl ihn nicht", fügte er an, weil er irgendetwas Erwachsenes sagen wollte. Er trug schließlich die Verantwortung hier.

Van Lent holte einen Hammer aus der Werkzeugkiste und einen Hobel. Dann fing er an, das Stuhlbein zu spitzen. Der Untersetzte bettelte um Gnade. Es gäbe einen eleganteren Weg, ihn zu erlösen. Es wäre ein wenig Aufwand, sie müssten nach Wien, dort gäbe es eine kleine Kapelle, wo er einstmals erstanden wäre. Wenn van Lent ihm das Abendmahl reichen würde, dann würde er sein Schicksal gerne annehmen.

„Willst du oder soll ich?", fragte van Lent.

„Ich will es probieren", sagte Maya.

Van Lent reichte Maya den Hammer. Er setzte das Stuhlbein auf den Brustkorb des Vampirs.

„Haltet ein! Bei allem, was Euch heilig ist! Ich habe noch viel zu sagen. Ich kenne Friedrichs Pläne, ich will sie Euch kundtun. Euch steht Schlimmes bevor!"

„Aber hau mir bloß nicht auf die Finger, Maya."

Maya schwang den Hammer und schlug zu. Das Holzbein fuhr in den Brustkorb und durchbohrte das Herz des kichernden Lakaien. Er spuckte etwas von dem schwarzen Saft und lag kurze Zeit still da, wie für ein letztes Atemholen. Dann begann es in ihm zu zucken und zu reißen. Seine Augäpfel platzten. Ein Knäuel von Würmern, die in seinem Kopf fraßen, brach hervor. Groß war die Gier dieser Würmer.

„Nicht wie im Bio-Buch", stellte Maya fest.

„Ich halte Wache, Maya. Du gehst ins Bett. Morgen schreibst du den Reli-Test."

Maya verabschiedete sich mit einem Kuss auf die Wange.

„Gestern Nacht, warst du da auch auf der Jagd?"

„Und wenn es so wäre?"

„Ich möchte mit."

„Zu jung." Van Lent schüttelte den Kopf. „Aber die anderen kriege ich noch, das verspreche ich dir! Und jetzt wird geschlafen, heute ohne Vampirgeschichte."

Van Lent saß eine Weile an der Seite des verfallenden Leichnams und lächelte. Christina hatte immer gesagt, die Küche sähe aus wie ein Schlachtfeld. Was würde sie dazu sagen?

Er wusste nicht, wie viel Zeit vergangen war. Eine Hand legte sich von hinten auf seine Schulter. Van Lent griff nach ihr und hielt sie fest; sanft, wie er meinte. Es war ihm klar, dass sie überall hereinkäme, wenn sie es wollte. Ihre Hand war wärmer als gedacht.

„Anna."

„Ihr habt ihn besiegt?"

„Wen? Den Kleinen da?"

„Ignatius!"

„Mit Mayas Hilfe."

„Ihr konntet ihn nicht besiegen."

„Nein?"

„Kein normaler Mensch kann das." Sie umarmte ihn von hinten. Ihre Wange lag an seinem Hals. „Ihr habt eine Berufung! Glaubt mir endlich!" Langsam käme sie zu der Gewissheit, raunte sie, während er ihre Lippen an seinem Hals spürte, seine Berufung sei noch größer, als sie gewagt habe zu träumen. Möglicherweise wäre es ihm gegeben, eine jahrhundertealte Rechnung zu begleichen. Wenn sie es nur irgendwie einrichten könnte, sie würde dafür sorgen. Sie hatte sich ganz an ihn geschmiegt.

Van Lent lächelte zufrieden. „Eines will mir nicht in den Sinn: Friedrich hätte Gelegenheit gehabt, mich zu beißen. Und auch Ignatius. Auch du, Anna. Warum bin ich verschont worden? Liegt es an meinen Vampirjäger-Genen? Und weshalb nicht Maya?"

Anna ließ ihn los. „Wisst Ihr es wirklich nicht? Es ist das Wasser! Ihr trinkt aus der alten Quelle der Ludowinger."

„Der Brunnen? Nein. Das Wasser hilft gegen gar nichts. Es ist ein Marketing-Trick."

„Irrtum, Eure Geistlichkeit. Es hilft gegen Vampire."

„Sie finden es eklig? Wie Knoblauch?"

„Mehr noch. Es raubt ihnen die Kraft."

Kapitel 15

Jakob wurde ernst, er nahm Annas Gesicht in seine Hände. Sie ließ es geschehen.

„Ich werde dich heilen, Anna, ich bin entschlossen."

Anna sagte nichts.

„Was ist los, freust du dich nicht?"

„Es ist nur … Wir haben nicht viel Zeit."

„Warum?"

„Friedrich will das Ritual durchführen. In der Kapelle."

Er erschrak. „Das heißt, er möchte neue Vampire produzieren…?"

Anna wirkte schwer betrübt. „Nur einen…"

Sie schluckte. „Dein Junge…"

„Nein!", van Lent schrie auf.

„Sein Grab wird gerade geöffnet."

Van Lent tobte. Er schlug gegen die Wand. Anna legte ihm eine Hand auf die Schulter. „Wann?", fragte er schließlich. „Wann beginnt das Ritual?"

„Aschermittwoch", sagte sie.

„Aber das ist schon in morgen Nacht!"

„Um Mitternacht. Wenn Aschermittwoch beginnt."

Vorher müsste van Lent den Meister erledigt haben,

weil er das Ritual sicher pünktlich beginnen würde. Die zwölf Schläge von St. Blasius, auf die käme es an, die würden die Larve verankern und Benedikt in den Schatten rufen. Für immer würde er den Schatten gehören, Blut trinken und vergessen, was früher war. Vielleicht würde er irgendwann „Papa" zu Morsus sagen.

Van Lent überlegte, ob er Anna mitnehmen könnte, in den Keller, um ihr zu zeigen, was er vorbereitet hatte. Es gab viele Fragen. Was ist eine Larve? Was heißt verankern?

Der Schrei einer Eule riss ihn aus seinen Gedanken.

„Er ruft nach ihm", sagte Anna. Van Lent konnte sie nicht aufhalten. Er ärgerte sich. Der Ruf einer Eule schien für sie wichtiger zu sein, als seine Bereitschaft, endlich zu helfen. „Bitte", sagte er noch. Anna drehte sich tatsächlich noch einmal um. Sie zog ein Messer aus ihrem Gewand. Spielerisch ließ sie das Metall aufblitzen. Sie lächelte van Lent an. Dann schnitt sie sich eine Strähne kupferroten Haares ab.

Van Lent hatte sie noch in der Hand, als er am Morgen erwachte.

Kaum hatte er Maya zur Schule geschickt, klingelte die Haustürglocke. Draußen stand der fette Psychologe, den man nicht übersehen konnte. Dr. Haase. Er keuchte noch ein wenig. Der lange Weg vom Hotel zum Pfarrhaus, welchen er zu Fuß zurückgelegt hatte. Seine Knie schmerzten. Solveigs Kurier hatte ihm einen letzten Trumpf in die Hand gedrückt.

Schlau, wie er war, bemerkte Dr. Haase, dass dieser Trumpf zugleich ein Ultimatum an ihn selbst war, endlich etwas zu bewirken. Das schmeckte bitter. Aber er hatte einen letzten Trumpf im Ärmel, den er heute ausspielen wollte.

Er begegnete einem selbstbewussten van Lent; heiter und mit roten Wangen führte der ihn in sein unteres Büro.

„Haben Sie wieder getrunken, van Lent?"

„Ich trinke aus einer Quelle, die Sie nicht kennen."

„Sie haben den Sohn des Bürgermeisters gefesselt."
Im Café Busch gab es wohl kein anderes Thema, was der Pfarrer angeblich getan hätte.

„Das war ein Versuch."

Haase schüttelte den Kopf. Van Lent interessierte nicht, was er über die Irritation berichtete, die im Landeskirchenamt herrschte. Der Fettwanst hibbelte ungeduldig auf van Lents Bürostuhl und fischte nach einem Anlass, seine Stichworte einzuspielen: Xenophobie. Ungedeihlichkeit. Die Sache mit der Antenne. Aber van Lent fing immer wieder mit der Vampirin an. Der Tanz aus dem letzten Gespräch wollte nicht wieder in Gang kommen. Van Lent ließ sich sogar herab zu sagen, er komme ungelegen.

Haase beschloss, seinen Trumpf auszuspielen.

„In diesem Schreiben verdeutlicht Oberkirchenrätin Dr. Solveig Müller-Spätfrost, dass Ihre Ordination geknüpft ist an Ihre Kooperation mit mir."

Er legte triumphierend das Schreiben mit dem Siegel des Landeskirchenamtes auf den Tisch und legte einen zweiten Brief daneben, auf dem er sich von

238

van Lent den Erhalt des amtlichen Schreibens quittieren ließ.

„Um es kurz zu machen: Dienstag, 24 Uhr. Dann ist Schluss. Demnach werden Sie schon heute Nacht die längste Zeit ordinierter Pfarrer gewesen sein. Ihre Vollmacht wird Ihnen entzogen. Bis zu der Bestätigung Ihrer vollständigen Genesung durch unser Institut. Einen anderen Weg sehen sie jetzt nicht mehr."

„Wer sie?"

„Das Landeskirchenamt."

„Aber ich habe Beweise", sagte van Lent.

„Nennen Sie einen."

„Gehen Sie doch nur mal tagsüber durch die Fußgängerzone in Friedrichroda."

„Wie ausgestorben."

„Sehen Sie!"

„Vampire müsste ich sehen", sagte Haase.

Das war absurd und bestechend zugleich. Haase grübelte. Van Lent fuhr fort: „Lesen Sie die Todesanzeigen." Und er begann von Monika zu erzählen. Bei diesem Mann käme man mit Druck nicht weiter. Solveig hatte sich verschätzt, wirklich. Haase machte einen Schritt zurück: „Angenommen, ich glaube Ihnen und komme mit Ihnen – würden Sie mir dann Ihre Vampire zeigen?"

Es war mehr ein seelsorgerliches Spiel, als er ihn darum bat, aber van Lent nahm die ausgestreckte Hand: „Ich würde Sie in den Dienst nehmen."

„In den Dienst als was?" Haase wusste, dass Therapeut und Klient einen Kontrakt schließen müssen.

Aber innerhalb dieses seltsamen Spieles – konnte er dem zustimmen? Allerdings: Wenn es für van Lent ein Spiel war, dann sollte es auch etwas zu gewinnen geben.

„Als meinen Gehilfen", sagte van Lent.

„Wozu?"

„Zur Jagd natürlich."

Ein Gehilfe müsste natürlich einen Lohn erhalten, dachte Haase. „Und dann sehe ich sie? Die Vampire? Schon heute vor Mitternacht?"

„Mehr, als Ihnen lieb sind."

„Aber eines sage ich Ihnen – wenn ich keine Vampire sehe, wenn das heute Nacht schiefläuft, dann erwarte ich zwei Dinge. Erstens, Sie unterschreiben demnächst mein Protokoll."

„Was für ein Protokoll?"

„Abläufe und Ergebnisse unserer Sitzungen."

„Wozu sollte das gut sein?"

„Es dokumentiert, wie das Pastoral-Agapädische Institut …"

„– also Sie"

„… wie ich Ihnen geholfen habe, wieder in die Spur zu finden. Ohne dass einer endgültigen Entscheidung der Personalkommission vorgegriffen würde, natürlich."

Van Lent schaute ihn mitleidig an. Haase senkte den Kopf. „Danke."

„Was ist das Zweite?", fragte van Lent.

„Sie erlauben mir ein Buch über Ihren Fall und die Frage nach Ihrer – ich nenne sie einmal so – eingebildeten Klientin."

240

„Sie können nicht …"

Haase hob abwehrend die Hände. „Oh nein, es geht mir nicht darum, Sie verächtlich zu machen. Es geht mir darum, die Ressourcen aufzuzeigen, die phantastische Vorstellungen bedeuten können und wie sie heilen können. Eine Synthese aus Seelsorge und Psychotherapie. Es wäre wirklich sehr hilfreich für mich."

„Sie verstehen nicht", sagte van Lent. „Wenn unser Einsatz heute Nacht schiefläuft, werden Sie keine Gelegenheit mehr haben …"

„Nein, nein", sagte Haase, „damit kann ich leben."

Van Lent hieß ihn folgen. Sie stiegen hinab in den Keller des Pfarrhauses. Mit Mühe zwängte sich Haase durch die Türen eines braunen Schrankes in einen feuchten Gang. Baulichter zeigten ihnen den Weg. Nach etwa fünfzehn Metern traten sie durch eine Tür. Eines der ältesten Gewölbe Friedrichrodas tat sich auf. Eine Bauerntruhe stand da, bunt verziert und uralt. Dazu ein Tisch. Von Ikea. Die Tür fiel zu.

„Hier sind wir sicher."

„Ist es das, was ich denke?", fragte Haase.

Van Lent nickte.

„Die Krypta von St. Blasius?"

Über ihnen Dreck und Fundament, darüber der Altar. Van Lent öffnete die Truhe. Mit einer Kopfbewegung wies er Haase darauf hin.

„Was haben Sie vor?", fragte Haase. Dass van Lent ihm diesen Rückzugsort zeigte, war ein Vertrauensvorschuss. Keine Frage.

Van Lent nahm ein paar Lederhandschuhe aus der Truhe und zog sie an. Als Nächstes folgte ein Brecheisen. Und ein klimpernder Rucksack.

Van Lent versprach, ein interessanter Fall zu werden. Haase entwarf für das Buch einen ersten Ansatz: eine höchst ungewöhnliche Zusammenstellung von Artefakten, die für ihren Träger mit einer geistlichen Macht besetzt sein mussten. Sonst könnten sie nicht die Kraft freisetzen, seine Selbstkontrolle wieder zu erlangen. Nach all dem, was van Lent zugestoßen war. Der menschliche Geist ist zu verblüffenden Volten fähig.

„Sie bleiben!", befahl van Lent.

Gleichwohl rüttelte Haase an der Tür, die hinter ihnen zugefallen war. Nach oben. Ins Licht.

„Ich bin nicht sicher, ob ich das will."

Van Lent bleckte die Zähne.

„Ich dachte, wir wären im Geschäft?" Haase zuckte zusammen, weil der Pfarrer eine Armbrust trug. Aber van Lent grinste dabei. „Wir brauchen Munition", erklärte der Geistliche. „Sie assistieren."

Van Lent breitete vierzig Pfeile auf dem Tisch aus, daneben legte er ein silbernes Kruzifix in A3-Größe.

„Das dient wohl auch als Waffe?", witzelte Haase.

Van Lent warf ihm eine Art Schwimmbrille mit roten Gläsern hin. „Halten Sie!" Van Lent gab ihm das Kruzifix.

Stumm zog sich der Pfarrer eine Brille über, griff die Lötlampe und richtete sie auf die Füße des Gekreuzigten. Haase überlegte, wie er das im Buch formulieren sollte.

Silber schmilzt bei 962 Grad. Jäger und Assistent gerieten ins Schwitzen bei der Arbeit mit Schmelztiegel und Lötlampe. Irgendwann hatten sie die dumpfen Schläge des Mittagsläutens nach unten dringen hören. Wie viel Zeit war seitdem vergangen? Am Ende lagen vierzig versilberte Pfeilspitzen vor ihnen und drei leere Gaskartuschen.

„Mehr Silber", sagte van Lent. „Wir bräuchten noch Messer." Damit könnte man die Köpfe abtrennen.

Haase schwitzte. Es wäre schade, wenn van Lent einfach nur ein Irrer wäre. Doch er stimmte zu. Silber, nach Sigmund Freud ist es das Metall des Mondes und der Nacht, so glaubte sich Haase jedenfalls zu erinnern: Projektionsfläche unserer Träume. ‚Seines Glückes Silberschmied' – wäre das nicht ein Buchtitel, der ihn am Ende sogar heraustreten lassen könnte, weit weg von Solveigs Schild und Schirm?

Van Lent beendete seine Vorbereitungen.

Damit gab er die Tür frei. Haase taumelte nach draußen. Durch den kühlen Gang zurück ins Pfarrhaus.

„Sie müssen sich entscheiden. Sind Sie auf unserer Seite – oder sind Sie gegen uns?"

„Ich bin Ihnen doch bereitwillig gefolgt", verteidigte sich Haase.

„Weil Sie Lohn suchen", sagte van Lent, „nicht, weil Sie glauben." Bevor Haase fragen konnte, wer genau noch alles zu ihrer Seite gehöre, kramte van Lent aus einer Schublade den Tresorschlüssel und öffnete den Safe der Kirchgemeinde. Er nahm den Kelch von 1580 und die Patene, diese kleine Schale, auf der die Hostien liegen, und steckte beides ohne viel Ehrfurcht in den Rucksack.

„Das dürfen Sie nicht tun", sagte Haase mit Blick auf den Brenner. „Das geht zu weit. Viel zu weit."

„Keine Angst", sagte van Lent. „Es muss eben ohne Messer gehen."

Er öffnete die Haustür. Maya trat ein. Sie kam aus dem Schulhort. Haase war Luft für sie.

„Wohin gehst du?", fragte Maya.

Er müsse etwas erledigen, brummte van Lent, und nein, sie dürfe nicht mitkommen. Als Abendbrot dürfe sie sich eine Pizza aus dem Tiefkühlschrank nehmen, falls er ausbleiben würde.

Als sie die Treppe hochflitzte, war ihm klar, dass sie – ganz nach der Art ihres Pflegevaters – aus dem Fenster schauen wollte, welche Richtung sie einschlagen würden. Nach kurzem Halt am Trinkbrunnen, van Lent füllte sich eine Flasche Brunnenwasser ab, bogen sie rechts ab in Richtung des Parks.

Zunächst ging Haase entspannt an van Lents Seite. Kapitel für Kapitel für Kapitel zeichneten sich ihm die Konturen seines neuen Buches ab. Von neuen Abgründen der Psyche wollte er berichten, Tiefseetaucher der Seele, der er war. Für den man ihn hielt. Die Luft war frostig wie der Empfang für den saudischen Außenminister im Vatikan. Dennoch tat Haase, als ginge es um nichts. Er pfiff sogar die ersten Takte des Rennsteigliedes. Dabei ging es um seinen Ruf.

Van Lent schüttelte nur den Kopf, aber nicht ärgerlich wie noch vorhin. Ob es Spott war oder Mitleid, van Lent wusste es selbst nicht. Es klimperte in seinem Rucksack, der schwer war, aber er ließ nicht zu, dass Dr. Haase ihm von der Last etwas abnahm. Wozu er denn einen Gehilfen bräuchte, wollte der wissen, aber van Lent meinte nur, er würde schon sehen. Sehen sollte er und begreifen.

Durch Haases Kopf geisterten Stimmen, die lauter wurden, je näher sie Reinhardsbrunn kamen. Sie befahlen, dieses dämliche Experiment abzubrechen. Aber er sagte nein. Sie schalten ihn einen Narren und schlugen viele recht altertümliche Formulierungen vor, in denen er Solveig die Geisteskrankheit van Lents als anhaltende Tagträumerei, ausmalen konnte, damit sicher war: Dieser Mann würde im Auftrag der Kirche nie wieder auf Frauen und Kinder losgelassen.

Diese Gedankenspiele erinnerten Haase daran, dass bald wieder ein Propst gewählt würde, dass man dafür vernetzt sein müsse in der Kirche, aber zugleich fremd genug, um noch den Reiz einer verblüffenden Personallösung zu versprühen. So wie er. Sollte er bei Solveig doch mal nachfühlen, wie Dr. Ahlwurst ihn fand. Das Buch könnte dann warten. Hauptsache, Solveig hielte noch zu ihm. Sie nähme ihn zurück. Es würde Tränen kosten. Tränen der Liebe. Des Leides. Der Hoffnung.

„Können Sie noch?", fragte van Lent, dessen Gang fest blieb. Haase humpelte.

„Es geht schon", meinte er. „Ich komme."

Von seiner Stirn lief so viel Schweiß, dass sein Taschentuch nur noch ein feuchter Lappen war. Getränkt mit dem Schweiß des Gerechten.

Wieder hatte van Lent ihn fast abgehängt. Wenn er ihn nur einholen könnte, sagte ihm eine neue Stimme in seinem Kopf, dann könnte er dem Verrückten einen Ast überziehen. Du könntest ihn im Schlossteich ersäufen. Aggressivität, dachte Haase, überrascht über sich selbst, sehr gut. Ich werde wieder zum Mann.

Keuchend erreichte er eine Minute nach van Lent den Eingang des Schlossparkes. Van Lent hatte befürchtet, dass sie durch irgendein Zaunloch kriechen müssen. Doch sie fanden die Seitenpforte des schmiedeeisernen Tores nur angelehnt.

„Ich habe Sie aufgehalten", entschuldigte Haase sich, „wir hätten eher hier sein sollen." Er hob seine linke Hand, so dass er einen Blick auf die Uhr werfen konnte. In einer Stunde griff die Düsternis wieder nach dem Park, dem Schloss und dem kleinen Städtchen am Nordhang des Thüringer Waldes. Es roch nach Nebel, dem Vorboten der Düsternis.

„Sie sollten noch etwas trinken", sagte van Lent. Haase lehnte ab. Er hob einen Buchenknüppel auf, der zufällig am Wegesrand lag.

Van Lent stieß die Tür auf, Metall ratschte über Stein und der Weg war frei.

„Warten Sie", rief Haase, stolperte und fiel auf die Nase. Er rappelte sich hoch, versuchte es wieder, aber es gelang ihm nicht, den Park zu betreten. Was war los? Der weite Weg - und jetzt? Mit einem Mal verspürte er einen großen Widerwillen gegen das seltsame Vorhaben. Hausfriedensbruch war das, nichts weiter, und wer weiß, ob nicht am Ende gefährliche Hunde dort lauerten oder juristischer Ärger, den er Solveig erklären müsste.

„Also?", fragte van Lent.

Haase lehnte sich gegen die unsichtbare Mauer, die das Schloss umfasste, so dass es schien, der Knüppel wäre sein Halt. Er keuchte. „Es ist besser, Sie gehen alleine. Es wird doch nicht lange dauern?"

Van Lent sagte nichts.

Haases Atem rasselte. „Denken Sie daran, mir einen Beweis mit rauszubringen, wenn Sie sich drinnen umgesehen haben, einen schwarzen Mantel oder einen entsprechenden Zahn."

Haase versuchte ein Lachen. Van Lent blieb ernst.

„Das würde gar nichts beweisen."

„Dann kommen Sie doch herausgeflogen mit dem Umhang."

„Für denjenigen, der nicht glauben will, ist kein Beweis gut genug."

„Herr van Lent …"

„Danke für Ihre Hilfe. Leben Sie wohl."

„Adieu", sagte Haase.

Van Lent drehte sich um und schritt auf das Schloss zu, das ihn mit allen spitzen Türmchen, klappenden Fenstern und rüttelnden Ziegeln verscheuchen wollte. So, wie ein Taubstummer versuchen könnte, spielende Kinder von den Eisenbahnschienen zu bekommen.

Haase wollte den Knüppel heben. Er war allein. Es knirschte noch etwas, irgendwo, dann zog eine Wolke ins Tal.

Van Lent machte einen Bogen um das Schloss. Er nahm den Weg zum Eingang der kleinen Kirche, wo er sich umsah. Er setzte das Brecheisen an und öffnete das vernagelte Seitenportal. Durch die langen Flure des Schlosses hallte sein Schaben und Hebeln, bis er endlich seinen Fuß in die Kapelle setzen konnte. Der Alabasterfußboden schimmerte matt. Oberhalb des Altars schlief ein anderer Jakob in Öl, aber von der Himmelsleiter war in der Düsternis nichts zu sehen.

Selig, die nicht sehen und doch glauben.

Van Lent stellte sich hinter den Altar und warf einen prüfenden Blick in die Gemeinde, die sich dort in den vergangenen Jahrhunderten versammelt hätte: Witwen und kinderlose Gesellen des Herzogshauses. Der Fürst in der Loge, an seiner Seite die junge Königin von England, Emporkömmlinge, Jagdgesellschaften, für die der Gottesdienst zum guten Ton gehörte – und ein paar Versprengte vom Hauspersonal, denen man den Besuch der Kirche nicht verbieten konnte. Besser, sie hielten sich zur Hausgemeinde, als in der Stadtkirche St. Blasius den Schlosstratsch breitzutreten. Also saßen sie hinten. Alles war still. So still, wie es in einer Kirche nie sein würde, wo immer jemand nieste oder hustete. Das Schloss schwieg. Wo sonst fernes Klopfen und Bohren geklungen hatte, gellte es in den Ohren vor Schweigen. Jahrhunderte des Gebets. Einfach verhallt.

Van Lent fand eine Nische hinter dem gemauerten Altar, wo er einen Stoffbeutel mit dem Abendmahlsgeschirr und eine Flasche Wein abstellte. Den Wein hatte er lose mit Silberdraht umwickelt, so dass nur er die Flasche in der Hand halten konnte. Falls die Therapie scheitern sollte, legte er noch einen spitzen Pflock dazu.

Dann schulterte er den Rucksack und begann, sich ins Innere des Schlosses vorzutasten. Eine Taschenlampe hielt er in der Linken, zwei Armbrüste baumelten geladen an seinem Gürtel. Über blanke Steinstufen schritt er nach oben durch die Galerien, auf der Suche nach dem großen Ahnensaal, in dem er bei seinem letzten Besuch die Särge gesehen hatte. Doch als er ihn erreichte, war der Saal leer.

Dielen knarzten, als van Lent über sie hinwegschritt. Aber war er noch van Lent? War er schon der Jäger? Und was glaubte er zu jagen? Das Harmonium stand noch da, jedoch bedeckt von einer dicken Staubschicht, als hätte es vor langer Zeit die Hoffnung aufgegeben, je wieder zu erklingen. Keine Mondscheinsonate heute und nimmermehr.

Van Lent begann zu schwitzen. Er holte die Wasserflasche aus dem Rucksack und nahm einen großen Schluck. Er beschloss, nach oben zu steigen und sich systematisch durch das Schloss zu arbeiten, bevor es dunkel wurde. Er durchkämmte das Haupthaus, doch fand er nichts: Jeder Raum, den er öffnete, verströmte Morsus' Moder. Aber von Vampiren keine Spur.

Eine Tür blieb ihm noch, sie führte in den alten Weinkeller unter der Hirschgalerie. Ihre Angeln quietschten, als van Lent sie vorsichtig nach innen drückte. Er konnte weitergehen. Nach ein paar Stufen merkte er, dass er ohne seine Taschenlampe auskam. Unten flackerten Schatten an den Wänden. Überall Fackeln und das Gewölbe getaucht in sanftes, aber unruhiges Rot. Ein kühler Luftzug strich über van Lents Rücken. Die Flammen züngelten stärker.

Wer hatte sie entzündet?

Van Lent sah niemanden, aber das musste nichts heißen. Denn hinter den Säulen des Kreuzrippengewölbes, mitten in den feiernden Schatten konnte der Zeremonienmeister jenes Tanzes stehen, der Sebastian Matischak kuriert hatte. Jener Meister, der sich zur Feier des Tages doch etwas aus Pfarrern machen könnte. Van Lent schob diesen Gedanken beiseite.

Er überlegte zu rufen, aber unterließ es. Wen sollte er rufen? Morsus? Anna? Zu früh. Stattdessen trat er an den ersten Sarg heran, den er sah. Er fühlte über das Holz und zog sich sofort einen Splitter ein. Einen dicken Blutstropfen lutschte er vom Daumen. Einen Vampir hätte dies sicher aus der Fassung gebracht. Van Lent musterte den Sarg.

Dieses Holz war alt. Dieser Sarg zeugte noch von einer anderen Bestattungskultur als der gegenwärtigen mit ihren Sperrholz- und Klavierlacksärgen. Den billigen Verbrennmöbeln. Ein Hidden Champion der Sepulkralkultur, fiel van Lent wieder ein. Zumindest das stimmte.

Van Lent drehte die Flügelschrauben, der Sarg ließ sich aber nicht öffnen. Er zog das Buschmesser aus dem Gürtel und schob es in den Spalt unter dem Sargdeckel. Es zischte, als ob Oma eines ihrer Gläser mit eingemachten Bohnen öffnete. Nur dass Omas Bohnen nicht so stanken. Van Lent konnte den Deckel hochklappen. Den Jungen, sechzehn oder siebzehn, der dort lag, den kannte er schon länger. Er hing die letzten Monate abends an der Bushaltestelle mit den anderen rum. Das war der, der immer die schrapelige Gitarre dabei hatte, die nur die drei tiefen Saiten besaß, auf der er schnelle Tonfolgen klimperte. An Mexiko erinnerten sie van Lent. An Tänze mit seiner Frau, als sie sich Stunden kannten. Día de los Muertos.

Bisher dachte er immer, der Typ stamme aus Friedrichroda, selbst wenn er die Familie nicht aus der Kirche kannte. Letzte Woche hatte der Bursche noch gegrüßt. Und war doch seit Jahrzehnten tot. Oder seit Jahrhunderten?

Van Lent hatte schon oft Tote gesehen. Das einzig Erstaunliche an diesem Exemplar war der Mund, der halb traurig, halb spöttisch schien. Ganz so, als hätte er bis zuletzt damit gerechnet, dass es weitergehen müsste – und wäre dann aufs Kreuz gelegt worden. Van Lent fixierte den Knaben, indem er die Handgelenke mit silbernen Pfeilen durchbohrte und an den Kistenboden nagelte.

Es regte sich nichts. Natürlich, was auch.

Weder trat eine Flüssigkeit aus, noch nahm das Gesicht einen anderen Ausdruck an. Er blieb tot, selbst wenn van Lent immer wieder nach ihm schaute, sich wegdrehte und überraschend herumsprang, um zu erkennen, ob irgendwelche Regungen sich zeigten. Schließlich leuchtete er mit der Taschenlampe unter seine Lider, so wie man es im Fernsehen bei den Ärzten immer sieht. Er hatte das Gefühl, doch nicht ganz allein zu sein, als er an dem Sarg des Jungen stand. Ein so glücklicher Irrtum wie mit Sebastian Matischak sollte nicht noch einmal vorkommen. Denn das hier würde gleich etwas Endgültiges.

Van Lent griff einen Holzpflock und seinen Zimmermannshammer, platzierte den Holzpflock über dem Herz und holte mit dem Hammer aus. Der Junge sah nun eher zornig aus. Aber im nächsten Moment schlug van Lent zu, stieß ihm den Pflock ins Herz. Der Junge öffnete den Mund und röchelte, als ob er an seiner Kotze erstickte. Sein Gesicht verschrumpelte wie ein vergessener Apfel auf der Rückbank hinter Mayas Kindersitz.

Die Augen des Jungen begannen zu zerfließen, derselbe schwarze Saft, der ihm auch aus dem Munde rann. Er versuchte sich aufzubäumen, wurde aber sofort ein Opfer schlängelnder, schlingender Würmer, die aus seinem Inneren brachen. Ein zischendes Gewimmel.

Van Lent wischte sich Schweiß von der Stirn und blieb bei dem Knaben, bis er sicher war, dass der schwarze Matsch niemanden mehr anfallen würde. Dann zog er an dem Pflock, wischte ihn mit dem Rest der Leichenwäsche notdürftig sauber. Er schaute sich im Raum um. Es standen hier über zwanzig Särge. Wenn er sich für jeden Vampir so viel Zeit ließe, wäre er vor dem Abendbrot nicht fertig. Er müsste den Meister finden oder Maya musste alleine essen.

Was aber noch schwerer wog: Es würde weiter dämmern, die Sonne ihr Gesicht verbergen und die Sargdeckel quietschen. Dann stünde er gegen eine Übermacht. Ein ähnliches Schicksal drohte, wenn er abbrach und das Schloss verließ. Falls das Schloss ihn überhaupt gehen ließ. Seine Orientierung im Dunkel war nicht die beste. Ob Haase ihm eine Hilfe gewesen wäre? Oder Anna?

Er könnte nicht all diejenigen die er liebte, vor der Rache der Vampire schützen.

Dr. Severin Haase vertrat sich vor dem Schloss die Beine. Er ahnte wohl, dass van Lent Hilfe bräuchte. Zugleich fand er sich gefesselt von den Stimmen in seinem Kopf, die mit Vorwürfen auf ihn eindroschen und ihm alle eines zeigten: einen van Lent braucht man nicht.

So logisch es war, was sie vorzubringen hatten – Haase spürte etwas Fremdes in diesen Stimmen. Er wollte sich nicht schmeicheln lassen. Die Lösung war, wie immer der Stimme des Magens zu gehorchen. Die Rettung: ein Fischgeschäft mitten im Wald, bei den Teichen. Die Fischfrau starrte ihn an. Es gab nicht viel Kundschaft an diesem Tag im Februar. Sie wollte ihren Laden eben zusperren.

„Wissen Sie, was für ein Mensch ich bin?", fragte er unvermittelt.

Sie lächelte unerwartet schelmisch. „Das sehe ich gleich", sagte sie. „Heringsbrötchen. Bismarck. Klarer Fall."

Haase stutzte. „So große Teiche - und Sie verkaufen Hering? Wissen Sie nicht, was Sie Gutes hier haben, in Thüringen?" Die Verkäuferin zuckte nur mit den Schultern, wie ein Arzt, dem es gleich ist, ob seine Ratschläge gehört werden.

Kauend stampfte Haase wenig später die Straße entlang, um neu gestärkt seinen Posten vor dem Tor wieder einzunehmen. Hinter der Mauer fuhr die Waldbahn vorbei. Es blitzte. Bläuliches Licht flackerte, bevor die Bahn im Dunkel verschwand.

Er kaute noch, als der Bürgermeister an ihm vorbei hinkte. Haase musste zweimal hinsehen. Mit vollem Mund misslang der Gruß. Matischak reagierte nicht.

Möglicherweise würde ich mich auch taub und stumm stellen, als bemerke ich niemanden, wenn ich in der Öffentlichkeit im Morgenmantel erscheinen würde, dachte Haase. Was Arbeit aus einem machen kann, warnte etwas in Haase. Solveigs Stimme war es nicht.

Matischak aber hinkte geradewegs auf das Schloss zu, kletterte in einer Behändigkeit, die ihm niemand zugetraut hätte, auf die Mauer und ließ sich rückwärts in den Park plumpsen. Ein dumpfer, knackender Aufschlag. Ein Schatten folgte ihm, wie der eines Kindes. Oder mehr wie ein großer Hund?

Haase schob es auf seine Augen. Der Zucker kämpfte gegen das Licht. Da spielten ihm die Augen schon manchen Streich. Er lief vor dem Schloss auf und ab, an dem auf der engen Alleestraße die Autos vorbeirasten. Niemanden interessierte, was in seinem Inneren vor sich ging. Warum ging er nicht einfach? Immer nah dran am Fall bleiben? Distanz schafft doch Überblick? Also.

Haase drückte das schlechte Gewissen des Diabetikers. Dein Blut ist zu süß, klagte es. Er warf den Rest seines Brötchens in die kahle Brombeerhecke.

Haase blickte auf, ob der Abendstern erschien. Seine letzte Scheidung hatte so viel Selbstachtung gekostet, dass er fraß und fraß, bis der Zucker anfing zurückzufressen. Bis die Wampe alles bedeckte, was einmal seinen männlichen Stolz ausgemacht hatte. Er öffnete die Hose und suchte, wollte sich erleichtern über den Brombeeren und dem ekelhaften Fischbrötchen.

Alles verfault da unten. Der Zucker hat ihn als Ersten plattgemacht. So gingen sie getrennte Wege, Dr. Haase und sein Gemächt. Das Fressen blieb das Einzige, was noch half, was immer weiter half. Stolz mischte sich mit Mitleid in den Blicken der Frauen, aller Frauen in den Seminaren. Die Freude am Unterrichten verflog. Nur das Fressen blieb.

Er verfluchte sich, seinen Körper, seinen Ehrgeiz und die Scherben dessen, was seine Familie hätte sein sollen. In welches Buch würde er gehören? Er - und nicht seine ach so kranken Klienten. Und auf einmal tauchte der Wunsch in ihm auf, tief aus den

Abgründen der eigenen Seele, jetzt die Schuhe auszuziehen und sofort hinabzusteigen zu den Karpfen
und den Forellen im Teich und nie mehr hochzukommen. Endlich würde dich jemand erhören und
an deiner Seite sein, kleine Seejungfrau, flüsterte es
in Haase.
Rein oder raus – welcher Weg ist der rechte? Haase
verschob seinen Tauchgang im Reinhardsbrunner
Schlossteich.

Unterdessen lief van Lent zwischen den Särgen
umher, unterschied ältere von jüngeren Baujahren
und edlere von eher bäuerlichen Modellen. Welche
Gründe bewogen Vampire, den einen auszusaugen,
den Nächsten zu versklaven und den Dritten zu
einem der ihren zu machen? Irgendwo musste der
Meister liegen. In einem alten Sarg musste er stecken. Oder pflegte er sich in eine eigene Kammer
zurückzuziehen?
Vor einem Sarg aus Mooreiche blieb van Lent stehen. Er war zu klein, um der Sarg von Morsus zu
sein, aber deutlich hervorgehoben vor den anderen.
Jahrhunderte hatten ihre Spuren hinterlassen. Van
Lent fühlte an den goldenen Beschlägen. Sie waren eigentümlich warm. Wieder griff er zu seinem
Messer. Es zischte und ein Geruch, den er kannte,
entstieg dem Sarg. Nicht nur Moder war es und Verwesung, sondern auch: Parfum.
Er klappte den Deckel auf.
Anna. Da lag sie. Anna. Augenscheinlich war sie tot.
Aber blühend wirkte sie. Lächelnd, schien es van

Lent. Anna. Wehrlos lag sie da. Anna. Er könnte mit ihr tun, was er für richtig hielt. Er streckte eine Hand aus, überlegte, ihr über die Haare zu streichen; wie reife Trauben, schien es ihm, warteten ihre Brüste auf seine Hände, wollten endlich geerntet werden. Also war es wahr. Anna, die Vampirin. Van Lent, der Pfarrer.

Noch einmal streckte er seine Hände aus und wehrte sich zugleich gegen die Stimmen, die ihm befahlen zu pflücken, was ihm noch nicht gehören durfte. Noch nicht gehören durfte. Er zerrte den Deckel wieder auf sie herab, obwohl es ihm war, als lächele die Tote spöttisch.

Van Lent hatte an Annas Sarg wertvolle Minuten vergeudet.

Haase steckte sich draußen einen Zigarillo an. Erst mal wieder klare Gedanken fassen. Die fremden Stimmen in seinem Kopf wurden leiser. Dafür meldeten sich alte Bekannte zu Wort. Es tobte ein Mehrfrontenkrieg zwischen den Trümmern seiner Selbstachtung: sein Versprechen Solveig Müller-Spätfrost gegenüber zu halten. Sein Versprechen van Lent gegenüber zu halten, Helfer zu sein. Und natürlich der Reiz seines neuen Buches. Und die Stimme seiner Ex, die ihm einredete, dass er zu allem nicht in der Lage sei.

Dazu hörte er deutlich die Stimmen, die befahlen zu gehen, Zucker zu messen und dann trotzdem zu fressen und zu saufen. Er wandte sich hin und her, wedelte mit den Händen und dem Zigarillo durch die Luft, als könnte er die Einflüsterungen vertreiben wie Mücken. Einmal meinte er, er höre etwas knacken. Jemand schliche sich an ihm vorbei oder um ihn herum, aber er konnte nicht lokalisieren, woher das Knacken kam. Der Bürgermeister? Banditen? Der Pfarrer mit Vampiren über der Schulter? Er hob den Knüppel wieder auf, betrachtete ihn und pfefferte ihn in den Teich, so weit er konnte.

Der Stock erreichte kaum das Wasser.

Die Stimmen befahlen ihm, nach Hause zu gehen. Aber so wenig er den Park betreten konnte, so wenig war er bereit, der Stimme seines Meisters – er hatte ihn ja als seinen Gehilfen bezeichnet – nicht zu folgen. Haase wunderte sich über dieses Gefühl und versuchte vergeblich, es zu lokalisieren. Aber es war da. Van Lent – sein Meister. Lächerlich. Aber dieser Satz blieb in seinem Hirn. Heute Abend war er van Lents Gehilfe. Sie brächten es zu Ende.

Haase schaute auf die Uhr. Die Kälte zog unter die Kleidung. Der Himmel rötete sich im Westen. Der Abendstern stieg empor.

Der Therapeut muss therapiert werden, fürchtete Haase. Ein interessanter Ansatz für ein weiteres Buch. Auf dem Cover ein Vampir auf einem Zahnarztstuhl. Haase fürchtete, dass der Zucker jetzt also auch sein Hirn angreife.

Kapitel 16

Im Schlosskeller öffnete van Lent einen Sargdeckel nach dem anderen, getrieben von der vagen Hoffnung, irgendwo Morsus zu entdecken. Draußen gewannen Schatten die Überhand.

Er, drinnen, griff nach Pflock und Hammer, um den Blutsaugern den Garaus zu bereiten. Und er vernichtete alle, Männer und Frauen, schöne Schattenwesen, manche waren ihm aufgefallen in Friedrichroda, andere sah er zum ersten Mal. Zunächst griff er zu Holzpflock und Hammer, wie bei dem Jüngling, den er erst mit Silber fixiert hatte, später schlug er forscher zu und erledigt die Untoten mit einem einzigen wütenden Schlag. Eine jede und ein jeder wurden zum Fraß der Würmer. Acht oder neun von ihnen hatte er geschafft, als abermals ein Lufthauch durch das Gewölbe zog. Ein Ruf ähnlich dem eines Uhu hallte wider.

Sollte es der Ruf des Meisters sein, der seine Scharen aus den Särgen befahl?

Van Lent schritt zum nächsten Sarg, der sich knarzend auftat, er setzte den Pflock an, schlug ihn ein und wurde von einer Fontäne schwarzen Bluts getroffen. Es lief über sein Gesicht und schmeckte bitter, als er sich reflexhaft über die Lippen leckte. Eines fiel ihm sofort auf: Das Blut war warm.

Der Uhu rief ein zweites Mal, manche der Särge begannen zu vibrieren und ein Stöhnen drang herauf.

Van Lent beeilte sich, ging zum nächsten Sarg, hob den Deckel an, setzte den Pflock auf das Herz. Eine fette Vampirschlampe lag darin, gekleidet wie eine Puffmutter aus den zwanziger Jahren. Doch als van Lent zuschlagen wollte, hatte die Untote eine Hand an den Pflock gelegt und schob ihn weg; sie blickte auf zu van Lent wie eine geblendete Katze im Scheinwerferlicht. Sie fauchte.

Van Lent schreckte zurück. Die Untote erhob sich. Van Lent stolperte rückwärts, fummelte an seinem Gürtel, zog eine Armbrust hervor und jagte ihr einen silbernen Pfeil in die Stirn. Dick wie Bratensoße lief ihr das schwarze Blut das Gesicht herab und sie verlor an Kraft. Doch das hielt sich nicht ab, ihren letzten Wunsch zu verfolgen. Van Lent sollte sterben. Den Pfeil der zweiten Armbrust verschoss er.

„Du bist mir ja ein Süßer", krächzte sie. „Komm, ick weeß, wat jut für dir is." Ihre Stimme leierte.

Mit zittrigen Händen lud van Lent nach, legte erneut an und raubte ihrem linken Auge das Licht. Sie fiel nach vorn und robbte wie in Zeitlupe. Kraftlos streckte sie die Hände aus, die Nägel scharf wie Messer, doch silbergeschwächt und matt.

„Süßer, Süßer, jefall' ick dir denn nich …?"

Van Lent sprang nach vorn, trat gegen ihren Kopf, brach ihr das Genick. Trotzdem, sie schleppte sich

260

weiter zu ihm hin. Er zückte einen Pflock, hieb mit dem Hammer gegen ihren Kopf. Er setzte einen Fuß auf ihren Rücken und hämmerte das Holz ins Herz. Dann hängte er den Hammer zurück an den Gürtel. Währenddessen begann sich ihr toter Körper zu zersetzen und van Lent merkte, dass er in schwarzem Matsch kniete. Er zog ihr die Pfeile aus dem Kopf, als er ein Lachen hörte, erst leise, schließlich dröhnend aus allen Richtungen.

Es war das Lachen von Morsus, aber es erscholl aus mehreren aufgerissenen Mündern gleichzeitig. Hinter ihm rückten sechs Vampire auf und formierten sich zum Halbkreis. Auch aus anderen Särgen entstiegen Nachtgestalten. Van Lent sprang auf, rannte los, um Abstand herzustellen, doch er nahm den Weg tiefer in das Gewölbe hinein, bis er wieder vor Annas Sarg stand.

Die Untoten zogen den Kreis immer enger; ganz langsam, sie wussten, dass er ihnen kaum entkommen konnte. Drei oder vier Meter von ihm entfernt blieben sie stehen. Sie schienen auf etwas zu warten. Oder hatten sie Respekt vor der Armbrust? Dem Hammer? Van Lent? Ihre Augen verfolgten jede seiner Bewegungen wie ferngesteuerte Kameras. Ihre Münder grinsten synchron dazu.

Van Lent hätte einen oder zwei von ihnen mit der Armbrust erledigen können, die er umherschweifen ließ, um zu zeigen, dass er die Situation kontrollierte. Aber die anderen hätten ihn angefallen und mit ihren Klauen zerfetzt. Vom Eingang des Kellers ertönte ein Kratzen, ein Schleifen, ein Pochen, das van Lent zeigte, dass keineswegs ein Patt herrschte, sondern lediglich ein Warten auf das Unvermeidliche. Das Pochen rührte vom Aufsetzen eines Spazierstocks. Und das Kratzen waren die Schritte von Morsus.

Van Lent stolperte rückwärts gegen Annas Sarg. Seine Wucht war größer, als er gedacht hatte, und der Sarg viel zu leicht. So wackelte der Sarg auf dem alten Katafalk, rutschte herunter, der Deckel sprang ab.

Anna war fort.

Morsus erschien zwischen den Säulen. Er sang:

„Zehn kleine Dorfpastoren gingen in ein Schloss, neune wurden aufgefressen, einer neu geboren …"

Er gab sich keine Mühe, seine Reißzähne zu verbergen, von denen Blut troff. Anscheinend hatte er bereits gefrühstückt, doch nicht in Gesellschaft, sondern irgendwo in der versteckten Kammer, wo sein Sarg, der Sarg des Meisters, stehen musste. „Habt Ihr mich gesucht?", fragte er, „Und nicht gefunden? Welch ein Jammer!"

„Noch habe ich einen Schuss frei", sagte van Lent und wies auf seine Armbrust.

„Er wird mich schwächen, falls Ihr trefft. Aber nicht töten!"

Van Lent wich zurück in die Dunkelheit des hinter Annas Sarg beginnenden Ganges.

„Ein totes Ende", sagte Morsus und schüttelte das Haupt. „Lasst alle Hoffnung fahren!"

Van Lent hob die Armbrust und zielte auf Morsus.

Der grinste, zog mit den Händen sein violettes Jackett auseinander und präsentierte seine Brust. Vor Zeiten konnte er stolz gewesen sein auf sein nun fleckiges Rüschenhemd. Doch als Van Lent abdrücken wollte, hatte sich eine Hand um den Lauf seiner Waffe gelegt; mit festem, unwiderstehlichem Griff. Van Lent roch, wessen Hand es war.

In diesem Augenblick schwand seine Kraft. Enge zwischen den Rippen! War es vorbei?

Anna nahm ihm die Armbrust weg und fuhr nur noch einmal spielerisch mit ihr durch die Luft, wie um Morsus zu erschrecken. Morsus' Grinsen entblößte erneut das Gebiss.

„Danke, meine Liebe!"

„Gern geschehen", sagte Anna.

„Aber ich bin gekommen, um dich zu heilen", sagte van Lent.

Anna errötete, soweit es einer Untoten möglich war. Van Lent hatte sich vor Jahrzehnten das letzte Mal so geirrt, als er in der DDR bei den Bausoldaten war: Als Einziger hielt er die Verabredung ein, im Schlafanzug zum nächsten Appell zu erscheinen. Von wegen: tolle Gemeinschaft. Verrat! Drei Wochen im Loch. Einzelzelle. Verunglimpfung der Deutschen Demokratischen Republik. Damals fand er die Bestrafung schlimm.

Morsus feixte. „Oh, du Denkmal der Naivität! Meinst du wirklich, sie will geheilt werden? Geheilt von einem Leben in Ewigkeit? Einst hat sie mich angebettelt, dieses Leben führen zu dürfen – ist es nicht so, Teuerste?"

Van Lent dachte daran, dass er sie weggeschickt hatte, und an ihren weiten Weg bis Ungarn.

Einstimmig erscholl wieder das Lachen der Vampire. Die Untoten feixten und grölten mit Morsus. Nur Anna fiel aus dem Chor, weil sie höher lachte und wohl mit einem Kloß im Hals. Jedenfalls meinte van Lent, das zu hören.

Sie wiederum glaubte, sie müsse sich erklären, und begann sich stammelnd gegenüber van Lent herauszureden. Klingsor habe die Zeichen studiert aus der Ferne. Große Macht zöge große Herausforderer auf sich. Oder so. Schicksal gleiche sich aus über eine lange Zeit, Karma. Magnetische Wellen erhalten einen Gegenpol. So ähnlich sei es in ihrer Sphäre. Klingsor habe es gesehen, habe sie zu ihnen geschickt, um den Jäger zu finden, der nach dem alten Gesetz in Friedrichroda erstehen muss. Klingsor fürchte, dass der Jäger zu mächtig würde.

Morsus schnitt ihr das Wort ab. „Es war ihre Idee, van Lent! Da hörst du es. Deine Kampfansage ist es gewesen! Nachdem du uns die Scheiben eingeworfen hattest und etwas riefest über Blutsauger und Vampire, da wussten wir: Du hast uns enttarnt. Und wir beschlossen, dich zu vernichten! Anna, meine Gute, hatte die Idee, dich zunächst auszufragen. Dafür sollte sie dein Vertrauen gewinnen."

„Aber warum habt ihr es nicht längst getan? Warum habt ihr mich zappeln und falsche Hoffnungen schöpfen lassen?"

„Vielleicht, weil wir warten wollten, bis du zu uns kommst?"

„Ich habe den Lakaien erledigt."

„Ich war ihn sowieso leid durch die Jahrhunderte."

„Ich habe heute Nacht schon mehr von euch getötet."
Morsus winkte ab.

„Ich bin ein harter Herr. Ich ernte, wo ich nicht gesät habe, und schlage meine Sklaven gern. Sie bedeuten mir nichts."

Van Lent spürte, dass er verloren hatte. Es fehlte nicht viel, ihn zu brechen. „Und warum Monika? Warum musste ich sehen, wie sie schwächer wird und so ein Ende nimmt?"

Morsus schnaubte und prustete los: „ Oh, du guter, du liebender Mensch! Du Pfarrer! Oh, du wirst noch ganz anderes sehen, bevor du dein Ende nimmst. Während du durch mein Schloss geschlichen bist und dachtest, wir sähen dich nicht, da habe ich eine Kleinigkeit für dich vorbereitet."

Er bleckte die Zähne. „Wenn Ihr, Herr Pfarrer, mir bitte folgen wollt."

Er summte wieder die Melodie von den zehn kleinen Dorfpastoren. Seine Jünger rückten auf van Lent zu, der sich von ihnen widerstandslos unterhaken und aus dem Keller schleifen ließ. Anna ging voran. Morsus folgte dem Zug, gemächlich, fast schlendernd.

„Stimmt das?", zischte van Lent ihr zu, „stimmt es, was Morsus sagt?"

„Was ist Wahrheit?", fragte Anna zurück.

„Sagt Ihr es mir!"

„Hört auf die Stimme Eures Blutes. Wenn Ihr der nicht glaubt, dann braucht Ihr weder an Morsus zu

glauben noch an das, was uns verband."
Morsus' Vampire blieben reglos, als könnten sie hören, was gesprochen wurde.

* * *

Es muss um diese Zeit gewesen sein, als van Lents Gehilfe, sein Therapeut, sein Haase, zum ersten Mal ein Flackern im Schloss wahrnahm. Ganz so, als würden Kerzen angezündet – in den großen Sälen, in der Kapelle. Jeder hätte es sehen können. Aber es herrschte kaum Verkehr an den Straßen und Wegen um Reinhardsbrunn. Sieht man von Sebastian ab, des Bürgermeisters Filius, der mit seinem Golf aus Schnepfenthal kam.

Licht blitzte über den großen Schlossteich. Zuerst konnten es noch die Reste der Abendröte sein, die sich in den Oberflächen multiplizieren wollten. Dann merkte Haase, dass das eigentümliche Leuchten vom ganzen Schloss ausging. Die Friedrichrodaer waren daheim, diejenigen, die noch gesund waren, die Kranken ohnehin. Es ging zu Ende mit dieser Stadt, so viel war deutlich. Haase sank auf die Knie. Zum ersten Mal seit langem betete er.

* * *

Sie stießen van Lent vor sich her. Immer wieder stolperte er über Stufen. Zweimal stürzte er. Der Schaft des Hammers bohrte sich in den Unterleib. Dann verlor er das Bewusstsein.

266

Als van Lent aufwachte, fand er sich liegend im Altarraum der Kapelle. Er hörte die Vampire singen in schwerem, seelenlosem Chor. Vor dem Altar stand ein hagerer, besonders weißhäutiger Untoter mit wollenem Haarkranz, versunken in geheimen Beschwörungen. Um seinen Leib schlackerte ein stockfleckiges Priestergewand. Wäre van Lent ganz bei Sinnen gewesen, hätte er geschaut, ob der Weiße dicke Augenbrauen vorweisen konnte.

„Er ist wach. Hebt ihn auf", hörte van Lent eine Stimme. Es war die von Morsus. „Pünktlich zum Höhepunkt."

Anna und einer der Gehilfen packten van Lent und zogen ihn hoch.

In der Kapelle brannte ein Lichtermeer aus Kerzen: auf den Bänken, auf riesigen Leuchtern und an den Wänden. Auf dem Altar lag ein Sack. Morsus bat van Lent grinsend, zum Altar zu treten. Er kenne doch den Weg. Dann riss Morsus mit einer einzigen Bewegung den Sack von oben bis unten auf. Van Lent wollte zum Altar hinstürzen, aber sein linker Arm wurde festgehalten von Anna und der rechte von einem unbekannten Adlatus, der roch, als wäre er schon länger tot als die anderen zusammengenommen. Ihre Hände umklammerten van Lent. Keine Liebe. Seine Bezwinger hielten ihn aufrecht, noch als seine Knie versagten.

Ein kleiner Körper lag auf dem Altar. Etwas wie ein Regenwurm dort, wo die Nase sein sollte. Von der Wärme aus der Winterstarre geweckt, begann er sich zu regen. Reste blonden Haares gab es noch. Und die Reste des Spiderman-Schlafanzuges. Plaste verwest nicht so rasch. Christina hatte sich gewünscht, dass Benedikt ihn für immer tragen sollte.

Unter den Beschwörungen des Priesters nahm der Junge wieder seine Gestalt an, Locken wuchsen, die Löcher in den Wangen schlossen sich und bald ragte das Näschen empor, das van Lent immer geliebt hatte – nur das Leben, das kehrte nicht wieder in ihn zurück.

Van Lent hörte Morsus singen, obwohl er seine Lippen nicht bewegte: „Would you know my name if I saw you in heaven?"

Nichts ist ihm heilig, dachte van Lent und schüttelte über diesen Satz den Kopf. Du bist am Ende.

„Ach, Anna, sei so gut: Verrätst du deinem Verehrer noch, wessen Idee das hier war?" Mit spitzem Finger wies er auf das Kind.

„Es ist also wahr, Ihr habt ihn mir geraubt!", klagte van Lent.

„Wer hier etwas geraubt hat und wer etwas zurückerhält, das entscheidet sich noch!", zischte Anna.

„Können wir dann?", fragte Morsus.

Die Vampire nickten.

„Ist die Larve unterwegs?"

Wieder ein Nicken.

„So ruft sie herein!"

Draußen schabte etwas über die Stufen. Die Seitenpforte der Kapelle, durch die auch van Lent das Schloss betreten hatte, schlug auf. Das Kerzenlicht fiel auf einen Mann im befleckten Morgenmantel, die Schuhe voller Lehm, die Stirn blutend. Der

268

Geist, der von dem menschlichen Vehikel Besitz ergriffen hatte, nahm keine Rücksicht und hatte ihn auf dem kürzesten Weg zum Schloss gebracht, ungeachtet der Tümpel, Mauern und trockenen Brombeerhecken.

„Schau ihn dir an", befahl Morsus. Anna und der Adlatus drehten van Lent in Richtung des Ankömmlings. Dessen sonst sorgfältig über die Glatze gelegtes Haar hing schulterlang zu seiner Linken.

„Ich präsentiere Ihnen unseren Herrn Bürgermeister."

„Volkmar", stöhnte Jakob. Volkmar zuckte. Der linke Arme baumelte herab, ausgekugelt beim Sturz von der Mauer, doch Schmerzen schien er nicht zu haben.

„Das ist nicht mehr der, den Ihr einmal als Volkmar gekannt habt", sagte Anna.

„Nimm dir ein Beispiel, Pfarrerchen, sieh nur, wie brav der Herr Bürgermeister zu uns ins Schloss kommt – ganz ohne Unterstützung. Und bald ist's Geisterstunde."

„Guten Abend, Herr Morsus, Sie, hm, Meister, haben gerufen?" Volkmars Stimme klang beinahe normal. Doch seine Augen starrten ohne Regung durch die Kapelle. Van Lent erkannte er nicht.

Kapitel 17

Auf dem Weg zum Chorraum waren Kerzen an-
gesteckt. Sie brannten und füllten den Raum mit
einem Duft, der van Lent irgendwie heilig schien
und zugleich pervers. Langsam tappte Volkmar
nach vorne. Die Flammen markierten seinen Weg.
Hoch schlugen sie, rhythmisch, eine Choreografie
des Lichtes und der Dunkelheit. Eine Arena, in der
geopfert wird.

Van Lent spürte einen Zorn aufsteigen - auf die
Vampire, auf die Kerzen und auf seine Wege, die
ihn hierher geführt hatten. Er sollte mit Benedikt
allein sein, fand er, wenn er schon schuld war an
seinem Tod. Warum gingen sie nicht einfach? Sie
amüsierten sich, die selbstgerechten Richter. Er war
allein. Trotz Anna. Die stand hinter ihm. Und hatte
ihn doch verraten.

Sie bog ihm mit der Rechten den Arm hinter dem Rücken nach oben. Jedermann musste seinen Schmerz
sehen. Er spürte ihn. Mit der Linken presste Anna
seine Schulter nach unten, so dass er weder vor
noch zurück konnte. Morsus lächelte ihn an, aber
mit weit aufgerissenen Augen. Seine Zähne blitzen.

Wie ein Zuchteber trug er seine Hauer vor sich her. Van Lent roch Anna, aber in diesem Moment glich ihr Duft nur noch abgestandenem Blumenwasser.

Morsus packte Matischak im Genick und dieser bewegte sich wie eine Marionette auf den Altar zu, schlenkerte mit den Armen, als wäre er Jim Knopf von der Augsburger Puppenkiste. Morsus gefiel sich augenscheinlich als Puppenspieler und ließ Matischak noch ein wenig Auslauf im Chorraum. Der salutierte grinsend vor van Lent.

„Morituri te salutant", sprach er mit einer Stimme wie ein Roboter.

Morsus übersetzte: „Die Todgeweihten grüßen dich! Für die Nicht-Lateiner unter uns." Er fand das lustig. Die Vampire lachten. Matischak oder das, was Morsus aus ihm gemacht hatte, wankte zum Altar, stellte sich auf die Zehenspitzen und ließ den Oberkörper neben Benedikts Leichnam fallen. An Matischaks Stirn platzte eine Wunde auf. Der hagere Vampirpriester trat erneut zum Altar. Sofort nahmen die anderen Vampire Haltung an. Sie begannen zu summen. In ihren schwarzen Talaren wirkten sie wie die russische Tenöre, die von den Konzertagenturen als falsche echte Kosaken durch die Provinz geschickt wurden. Aber dies hier war weit abgeschmackter. Van Lent merkte, dass Anna hinter ihm zitterte. Vor Lust? Auf sein Ende? Ihre Hand war kühl und feucht. Van Lent überlegte kurz, ob Vampire schwitzen können. Unglaublich, was ihm durch den Kopf schoss. Er ließ sich etwas nach hinten fallen, sie gab ein Stück nach. Nicht, dass er frei gekommen wäre, aber so, dass er glaubte, sie gäbe ihm Raum. Warum?

Morsus Nasenflügel bebten, er sog Luft ein, pumpte sich auf und sang in einer Sprache, die niemand von den Lebenden verstehen oder wiedergeben kann. Die Vampire wiegten sich dazu, ohne die Blicke vom Geschehen am Altar zu lassen. Der Priester hob eine Hand. Da schwiegen alle. Er drehte Volkmars Kopf zur Seite, indem er ihn einfach an den Haaren hochzog und fallen ließ, wie er gebraucht wurde. Er beugte sich über ihn und leckte Blut und Dreck von der Stirn und den Lidern. Danach legte er seine Linke auf Volkmars Gesicht.

Ohne Rücksicht auf das Matischak zu nehmen, zog er dessen Lider auseinander, so dass sein Augapfel hervorquoll. Irgendetwas drückte von innen dagegen. Das Auge bewegte sich wie ein Ei kurz vor dem Schlüpfen eines winzigen Vogelkükens.

Van Lent konnte seinen Blick nicht abwenden. Es hätte ihn keineswegs überrascht, wenn das Auge geplatzt wäre. Aber der Zeremonienmeister ließ seine Rechte auf Volkmar Gesicht herabsinken, drückte den Augapfel zur Seite und fischte mit seinem langen Fingernagel nach irgendwas. Er musste nicht lange fingern. Bald reckte er die Rechte wieder in die Höhe. Das Summen riss ab. Die Vampire stöhnten vor Erregung. Volkmar zappelte wie ein Hahn, dem man den Kopf abgeschlagen hat, dann schwand die Spannung aus seinem Leib. Er rutschte vom Altar und lag wie tot.

Der Priester präsentierte, wonach er geangelt hatte: Zwischen Daumen und Zeigefinger wand sich ein winziger, weißer Wurm. Morsus legte einen Finger auf seine Lippen. Mühsam gelang es den Vampiren, ihr Stöhnen zu unterdrücken. Einzelne Trommelschläge setzten ein. Sonst Stille, gebanntes Starren auf den Altar. Langsam senkte sich die Hand des Zeremonienmeisters auf Benedikts Gesicht, näherte sich Benedikts Wangen, hob ihm die Lider. Ganz offensichtlich trug er sich mit der Absicht, die Larve in ihn zu überführen. Zwölf Glockenschläge und die Larve würde Benedikt aus Abrahams Schoß zerren. Morsus biss sich auf die Lippen, knetete seine Finger. Die Geilheit stand ihm ins Gesicht geschrieben. Geilheit, die alles andere vergessen ließ.

„Jetzt ist es genug", sagte Anna hinter van Lent. „Es ist noch ein Kind." Die Trommelschläge stoppten.

Morsus winkte ab, als wollte er sagen: Jetzt nicht, sei brav. Tu, was man dir sagt.

„Im Namen des Mächtigen, im Namen von Klingsor. Wir verwandeln keine Kinder. Das tun wir nicht. Jetzt haben wir ihn: Den Beweis deiner Niedertracht! Endlich."

Anna schüttelte sich hinter van Lent, als ob sie weinte. Die Zeremonie hielt inne. Wie versteinert hielt der Priester den Wurm über Benedikts glasigen Augapfel. Morsus aber gab keinen Befehl weiterzumachen.

„Und was willst du jetzt unternehmen?"

„Klingsor hat den Jäger zu dir geführt", sagte Anna. „Damit du weißt, wer dir dein Ende bereitet."

Ihr Griff lockerte sich.

Morsus schrie. „Nicht wieder! Schon einmal ist mir ein Kind verwehrt worden. Ich war noch schwach. Aber heute - sieh mich an. Wer kann mir Einhalt befehlen? Wer? Ungarn …", Morsus hob den Zeigefinger wie ein Schulmeister, „… Ungarn ist weit. Dein Meister schläft mehr, als er wacht. Ich aber, ich tue, was ich will. Er hat mir nichts mehr zu befehlen."

Van Lent verstand nicht, was er hörte. Welche irre Hoffnung flüsterte ihm das Aufbegehren ein? Anna.

Van Lent hörte Annas Flüsterton. Spricht sie wirklich? Greif an, Jäger. Hol dir deinen Lohn. Galt ihm das? Ist er der Jäger? Der Retter? Wären nicht die Knie weich und läge nicht sein totes Kind wie schlafend auf dem Altar, vielleicht hätte er sich lösen können. Wie wäre es, wenn Benedikt wieder lebendig würde? Das wäre schön. So schön. Sein Junge. Benedikt. Die Schuld wäre getilgt.

„Mach weiter!", herrschte Morsus den Zeremonienmeister an. Die Trommeln nahmen ihren plumpen Rhythmus wieder auf. Der Priester bleckte die Zähne in Annas Richtung. Er wandte sich wieder dem Jungen zu. Immer weiter senkte die Hand sich auf ihn herab. Immer gieriger schien auch das Würmchen, vereinigt zu werden mit dem Menschenkind, das in die Schatten gerufen werden sollte. Liebe kleine Krummelus, niemals will ich werden gruß.

Van Lent stöhnte. Hölle, ist das dein Sieg? Auch Anna zitterte, sie drückte sich von hinten immer näher an ihn heran. Anna flüsterte in sein Ohr. Van

Lent hörte es deutlich: „Zeigt es ihnen, Meisterjäger! Hinter dem Altar, der Pflock. Ich weiß es."
Ihre Finger lagen nur noch schlaff auf seinen Handgelenken. Er könnte losstürmen und kämpfen. Wenn er wollte. Warum verstand van Lent nicht, was zu tun sei?
Jakob aber sah auf Benedikt. Und er spürte Annas Wärme in seinem Rücken. Und er wünschte sich, auch Benedikts Wärme zu spüren. Nur noch ein einziges Mal.
„Er will es doch auch", triumphierte Friedrich. „Er will es doch auch. Wir holen uns den Jungen. Dann holen wir uns den Jäger. Und zum Schluss holen wir uns Klingsor."

Van Lent spürte einen scharfen, kühlen Luftzug, wie von einem Pfeil, der an ihm durch das flackernde Licht vorbeiglitt. Der Vampirpriester zuckte zusammen und schrie auf. Etwas hatte ihn erwischt. Sein Körper wurde herumgerissen. Er wankte einige Schritte zurück, so dass ihm auch der kleine Wurm entglitt und in den Staub vorm Altar fiel. Sofort krabbelte der verfluchte Priester dem Wurm hinterher, aber auch dieses blasse Wesen ringelte sich langsamer, wie ein Molch, bevor die Sonne aufging. Die schlaffen Finger des Vampirpriesters konnten den Wurm nicht mehr packen.
Als Nächster sank Morsus in sich zusammen. Er jaulte auf. Einer nach dem anderen brach um, fiel zu Boden, verkrampfte und schien gelähmt.
Anna drehte sich um. Van Lent stand jetzt neben

ihr. Sie hatte losgelassen. Beide starrten auf die Tür der Kapelle. Dort stand Maya und feuerte aus ihrer Hochdruck-Wasserpistole. Ihre Augen fixierten unerbittlich die zusammensinkenden Schwarzröcke, deren Kräfte schwanden wie bei Eidechsen, die man in einen Gefrierschrank steckt.

„Kind, warum hast du das getan?", fragte van Lent. Es war nicht die Zeit, törichte Gedanken wegzuschieben.

„Er hat meine Mama getötet."

„Ich meine: Warum bist du uns gefolgt?"

„Weil ich schießen kann und du nicht."

Sie hatte mehrere ihrer Pistolen mit dem Wasser aus dem Trinkbrunnen befüllt und sie sich umgehängt, als wollte sie in einen Bürgerkrieg ziehen.

„Ich kann wohl schießen", sagte van Lent.

Maya zuckte die Schultern. Wer's glaubt.

Solange Morsus nicht wusste, was vor sich ging, hielt er sich am Boden. Als er sah, dass der unbekannte Feind ein kleines Mädchen war, das, ärgerlich genug, Brunnenwasser verspritzte, grinste er wieder. Selbst wenn ihn die nasse Kleidung hemmte und das giftige Wasser der Friedrichrodaer Quelle, der Sieg war nah.

„Das ist perfekt, Prediger! Nun bekommt Euer Söhnchen auch noch eine niedliche Braut! Findet Ihr nicht auch, sie sind füreinander bestimmt?" So lallte er mit schwerer Zunge.

„Du kannst sie nicht beißen, Schweinebacke, sie hat von dem Wasser getrunken." Van Lent fühlte sich leicht, wie neugeboren.

Morsus kicherte hustend. „Sie wird dieses Schloss nicht lebendig verlassen. Die Wirkung aber vergeht. Das Wasser vergeht. Wie die Liebe, Prediger. Die Zeit heilt alle Wunden. Geistlicher, wisst Ihr das nicht?"

„Nicht alle Wunden", sagte Anna. „Sie ist ein kleines Mädchen."

„Höre auf deinen Meister, Anna. Folge mir!"

„Du bist nicht mein Meister. Wann wirst du das endlich begreifen?" Sie klang empört. Endlich standen sie auf einer Seite.

Morsus suchte weiter sein Glück. Seine Heerscharen zogen langsam den Kreis um den Altar enger. Bald würden sie van Lent erreichen. Noch immer hielt Anna ihn fest.

Maya hatte die Zeit genutzt, um ihre Waffen nachzuladen. Wieder spritzte sie Wasser, schoss ihre Pistolen leer. Das Wasser durchtränkte die Kleidung der Vampire und bremste sie. Die Nachtgestalten ekelten Maya an, sie blickten an den nassen Gewändern herunter, aber es hielt Maya nicht auf, weiter auf sie zu schießen.

Trotzdem – für van Lent waren es zu viele. Auch wenn sie geschwächt waren wie ein Haufen tuberkulöser Bahnhofspenner.

Morsus gab sich nicht geschlagen.

„Klingsor. Klingsor. Die anderen aber, sie gehorchen mir, Anna. Ich habe ihnen schon befohlen, ihn niederzumachen. Und dich machen sie gleich mit fertig, Anna. Oder folge mir. Wir haben deinen Sarg. Du bist nichts ohne uns."

Etwas in seiner Stimme sagte van Lent, dass Morsus verlieren würde.

„Feuer!", befahl Morsus, geschwächt, aber entschlossen. Augenblicklich nahm das Licht zu. Die Flammen der Kerzen begannen heftiger zu züngeln. Sie leckten bereits an Bänken und Balken, aber das ehrwürdige Holz wehrte sich. Noch.

„Es sei", sagte Anna.

Morsus hustete erneut. „Feuer!", wiederholte er. Die Flammen wuchsen.

„Mach ihn fertig."

Damit stieß Anna Jakob van Lent vorwärts, so dass er taumelte, am Altar vorbei. Van Lent riss sich zusammen. Jetzt! Jetzt!

Er packte die Flasche und den hölzernen Pfahl, den er daneben deponiert hatte. Zurück. Er hechtete mehr, als er lief. Er ahnte die glibbrigen Finger der herankriechenden Vampire an seinen Fersen. Obwohl sie ihn zu greifen suchten, gelang es ihm, sich ihnen zu entwinden. Morsus ächzte. Maya hielt auf ihn drauf. Sie lachte, als sie van Lent nass spritzte.

Schließlich kniete van Lent auf Morsus und hielt ihn in Schach, indem er ihm die Flasche an den Hals drückte, die mit Silberfaden umwickelt war. Sofort spürte er, wie die anderen Vampire noch langsamer wurden. Die Flammen kleiner. Maya ging zwischen ihnen hindurch.

Van Lent hingegen nahm zu an Kraft. Sie strömte in seinen Körper und er fühlte sich stark.

Morsus lächelte, bleckte die Zähne und versuchte es mit Charme. Er flötete mit dünner Stimme:

278

„Ich bin sicher, wir können uns einigen, Prediger. Du kannst gehen. Mit dir wird dein Sohn gehen. Hand in Hand verlasst ihr mein Schloss. Ein neues Leben! Ein neues Glück. Ohne Schuld! Was sagst du?"

Van Lent zögerte.

„Ich würde altern und mein Sohn bliebe ewig jung?"

„Oh, wir könnten da ein beliebiges Arrangement finden. Worauf es ankommt, ist doch, dass er auf ewig dein Sohn bleiben würde. Hast du nicht schon so viel verloren, Prediger? Oder wo ist deine Frau? Kannst du dich daran erinnern, wie du sie trösten musstest nach ihren Fehlgeburten? Das viele Blut. Umsonst vergossen? Und die Freude, als der Sohn auf die Welt kam? Du musst keine Angst haben, dass er deine Wege verlässt. Ihr wäret für immer ein Paar."

Krummelus. Krummelus. Doch im Tod ist keine Entwicklung.

„Davon verstehst du nichts, Morsus."

„Du verkennst mich."

„Liebe bedeutet dir nichts! Nur Besitz und Kontrolle. Und Macht."

„Du bist naiv, Prediger."

„Kinder zu haben, das bedeutet nicht ständige Angst, sie könnten vom rechten Weg abweichen, …"

„Du hast deine Berufung verfehlt", spottete Morsus.

Van Lent fuhr fort: „ … sondern das Vertrauen, dass das Kind irgendwann aus eigenem Willen tut, was man ihm als richtig gezeigt hat."

Morsus winkte ab. Törichtes Gerede.

Van Lent blickte sich um. „Bring du es für mich zu Ende, Maya!"

* * *

Maya brauchte bloß einen Hieb. Nur für den Bruchteil einer Sekunde umstrahlte eine Aura wie von flüssigem Gold ihre Hand. Maya schüttelte sich und bebte, als ob etwas von der Kraft des Meistervampirs in sie überginge. Sich verwandelte, in eine andere Energie. Dann stand sie auf.

Die Vampire erstarrten und begannen zu schrumpfen, zu schrumpeln. Wie Fallobst im November. Ihre Haut verfärbte sich dunkel und schwarz, die Würmer brachen hervor und fraßen an ihnen. Auf dem Altar löste sich der faule Zauber des Vampirpriesters auf. Die Schüler folgten dem Meister in den Abgrund. Benedikts Körper zerfiel schneller, als er wiederhergestellt worden war.

„Sie auch?", fragte Maya. Sie schien bereit, sich nun auf Anna zu stürzen. Als Einzige war sie übrig geblieben.

„Das ist meine Aufgabe", sagte van Lent. Maya nickte.

„Es brennt", sagte Anna zu Maya. „Du musst hier raus. Bevor alles in Flammen steht."

„Was ist mit dir, Papa?"

„Es dauert nicht lange", sagte Anna und blickte flehend zu van Lent.

„Nein, Maya, wir bringen es hinter uns. Selbst wenn es das Letzte ist, was ich tue. Nun geh aber heim."

„Das ist gemein. Und ich will morgen nicht in die Schule."

„Du musst morgen nicht."

„Versprochen?" Van Lent nickte. Maya ging zufrieden.

Dr. Haase war es, der das Mädchen draußen in Empfang nahm. Ganz aufgeräumt stand er vor dem Tor und wartete, ob van Lent endlich käme. Das Mädchen passte nicht ins Bild. Sie gehörte nicht hierher. Aber helfen wollte er ihr doch. Irgendwie.

Was sie da drin gesehen hätte, fragte er. Ob sie van Lent gesehen hätte? Oder, er entschuldigte sich für die Frage, Vampire. Sie sagte nichts. Er versprach, sich um sie zu kümmern und sie, wenn es ihr recht wäre, nach Spanien zu bringen mit der Eisenbahn. Sie könnten die Oma suchen und da könnte sie wohnen. Dort ginge es ihr gut. Aber Maya sprach an diesem Abend kein Wort mit ihm. Er begleitete sie ein Stück, zurück in die Stadt. Keuchend, weil er fett war und sie ein sportliches kleines Mädchen. Am Berg musste er zurückbleiben. Er rief Maya noch, wo sie ihn morgen finden würde.

„Ich könnte dich auch von der Schule abholen", schrie er. „Ich warte draußen!"

Sie verschwand im Dunkel. Haase schleppte sich ins Hotel. Schlafen konnte er zunächst nicht. Aber dafür weinen. Was für ein Abend. Wie lange er nicht geweint hatte. Bald gellte eine Sirene durch die Nacht, Blaulichter zerschnitten das Dunkel. Haase schlief, tief und fest. Er träumte von seinem Buch.

In der Schlosskapelle drehte sich van Lent zum Altar. Annas Blick suchte weiter nach Gefahren, doch außer einem leichten Knistern und dem Geruch des sich vortastenden Feuers lag das Schloss in ihrer Hand. Van Lent und Anna.

Van Lent hatte das Gesicht seines Sohnes, der nicht mehr sein Sohn war, mit einem weißen Tuch vom Altar abgedeckt.

„Wirklich Ihre Idee?", fragte er Anna.

„Ich wollte, dass Ihr Rache für mich nehmt", sagte sie. „Ich wollte Euch wütend. Und Klingsor sollte einwilligen in das Urteil. Sonst sähe er sich gezwungen, Friedrich Morsus zu rächen und Jagd auf Euch zu machen."

Ohne Maya hätte Morsus gewonnen, meinte van Lent zu Anna. Wenn sie den Vorwurf wahrnahm, überhörte sie ihn bewusst. Wolle sie nun tatsächlich, fragte van Lent, wolle sie nun von ihm befreit werden, nachdem sie eben noch bereit war, ihn an Morsus auszuliefern? Was sie sich für ein Spiel mit ihm erlaube?

„Ich bin, was ich bin", sagte sie.

„Das sehe ich", sagte van Lent.

„Aber Ihr seid es auch", ergänzte sie.

Van Lent überlegte zum ersten Mal, wovon sie sich ernährt haben mochte in den letzten Monaten. Aber er dachte auch an das Schreiben der Oberkirchenrätin. Ungedeihlich. Schlag zwölf würde er seine Ordinationsrechte verlieren. Was würde dann aus seiner Gabe, das Mahl einzusetzen?

„Wir haben nicht viel Zeit." Er deutete auf seine Uhr. Unerbittlich rückten die Zeiger auf Mitternacht. Er stellte den Kelch auf den Altar. Daneben die Patene mit den Hostien. Er betete.

„Gelobt seist du, Herr, unser Gott, König der Welt, der du die Frucht des Weinstocks erschaffen hast, das Brot, das uns sättigt und Leben schenkt ..." Van Lent schloss die Augen, während er weitersprach. Wie oft hatte er die Liturgie vollzogen, gleichgültig, sich selbst und die Gemeinde langweilend. Als wären es Übungen gewesen für diesen Moment, in dem es galt, etwas zu vollbringen.
Anna war angespannt. Er legte seine Hand auf die ihre und bat sie, mit ihm zu beten: „Vater unser im Himmel…" Anna sprach mit.
Morsus hinter ihnen war da schon nicht mehr als eine erdschwarze Erinnerung. Nicht mehr von Bedeutung. Wichtig nur noch die Rettung, wichtig waren nur sie – Anna und van Lent.
Van Lent warf einen Blick zu Anna. Wird sie den Worten folgen? „Erlöse uns, Herr, allmächtiger Vater, von allem Bösen und gib Frieden in unseren Tagen. Denn dein ist das Reich und die Kraft und die Herrlichkeit, in Ewigkeit. Amen."
Van Lent hob die Patene, die neben seinem toten Sohn auf dem Altar lag, nahm eine der Hostien und zeigte sie Anna. Ernst blickte sie ihn an. Gebannt folgte sie dem Ritus. Van Lent wusste, dass er die entscheidenden Worte sprach. Er hörte sie aber nicht, er sah nur die eine – Anna.

„ ... Nehmet hin und esset; das ist mein Leib, der für euch gegeben wird. Solches tut zu meinem Gedächtnis."

Van Lent zog langsam das Kreuzzeichen über den Hostien, drehte sich zum Altar, nahm mit der Linken den Kelch und zeigte ihn Anna.

Aus der Ferne hörten sie die Glockenschläge der Blasius-Kirche. Van Lent beeilte sich, immer hastiger wurden seine Worte.

„ ... dieser Kelch ist das neue Testament in meinem Blut" – dabei schlug er mit der freien Hand das Kreuz über dem Kelch – „das für euch vergossen wird zur Vergebung der Sünden. Solches tut, so oft ihrs trinket, zu meinem Gedächtnis."

Er wusste nicht, ob er die Worte rechtzeitig beendet hatte.

Er stimmte an: „Agnus Dei, ..." Sie stimmte ein. Anna sang mit ihm: „... dona nobis pacem."

Alles war gesagt.

Die Glocken schwiegen.

Annas Mund strahlte wie ein kostbares Diadem.

Draußen stand die Welt still.

Annas Lippen blutrot, ihre Zähne leuchteten auf. Weiß und stark, spitz wie Dolche. Van Lent bemerkte es ein erstes Mal. War das Anna? Die er retten wollte? Die er gerettet hatte? Sie erschien ihm wie eine grausame Raubkatze. Dennoch schaute sie zu ihm auf, als hätte sie noch nie etwas so Schönes gesehen wie ihn, wie er sich langsam näherte, eine Hostie aufhob und sie ihr in die Hand legte im flackernden Schein der Flammen um sie herum.

„Nimm hin und iss: Christi Leib, für dich gebrochen."

Sie öffnete den Mund und er gab ihr die Hostie.

War das die Erlösung? Für Anna? Für ihn?

Van Lent schaute sie fragend an. Fühlte sie etwas, über diesen Augenblick hinaus? Dann drehte er sich zum Altar, nahm den Kelch und setzte ihn ihr an die Lippen.

„Nimm hin und trink: Christi Blut, für dich vergossen."

Wein rann aus ihren Mundwinkeln herab und den Hals hinunter. Van Lent zitterte vor Erregung, als er den Kelch wieder auf den Altar stellte. Es war vollbracht.

War es vollbracht? Was würden die kommenden Tage bringen? Und Nächte? Van Lent hoffte auf Erlösung.

„Das war meine versprochene Therapie", sagte er. „Wirkt sie schon?"

Bald hoffte van Lent, dass es zu spät war und Solveig recht behalten würde. Die Glockenschläge von St. Blasius hätten zwölfmal dröhnend zugestimmt zu dem Abdruck des Siegels auf der Urkunde, welche ihm seine Ordinationsrechte entziehen sollte. Er, van Lent, er hatte erledigt, was er versprochen hatte, zu tun. Und darum gehörte sie ihm.

Weil sie nichts Besseres tun konnten, sangen sie gemeinsam, bis zum letzten Vers:

„ … mach's nur mit meinem Ende gut."

Anna schwieg und atmete tief. Sie breitete die Hände aus. Wie zum Willkommensgruß, fühlte van Lent. Gilt er mir? Oder war er zu spät gekommen? Die Ordination erloschen? Hatte die Müller-Spätfrost verhindert, dass Anna gerettet wurde?

Van Lent wusste, dass Papier geduldig war. Ist Gott ein Bürokrat? Wer war er – van Lent? Ein Retter? Ein Liebender?

Anna hob den Kopf. Wieder lächelte sie van Lent zu, der zu ihr trat, nah und näher, ungeduldig. Der die Hände auf ihre Schultern legte. Der sie an sich zog, mit der Linken auf ihrem Haar, das bis zum Rücken fiel. Der den Mund leicht öffnete zum lange erträumten Kuss. Anna lächelte. Fern und geheimnisvoll.

Es war so weit. Seine Rechte griff nach ihrer Brust, streichelte sie, wollte das warme Pochen fühlen.

Doch Anna fiel in sich zusammen. Erst die Haut wie Pergament, dann faltig und schrundig in Augenblicken. Anna!

Eine staubende Wolke, dort, wo eben noch Anna blühte. Sie fiel in sich zusammen und rieselte zu einem Häuflein zerfallendem Stoff auf den Boden, Anna, ihr Leib und die uralten Fäden ihres Kleides, mit Haut und Haar. Van Lent meinte zu sehen, dass dieser Staub glitzerte, als berge er Opale und Diamanten und alles kam in Bewegung. Drehte sich wie ein Tornado, aber langsam, in Zeitlupe, zog sich hoch zur Decke und verschwand in einem goldglühenden Gitter, das sich dort aufgetan hatte. Und darüber der Himmel mit seinen Sternen. Ein Glimmen

blieb, verblasste und erlosch wieder. „Ist gerettet",
durchfuhr es van Lent bitter.

Van Lent stand verlassen in der brennenden Kapelle. Obwohl er husten musste und die Flammen nun
ganz zügellos um sich griffen, roch es nach ihr, ein
letztes Mal. So wie es riechen musste.

Wo sie gestanden hatte, lag ein Stein, groß wie ein
Taubenei. Van Lent hob ihn auf, bläulich schimmerte er und schien von Goldfäden durchzogen. Fest
umschloss seine Hand den Stein.

Eine Sirene heulte durch die Nacht drüben vom
Krankenhaus her.

Als man Bürgermeister Volkmar Matischak fand,
saß er oberhalb des Schlosses im Wald, mit nasser
Hose und schmerzender Schulter. Ein Fährtenhund
des Roten Kreuzes leckte ihm über das Gesicht, bis
er hochschrak. Blaulicht flackerte zwischen den
Fichten aus dem Tal empor. Volkmar war völlig ver-
froren. Sebastian war einer der Ersten, die bei ihm
waren.

„Mein Sohn", stöhnte er und wollte ihn gar nicht
mehr loslassen.

Wenn sie ihn nicht gefunden hätten, wer weiß, ob
er wieder aufgestanden wäre. Über ihm blitzte das
rote Licht des Funkmastes. Es sei keine gute Art zu
sterben, sagten seine Retter. Es sei außerdem nicht
die Zeit dazu. Fragen würde es geben, aber das war
er gewöhnt. Und woran man sich nicht erinnerte,
davon ließ sich trefflich schweigen.

Er erhob sich. Sebastian legte ihm eine Decke über die Schultern und gab ihm Halt. Zeit, den Spuk zu beenden. Das Krankenhaus war nicht weit. Diese eine Eskapade würden sie ihm noch durchgehen lassen, seine Friedrichrodaer. Und das Wahlvolk von Bad Tabarz. Er schaffte den Weg zu Fuß.

Kapitel 18

Es dauert zwar nicht lange, bis die freiwilligen Feuerwehren am Ort waren, doch das Werk der letzten Monate ging in Rauch auf. Schloss Reinhardsbrunn blickte wieder traumlos und düster. Obwohl aus Männern Helden wurden in den frühen Morgenstunden. Und aus Jungen Männer.

Die Feuerwehren retteten die Fassade und das meiste vom Dach, so dass keinen Schaden erkennt, wer heute am Schloss vorbeikommt. Mittags noch lag Brandgeruch über Friedrichroda, abends frischte es von Westen her auf und blies das Gespenst des Brandes davon. Schlimmer sah es im Schloss selber aus: Der große Saal mit den Särgen war zu verkohlt, als dass man noch irgendetwas hätte finden können. Die Experten von der Kriminalpolizei gingen von fahrlässiger Brandstiftung aus. Von den Särgen im Keller blieben nur die Griffe. Man fand auch nichts, was man hätte bestatten können, obwohl mehrere Leichenwagen schon während der Löscharbeiten hinter den Einsatzwagen der Feuerwehr ausharrten und auf Beute lauerten. Normalerweise gönnen sie sich untereinander nicht das Schwarze unter den

Nägeln. Nun standen sie einträchtig beisammen.

Die Bestatter witzelten über die Sargbauer, die sich übernommen hätten, als sie ihren Laden um ein Krematorium hatten erweitern wollen. Dann schwiegen sie und blickten zu Boden, als sie hörten, dass der Pfarrer zu denen gehört haben muss, die zuletzt im Schloss gewesen waren. Und da wäre niemand, der wieder von ihm gehört hätte.

Als der März kam, trugen die Mädchen in Friedrichroda wieder bunte Kleider. Über van Lent munkelte man bald dies, bald das. Die einen sagten, er wäre ihnen in der Vergangenheit schon merkwürdig vorgekommen. Andere behaupteten, er hätte sich sehen lassen und wäre ihnen begegnet. Schließlich setzte sich Volkmar Matischak durch, von dessen Schultern schwere Lasten abgefallen waren. Seine Nervosität brach sich nicht länger so offensichtlich Bahn. Kein Zucken mehr. Die Zusammenarbeit mit Bad Tabarz hatte sich auch eingespielt. Mit bürgermeisterlichem Ernst erläuterte er, der Pfarrer habe versucht, einer geisteskranken Frau zu helfen; allein der Brand zeige, dass er sich damit übernommen hätte. Es bleibe aber sein Verdienst, dass er die Dame von den Jugendlichen ferngehalten hätte, die bis vor wenigen Wochen noch besonders abartige Moden pflegten, bis in seine, des Bürgermeisters eigene Familie hinein.

Es sei ihm schwergefallen, darüber zu schweigen. Aber dazu verpflichte das Amt immer wieder.

Mehr als über den Pfarrer sprach man darüber, was

wohl aus Maya Thun geworden sein mochte, diesem armen Waisenmädchen, das zuletzt beim Pfarrer Obdach erhalten hatte. Erst eine Postkarte aus Spanien beruhigte das Volk. Offensichtlich war das Mädchen nach dem Tod der Mutter nach Spanien zu seiner Oma gereist und gedieh jetzt im Sonnenlicht der Costa Brava. Das Jugendamt schloss die Akte: Regelmäßiger Aufenthalt außerhalb des Landkreises. Nicht mehr zuständig.

Der Heimatverein rief zu Arbeitseinsätzen im Schlosspark auf und fand große Resonanz. Nun sieht alles aus wie eh und je.

Die schöne Solveig konnte sich mit der Lage arrangieren. Dennoch, Dr. Haase verlängerte seinen Aufenthalt. Gegen ihren Willen. Zum ersten Mal widersetzte er sich ihrem Stellungsbefehl. Er brachte das Puzzle nicht zusammen: Einerseits lag auf der Hand, dass van Lent sich diese Geschichten mit den Vampiren eingebildet hatte. Nicht zuletzt hatten das Schicksal seiner Frau und der Tod Benedikts ihn als Person aus der Bahn geworfen. Das wäre die Grundlage der Fallbeschreibung. Aber van Lents Schilderungen, die Art, wie er schließlich doch Vertrauen zu ihm gefasst und ihn hineingezogen hatte in seinen Kampf, wehrten sich gegen diesen Befund. Klar, Einbildungen konnten einem Menschen helfen, seinen Alltag zu bewältigen. Aber würden sie ihm einen planvoll gestalteten neuen Auftrag erteilen können? Andererseits, wie planvoll konnte man eine Mission nennen, die ihn das Leben gekostet hatte?

Wer war diese Anna, die er nie gesehen hatte und an die sich die Friedrichrodaer nur dunkel erinnerten?

Der Bürgermeister sogar meinte, er lerne derart viele Menschen kennen in seinem Amt, dass er sich nicht jede oder jeden merken könne. Auch nicht Frauen von der Sorte, die man nicht vergessen kann.

Severin Haase vertröstete Solveig Woche für Woche ob seines ausbleibenden Schlussgutachtens. Das hätte er früher nicht gewagt.

Vielmehr stapfte er weiter durch den Schloss-park. Zerstörte Fenster öffneten ihm einen Weg ins Schloss. Er steckte seine Nase in den Saal, den Kel-ler, in die wieder völlig vermüllte Kapelle. Seine Suche blieb vergeblich.

Ja, seine Mission war erfüllt. Solveig wie eine Fremde geworden. Aber was war mit dem Mann, in dessen Dienst er stand? Oder gestanden hatte? Ein so interessanter Fall. Kein Alltagsgeschäft. Irgend-wo musste van Lent geblieben sein.

„Na?", begrüßte ihn die Fischfrau, „wieder mal im Trüben gefischt?"

„An schlechten Tagen ist auch der Hering ein Fisch", gab Haase zurück, ganz ein erfolgloser Angler.

„Sehr gerne", sagte die Verkäuferin und reichte ihm ein Brötchen über die Theke. „Sie geben einfach nicht auf, was?"

„Mich verfolgt das Gefühl, dass er da draußen noch irgendwo sein muss."

Sie goss ihm einen Pott Kaffee ein. Leute gibt's. „Aufs Haus."

Aber es gab im Augenblick keine andere Kundschaft: „Wo würden Sie suchen?"

„Kommt drauf an, ob Sie den Mann finden wollen. Oder Ihre Ruhe haben. Da müssten Sie sich dann mal entscheiden."

Während er schlürfte, blickte die Fischfrau Richtung Schloss. „Im Schlosspark fängt man nur Träume. Sagen jedenfalls die Leute mit den großen Fotoapparaten. Die Leute gehen durch und schwärmen. Hinterher kommen sie zu mir. Dann kaufen sie Fisch. Manche kommen immer wieder. Aber zu Ostern sperre ich ab. Schauen Sie, dass Sie auf andere Gedanken kommen."

Sie angelte sich das Amtsblatt der Kleinstadt. „Hier, schauen Sie: Einladung zur Gedenkveranstaltung für die Opfer des Schlossbrandes."

Ob sie auch käme, wollte Haase wissen.

„Vielleicht", sagte sie und zwinkerte Dr. Haase verstand, dass das ein Nein war.

Ostermontag. Ein später Schnee fiel über Friedrichroda, als Haase seine Schritte zum Friedhof lenkte. Man wollte eine Tafel aus Sandstein für die Brandopfer enthüllen und – da man weder nach Namen noch Zahl der anderen Opfer kannte – den Namen Jakob van Lents dort eingravieren in das öffentliche Gedächtnis. Auch wenn Denkmäler verwittern und das Leben weitergeht.

Haase stand zwischen drei Dutzend Friedrichrodaern. Frau Lorenz war da und Herr Steinmann. Keine Fischverkäuferin. Die Feuerwehr stand Spalier für den Bürgermeister und seinen Kranz. Eigentlich hätte man noch den Rost anwerfen wollen, im Anschluss an der Feuerwache. Aber bei dem Wetter siegte die Vernunft. Ein zitternder Posaunenchor blies „Im schönsten Wiesengrunde". Die Bürger zerstreuten sich.

Dr. Haase blieb zurück. Van Lent muss oft hier gewesen sein, dachte er. Irgendwo dahinten musste sein Sohn liegen. Benedikt.

Es knirschte unter seinen Füßen. Dick und weiß fläzte sich das Eis über die Koniferen. Dann fand er das Grab, an dem der Pfarrer so oft gekniet hatte. Weiß und unschuldig sah es aus. Einige der Nachbargräber waren geräumt, aber dieses nicht. Der Schnee füllte die Schriftzeichen im Grabstein und ließ sie verschwimmen. Etwas Weißes stach hervor. Haase ging in die Knie. Er griff danach. Das Ding war aus Ton, aus Porzellan. Ganz wie von einem Engel.

Zuerst fuhr Haase mit einem Stock durch den Schnee, um noch andere Teile zu suchen, später nahm er die Hände zu Hilfe. Wenn die ersten Schmerzen verflogen sind, erlaubt der Körper eine längere Arbeit im Schnee. Er würde einen kleinen Engel zusammenbekommen. Man könnte ihn kleben, die Ränder zersplittert und ein Loch im Bauch, da, wo das Herz sein müsste. Es wäre ein Engel mit einer Geschichte. Gefallen, aber wieder aufgehoben. Fast wie im Buch der Bücher. Seinem Buch.

Haase scharrte weiter auf dem Grab. In der Mitte zeigte sich eine deutliche Einbuchtung.

Durchaus vorstellbar, dass man nur eine dünne Schicht Erde hineingeworfen hatte, nachdem das Entscheidende entnommen war. Er stieß den Stock hinein. Kein Wurzelwerk. Wer sucht, der findet – nicht. Viel zu lose das alles.

Benedikt van Lents sterblicher Leib konnte hier nicht mehr liegen. Das spürte er.

Er raffte die Scherben des Engels zusammen und verstaute sie in der Manteltasche. Dann hetzte er davon, so schnell ihn seine fetten Beine trugen.

Haase setzte sich in sein Auto und fuhr einfach drauflos, über den Spießberg in Richtung Schmalkalden, sah eine Kleinstadt, wie sie harmloser nicht sein kann – und doch der Ort, an dem Luther einst so in Zorn geraten war. Bevor ich an einer katholischen Messe teilnehme, schrieb Luther, lasse ich mich zu Asche machen; auf Deutsch: Eher verbrenne ich. Ist es das Schicksal des Jägers zu verbrennen? Im Eifer? Im Schloss? Angesichts der Messe des Teufels?

Ja, fast könnte man glauben: Der wütende, brennende Reformator wäre die perfekte Tarnung.

Dann allerdings würde seinem Buch ein Kapitel fehlen. Sein Werk mit Spekulationen enden lassen, wollte er aber auch nicht. Haase war im Grunde Wissenschaftler. Forschung muss ein Ergebnis haben. Und sei es ein Scheitern.

Er fuhr den östlichen Weg über den Rennsteig zurück, kam an der alten Ausspanne vorbei und erreichte Tambach-Dietharz. Er hielt am Tammichgrund.

Der Schnee schmolz und drang ins Schuhwerk ein. Auf zum Brunnen, dem Brunnen des Reformators. Als er den Ort hinter sich ließ, war alles weiß. Schnee und Nebel, kaum noch unterscheidbar. Keuchend kletterte er den kleinen Abhang hinauf, wo der Brunnen sein musste. Er füllte seinen mitgebrachten Becher mit dem klaren Wasser und trank. Überrascht stellte er fest, dass das Wasser schmeckte und sich gut anfühlte, wie es die Speiseröhre herunterlief. Trotz der Kälte, die an den Zähnen schmerzte.

Der Wunderwasserbrunnen, spöttelte Haase und grüßte mit seinem Becher in die neblige Runde. Und da stand er plötzlich: van Lent! Das blühende Leben!

Er trat ihm entgegen aus dem Schutz einer breiten Fichte.

„Keine Angst", sagte van Lent. „Ich bin es nur. Ich habe sie besiegt."

„Sie", überlegte Haase. „Wer ist sie?" Die Vampire? Die übergroßen Wahnvorstellungen von van Lent? Die böse, böse Welt? Aber zugleich wusste Haase, dass das letzte Kapitel seines Buches noch nicht geschrieben war, Haase könnte weiter Hospitant sein beim Objekt seiner Analyse, wenn er es klug anstellt.

Haase bedankte sich tausendmal bei ihm und bat ihn, zu verzeihen, dass er so skeptisch gewesen war.

„Was heißt skeptisch? Kein Wort haben Sie mir geglaubt!"

Haase gestand rasch, aber es lag nichts Falsches in seinem Blick. Van Lent nahm auch einen Becher und hielt ihn unter die Quelle. Dann leerte er ihn bis auf den Grund.

Mit einer Fingerbewegung hieß er Haase niederknien. Ein kurzes Zögern seines Gegenübers nahm van Lent in Kauf.

Van Lent zog aus seinem Mantel einen silbernen Degen. Damit berührte er die Schultern des Gehilfen und nahm ihn wieder in den Dienst. Endgültig.

Van Lent erhob seine Stimme. „Es ist okay, Maya, er gehört zu uns."

Es raschelte zwischen den Fichten. Maya trat aus dem Wald. Sie visierte Dr. Haase durch eine Armbrust an. Ein silberner Pfeil war eingespannt. Haase grinste, das Mädchen, immer im Spiel. Immer am Spielen.

Maya schoss ihm den Hut vom Kopf. Erschrocken sank er zurück auf die Knie.

Van Lent blickte mit väterlicher Strenge zu Maya, da ließ sie die Waffe sinken. Wir haben nur den einen Gehilfen, mahnte er. Maya schürzte genervt die Lippen.

Haase musste schwören, dass er dem Mädchen denselben Gehorsam entgegenbringen würde, den er van Lent schulde.

Haase akzeptierte. Gleichzeitig versuchte er, die Szenerie in seiner Analyse zu verorten.

Zu Händen von Oberkirchenrätin Solveig Müller-Spätfrost schrieb Haase ein streng vertrauliches Gutachten, welches bald der gesamten Kirchenleitung bekannt war. Von einer Mitarbeiter-Generation zur anderen tuschelten sie es weiter.

Pfarrer van Lent, hieß es in dem Gutachten, habe durch den Tod seines Sohnes und das Schicksal seiner Frau eine schwere Psychose erlitten, die ihn - verbunden mit seinem latenten Helfersyndrom - in gewisse Wahnvorstellungen getrieben hätten. Haase stellte in dem Gutachten mehrere Vergleichsfälle von Pfarrern dar, die im Dienste verbrannt waren (auch wenn er sich von Fall zu Fall fragte, ob die offiziellen Geschichten die ganze Wahrheit widerspiegelten).

Am Ende erhielt er ein persönliches Dankesschreiben des Bischofs, der froh war, dass er diesen delikaten Fall bis zur bitteren Neige aufgeklärt hatte. Fernmündlich fügte der Bischof weniger geschwollen hinzu: „Da können wir am Ende, hm, froh sein, dass wir ihn nicht entlassen mussten."

„Ja, Eminenz", antwortete Haase.

Er kicherte, weil die Anrede durchaus nicht üblich ist. „Gehabt Euch wohl", verabschiedete er ihn.

Frau van Lent, Christina, konnte nach ihrer Therapie zwar nie wieder richtig arbeiten, doch blieb sie trocken und engagierte sich Tag und Nacht für „Weihnachten im Schuhkarton". Die Landeskirche hatte ohne viel Sperenzchen eine hübsche Witwenrente bewilligt.

Im Kirchenvorstand roch es immer noch nach rotem Tee. Ein Anwalt der Phonefunk AG sprach vor und bot an, im Namen des Unternehmens die Orgelsanierung zu unterstützen. Nebenbei flocht man ein, dass es schön wäre, wenn über gewisse Dinge nicht mehr gesprochen würde, über irgendwelche Gefahren aus der Luft.

Der Kirchenvorstand stimmte zu. Am selben Tag erlosch das Blinklicht über dem Hotel. Ein Kran streckte sich in die Luft und hob den Funkmast ab, verlud ihn auf einen Tieflader. Das Brummen der Transformatoren wechselte sich mit Stille ab. Man erzählt, dass die Technik irgendwo weiter erprobt wird, wo die Menschen weniger hysterisch sind. Wer es genau wissen will, muss sich an Cordula Lorenz wenden, die eine Online-Petition dagegen gestartet hat: von wegen Erprobung von Risiko-Technologie in Entwicklungsländern und wie schrecklich menschenverachtend das wäre. Zum Beweis winkt sie mit ihren selbst erhobenen Statistiken aus Thüringens Auen.

Kurgäste aber, die heute durch Friedrichroda gehen, aus dem Trinkbrunnen trinken, dem Orgelspiel der Kantorin lauschen und irgendjemanden spaßeshalber fragen würden, ob es hier einmal Vampire gegeben habe oder was aus Pfarrer van Lent geworden sei – die sehen die Menschen nur die Achseln heben. Van Lent, sagen sie, der sei ohnehin nicht so lange da gewesen.

Ein Pfarrer, der nicht achtzehn, zwanzig Jahre bleibt, schafft es kaum ins kollektive Gedächtnis. Im Schlosspark zeigt der Führer seinen Gästen weiter diesen besonderen Baum, der seine eigene Geschichte zu Humus gemacht hatte, durch den er weiter leben konnte, und der manchmal Wünsche erfüllt.

Das Schloss selbst schaut weiter aus traurigen Augen in das trübe Tal. Wer wird es von dem Grauen seiner tausendjährigen Geschichte erlösen?
Wenige sind es, die sein Wispern verstehen.

Personen und Handlung sind aus Phantasie gesponnen. Ähnlichkeiten mit lebenden, toten oder untoten Einwohnern Friedrichrodas und benachbarter Orte wären zufällig und unbeabsichtigt. Auch gibt es im real existierenden Friedrichroda keinen Drogeriemarkt.

Den Heimatforschern, die mir in der Realität sehr hilfreich zur Seite gestanden haben, sage ich ausdrücklich Dank.

Pauline Werner:

Provinzgeschnatter

Nein, es geht nicht um Strickmuster für Nierenwärmer und die Zubereitung von Schweinebauch. Auch nicht um schnucklige Schauspieler und skandalumwitterte Politiker. Oder um den Weltfrieden oder die Erderwärmung – ja, alles wichtig, Mädels! Das wissen wir.

Aber hier sind wir heute mal unter uns: Unsere Helden sind Prinzen oder Frösche, das Kind – in mir und dir. Die Doppelseelen, die uns bestimmen. Oder seltsame Wesen wie SIRI. Marder, die uns aufhalten. Männer, die Hosen kaufen müssen. Männer, die zum Friseur gehen. Männer, die sparsam sind oder sehr freizügig. Zum Glück haben wir Freundinnen. Eine beste Freundin. Wir leben große Gefühle und tiefe Sehnsüchte, begegnen Ängsten und dunklen Wolken. Vorbeirasenden Autos. Da ist Glück, dort erleben wir Magie und treffen den Kerl! Den einen! Lasst uns drüber schwatzen, Mädels.

Ganz provinziell versteht sich.

ISBN: 378-3-945605-34-9
Erschienen 2018 im Verlag Tasten & Typen,
Bad Tabarz

Die Wunderwasser-Krimis

Lieblich die Landschaft und reizend die Verbrechen. Es wird fleißig gemordet rund um den sagenhaften Wunderwasser-Brunnen in Tambach-Dietharz, dem Luftkurort im Thüringer Wald.

Brachiale oder dezente Lebensverkürzung wird inszeniert – angesiedelt zwischen 1537 und 2017. Laut und leise, raffiniert und durchtrieben führt man in elf Kurzkrimis aktiv hin zum Herzschlagfinale. Manchmal düster arrangiert, manchmal mit einem Lächeln erzählt.

Der Leser wird sich möglicherweise vom Frevel moralisch distanzieren, aber ganz bestimmt unterhält er sich glänzend mit den Kurzkrimis von elf Autoren aus Deutschland und Österreich, ausgewählt aus 95 Einsendungen für den „Tambach-Dietharzer Wunderwasser-Krimi-Preis 2017".

Autoren sind: Ines Beyer, Kai-Uwe Brodersen, Jürgen Edelmeyer, Beatrix Erhard,Sabine Frambach, Dietmar Füssel, Stefanie Hänisch, Marlies Kalbhenn, Rita Klement, Petra Pallandt und Klaus Schwarzfischer

Taschenbuch: 128 Seiten
Verlag: Tasten & Typen; 1. Auflage
ISBN: 978-3- 945605-17-2
Preis: 9,95 Euro